Andrea Reinhardt

Teufelseltern

Erster Fall von Sonderermittlerin Natalie Bennett

Thriller

Alle Personen und Handlungen sind frei erfunden. Ähnlichkeiten mit realen Personen sind zufällig und nicht beabsichtigt.

© 2017 Andrea Reinhardt
www.andreareinhardt.de
1. Auflage

Umschlag: Anne Merod
Bildquelle Buchcover: René Grusche
Lektorat, Korrektorat & Buchsatz:
Anja Lott, www.lektorat-lott.com

Verlag:
tredition GmbH
Grindelallee 188
20144 Hamburg

ISBN
Paperback   978-3-7439-8109-6
Hardcover   978-3-7439-8110-2
e-Book   978-3-7439-8111-9

Für Janette

„Und plötzlich warst du da …“

Prolog

Der Schweiß stand ihr auf der Stirn. Die Hitze stieg ihr in die Wangen, das Herz schlug heftig. Die Tränen brannten in den Augen. Sie versuchte, den Kloß in ihrem Hals runter zu schlucken.

Benjamin, oh mein lieber Benjamin.

Ein dumpfer Schmerz breitete sich in ihrer Brust aus, das Atmen fiel ihr von Minute zu Minute schwerer. Sie glaubte zu zerbrechen. Mit zitternder Hand streichelte sie die blonden Locken.

Oh Gott, Benjamin. Oh Gott, oh Gott.

Sie konnte ihre Tränen nicht mehr aufhalten. Lautlos liefen sie über die Wangen. Die Traurigkeit übermannte sie mit voller Wucht und raubte ihr den Atem. Sie zwang sich, sich zu beruhigen, wollte ihm keine Angst machen.

Armer kleiner Benjamin.

Behutsam wog sie ihn gleichmäßig hin und her. Sie hielt ihn eng an sich gedrückt. Ihre Tränen trockneten und langsam beruhigte sich ihr wild tobendes Herz.

1

21. Oktober 2013

Das Herz schlug ihr bis zum Hals. In ihrem stockfinsteren Zimmer saß sie auf einem abgenutzten Holzbett, rührte sich nicht von der Stelle. Starr vor Schock hielt Emilia Dearing die Luft an, lauschte den angsterfüllten Hilferufen ihrer Geschwister. Das Geschrei drang bis in ihr Kinderzimmer, obgleich es am Ende des Flures lag. Es hallte durch die Dunkelheit. Ihr Körper bebte vor Angst und Mitgefühl. Verzweiflung machte sich breit. Sie flehte zu Gott: „Hilfe! Lass es aufhören!" Sie wusste, was die Rufe der Geschwister bedeuteten. Sie wusste, was im Anschluss passieren wird. Es war Montag, der Beginn einer grausamen Woche. Fünf furchtbar lange Tage werden sie die Brutalität ihrer Eltern ertragen müssen. Am Wochenende war ihr Vater nicht daheim gewesen. Von Samstag bis Montag hatte er seine Zeit in Kneipen verbracht, um sich sinnlos zu betrinken. In diesen Tagen hielten sich Emilia und ihre Geschwister in ihren Zimmern auf. Doch ihre Mutter zeigte sich dort nicht. Sie saß mit zahlreichen Flaschen Bier im Wohnzimmer und ertrank den Zorn auf ihren Mann in Alkohol. Sie hasste seine Sauftouren, reagierte aggressiv vor Eifersucht und warf ihm Untreue vor. Emilia hatte in dieser Zeit ihre beiden Geschwister versorgt. Das Essen klaute sie aus der Küche. Das Obergeschoss zu betreten, in dem sich das Wohnzimmer befand, war verboten. Doch wenn der Vater nicht daheim war, interessierte ihre Mutter nicht, was um sie herum geschah. Viel gab es nicht zu essen. Oftmals hatte es schimmeliges Brot mit Butter gegeben. Warme Mahlzeiten waren selten. Ihre Mutter kochte selten. Wenn sie Essen für ihren Mann zubereitet hatte, bekamen die Kinder bestenfalls die Reste, die bei Weitem nicht für alle drei ausreichten.

Emilia hatte nur eine Bezeichnung für ihren Vater: Monster! Wenn das Monster unter der Woche daheim war, traute sie sich nicht, in die Küche zu schleichen. Sie mussten warten, bis die Mutter etwas brachte. Das konnte Tage dauern. Das betrunkene Ungeheuer kam montags nach Hause, wenn die Dämmerung einsetzte. Es polterte schwankend in die Zimmer der Kinder und riss sie aus dem Schlaf. Er erwartete Dankbarkeit. Dankbarkeit, dass er sich jeden Tag abrackerte, um Geld für die Familie zu verdienen. Er war in einer Reinigungsfirma tätig und säuberte Toiletten. Wenn er von der Arbeit heimgekommen war, hätte man meinen können, dass er IN die Toiletten gestiegen war, um sie zu reinigen. Dreckverschmiert und nach Fäkalien stinkend, war er auch diesmal heimgekommen. Emilia würgte, als sie an den Geruch dachte. Sie versteckte sich unter der Bettdecke, versuchte, die Schreie der Geschwister auszublenden. Es zerriss ihr das Herz. Sie mochte sich nicht vorstellen, welche Qualen sie durchmachten. Sie wusste, sobald er in dem Zimmer der beiden fertig wäre, wird er zu ihr kommen.

„Du kannst ein wenig zärtlich zu deinem Vater sein, Emilia! Du hast nur deswegen ein Dach über dem Kopf, weil ich Tag für Tag zehn Stunden schufte. Während ihr nur herumlungert und deine versoffene Mutter nichts zustande bekommt. Euch geht es zu gut."

Es ist ein Albtraum, dachte Emilia. Jeden Tag sperrte man sie in ihren dunklen Zimmern ein. Jeden Tag spürten sie die Härte der Eltern auf ihren geschundenen Körpern. Die Mädchen gingen vormittags zur Schule und entkamen der Hölle für fünf Stunden. In dieser Zeit musste der Jüngste die Folter allein ertragen.

Gelähmt vor Panik lag sie mit aufgerissenen Augen im Bett und lauschte in die Nacht. Sie hörte die schmerzerfüllten Schreie der Geschwister. Tränen der Wut schossen ihr in die Augen. Sie schloss die Augen, wünschte, ihnen helfen zu können. Doch ihr fiel nichts ein, was sie tun könnte. Machtlos ertrug sie gleichermaßen die Brutalität des Vaters. Sie vernahm, dass die Bestie etwas gegen die Wand warf. Es krachte. In der Stille der Nacht hallte es doppelt so laut. Sie hörte das Klirren des Kleiderschrankspiegels, der in Einzelteilen zu Boden fiel.

„Ihr verdammten Gören, ich ertrage euch nicht mehr!"

Emilia strich über ihre Kehle. Sie bekam kaum Luft. Das Zittern brach nicht ab. Warum half niemand? Die Glieder waren starr, Angst stieg in ihr hoch. Angst davor, Geräusche zu machen und die Aufmerksamkeit auf sich zu lenken. Die Muskeln in den Armen zuckten, als sie ihre

Hände an die Ohren presste. Ein verzweifelter Versuch, die Schreie nicht zu hören. Sie kniff die Augen zusammen, versuchte, sich in eine bessere Welt zu zaubern. Sie wünschte, die Qualen der beiden ausblenden zu können. Doch sie überhörte nichts. Nicht die Hilfeschreie. Nicht die wütenden Schimpfwörter des Vaters.

„Ihr drei seid die Brut des Teufels. Ich zeige euch, wie man sich mir gegenüber benimmt!"

Emilia war dreizehn. Seit sie denken konnte, erinnerte sie sich an die wiederkehrenden Ausbrüche des Erzeugers. Es begann mit Wutanfällen, bei denen er im harschen Tonfall herumbrüllte. Später folgten körperliche Strafen. Er schlug sie mit jedem Gegenstand, der griffbereit lag. Er achtete nicht darauf, wohin er prügelte. Es interessierte ihn nicht, ob er das Gesicht traf und ob jemand die Wunden hätte sehen können. In der Schule wurde sie zwar auf ihre Verletzungen angesprochen, doch jeder hatte sich damit zufriedengegeben, wenn sie zum wiederholten Male erzählte, wie tollpatschig sie sei. Ihre Eltern lehrten ihr Ausreden. Die Treppe runter gefallen. Mit dem Fahrrad gestürzt. Sie hoffte, dass ein Lehrer die Märchen, die sie auftischte, nicht glauben und Hilfe schicken wird. Sie wartete bis heute, vergebens.

Als ihre Schwester zur Welt kam, war sie fünf Jahre alt. Sie freute sich über das Geschwisterchen. Wünschte sich immer eines zum Spielen und Umsorgen.

Ihr Vater hatte alles andere als begeistert reagiert. „Wie viele Bälger willst du mir andrehen?", schimpfte er mit seiner Frau. Weitere fünf Jahre später kam der Bruder zur

Welt. Sie liebte ihn. Doch die Freude hielt sich in Grenzen. Sie wusste, dass er genauso Opfer der Gewalt ihrer Eltern sein wird. Als Babys verschonte der Vater sie noch. Sobald sie die ersten Schritte liefen, fing das Martyrium an. Ihre Mutter bekam alles mit, unternahm aber nichts, damit es aufhörte. Oft lachte sie darüber. „Du trägst die Schuld daran", hatte sie gespottet, als Emilia mit aufgeplatzten, blutigen Lippen, unzähligen blauen Flecken und Bisswunden in ihrem Zimmer gehockt hatte und weinte. Vor Schmerz, vor Angst, vor Wut. Ihre Mutter verprügelte die drei, wenn sie wütend auf ihren Ehemann war, um ihren Frust abzulassen. Emilia verstand bis heute nicht, warum die Frau sie für die Qualen verantwortlich machte.

Mit zwölf Jahren hatte das Mädchen ihre Eltern bei einem Gespräch belauscht. Sie standen in der Küche, ihr Vater brüllte ihre Mutter lallend an, dass er mehr Anerkennung verdiene. Sie gab ihm zur Antwort, dass er sie anwidere. Und sie ihn und den ekelerregenden fetten Bauch nicht einmal mit einer Kneifzange anfassen würde. „Und wenn du der letzte Mann auf Erden wärst, würde ich dich nicht anrühren." Ihr Tonfall klang frostig und scharf. Sie grinste. In ihren Augen funkelte das Böse.

„Ich hole mir meine Befriedigung woanders, du alte Hexe." Mit ausgestreckter Brust stolzierte er aus der Küche und ließ sie mit aufgerissenem Mund stehen.

Emilia versteckte sich hinter der Tür, bis er das Haus verlassen hatte, und schlich zurück in ihr Zimmer. Wenn er sie erwischt hätte, hätte er sie totgeschlagen. Es interessierte sie inzwischen nicht mehr. Angst vor dem Tod quälte sie nicht. Mit ihren dreizehn Jahren hatte sie mit dem Leben abgeschlossen. Es würde der Tag kommen, an dem die Eltern sie totprügeln. Davon war sie überzeugt.

Die Kinderzimmer befanden sich in den Kellerräumen. Sie wirkten klein, sahen eher aus wie ein Verlies. In jedem Raum standen ein Bett und ein Kleiderschrank. Emilia bewohnte das kleinere Zimmer. Im vorderen Teil des Flures lag ein größeres, das sich ihre Geschwister teilten. Als Emilia nach dem belauschten Gespräch herunterkam, wurde ihr von einem modrigen Geruch übel. Sie schaute in das Zimmer ihrer Geschwister und vergewisserte sich, dass es den beiden gut ging. In ihrem Zimmer setzte sie sich auf ihr Bett und grübelte über die Worte des Vaters: „Dann hole ich mir meine Befriedigung woanders." In jener Nacht erfuhr sie, was sie bedeuteten. Es regnete den ganzen Tag, nachts tobte ein heftiger Sturm. Der Wind peitschte, heulte durch ihr undichtes Fenster. Durch den Luftzug knallte die Tür gegen den Türrahmen. Sie hörte die Äste an den Bäumen knacksen. Sie fürchtete sich und wünschte sich jemanden, der sie in die Arme schloss und ihr das Gefühl gab, sie zu beschützen. In diesem Augenblick öffnete sich die Zimmertür und ihr Vater trat ein. Für einen kurzen Moment wuchs ihre Hoffnung. Sie hoffte, dass er kam, um ihr die Angst zu nehmen. Die Realität sah anders aus. Er zerrte sich die Kleider vom Leib und legte sich zu ihr ins Bett. „Sei nett zu mir!" Die Worte drangen nur gedämpft zu ihr durch. Sie zitterte, ihr Mund war trocken. Ihr Herz fühlte sich an, als würde es stehen bleiben. Er begann, sie am Gesäß zu streicheln. Durch den Aufklärungsunterricht in der Schule wusste sie, was er tat. Hastig drehte sie sich auf den Bauch, damit er nicht an ihre Brüste kam. Energisch packte er sie, flüsterte, dass er sich holen wird, was er verdiene. Sie spürte den nach Alkohol stinkenden und heißen Atem in ihrem Nacken. Ihre Haare standen zu Berge. Ekel kroch in ihr hoch. Mit festem Griff wandte er Emilia zurück auf den Rücken. Mit der linken Hand hielt er ihren Hals und drang in sie ein. Die Schmerzen waren unerträglich. Übelkeit übermannte sie. Mit aller Kraft versuchte sie, sich aus dem Griff um ihre Kehle zu befreien. Keine Chance. Blanker Hass sprühte aus ihren Augen. Sie hatte das Gefühl, das Bewusstsein zu verlieren, so raubte es ihr die Luft. Mit jeder Minute schnürte sich der Handgriff enger um ihre Kehle, als zöge sich eine Schlinge zu. Nachdem er von ihr abließ, zog er sich an und schlenderte wortlos aus dem Zimmer. Dabei grinste er teuflisch, sodass ihr ein eiskalter Schauer den Rücken hinunterlief. Stundenlang lag sie wie gelähmt auf dem Bett und weinte vor Schmerz, Ekel, Scham. Zwischen ihren Beinen brannte es. Und zum ersten Mal in ihrem Leben wünschte sie sich den Tod.

Seit diesem Tag passierte es regelmäßig. Nachdem er seine Wut an ihren Geschwistern ausgelassen hatte, kam er zu ihr, um seine Belohnung zu erhalten. Mit der Zeit stumpfte sie ab, ließ es über sich ergehen. Sie tauchte in eine bessere Welt ab. Trotzdem begleitete sie jeden Tag die Angst. Sie betete zu Gott, dass er es ihren Geschwistern nicht auch antat. Den Gedanken ertrug sie nicht. Hilflos lag sie in ihrem dunklen Zimmer, wartete darauf, dass er zu ihr kommen wird. Sie weinte.

2

Amanda Brown saß im Cheslock-Kinderkrankenhaus in Chicago neben dem Gitterbett des dreieinhalbjährigen Sohnes. Ihre Arme umschlungen ihren Körper. Sie presste eine Hand gegen die Stirn. Beim Anblick Calvins verkrampfte sich ihr Magen. Blass und apathisch lag er im Kinderbett. Gestern noch tollte der quirlige und lebhafte Lockenkopf, von einem Ohr zum anderen grinsend, herum. Heute las man in seinen Augen nur Schmerz.

Amanda schaute besorgt auf das geschwollene Gesicht des Kindes. Nervös kaute sie an den Fingernägeln. An seinen Lippen hingen trockene Hautfetzen, die Augen bewegten sich unter den Augenlidern schnell hin und her. Calvin fieberte hoch und hatte in der Nacht mehrmals erbrochen. Er entleerte wasserdünne Stühle, durch die das Gesäß gerötet und wund war. Seit Stunden behielt er keine Nahrung bei sich, verweigerte das Trinken und wirkte zunehmend kraftlos. Der Kinderarzt, Dr. Bennett, erklärte der Mutter den geschwächten Zustand. Dem Körper fehlte es an Flüssigkeit und lebensnotwendigen Nährstoffen. Die Ärzte vermuteten eine bakterielle Magen-Darm-Grippe. Calvin regte sich kaum, schlief die meiste Zeit.

Mrs. Brown arbeitete im Steuerbüro ihres Mannes Eliot. Dadurch konnte sie sich die Zeit frei einteilen, um am Krankenbett sitzen zu bleiben. Die Browns führten eine liebevolle Ehe. Calvin wuchs in einem behüteten Haus auf.

Mit der Infektion steckte er sich im Kindergarten an, den er seit dem zweiten Geburtstag besuchte. Er liebte es, in die Tagesstätte zu gehen, und begrüßte seine Eltern morgens mit einer stürmischen Umarmung. „Mama, wann fahren wir endlich los zum Kindergarten?"

Amanda hatte Mühe, ihn zum Anziehen und Frühstücken zu bewegen. Calvin war ein aufgeweckter Junge, der für sein Alter eine erstaunlich schnelle Auffassungsgabe hatte. Eliot behauptete grinsend, dass Calvin jeden heimlich aus den Augenwinkeln musterte und ihm nichts verborgen blieb. Alles, was um ihn herum geschah, schnappte er auf, um es nachzueifern. Durch ihn füllte sich das Haus mit Leben. Nur nach dem Einschlafen blieb das Plappermäulchen stumm. Ansonsten dröhnten die zum Teil noch unverständlichen Wörter durch die Wohnräume oder er sang einzelne Liedzeilen, die er sich einprägte, wenn er ein Lied nur einmal hörte. Bei den Browns lief ständig Musik. Sie liebten es, zu singen und zu den Rhythmen zu tanzen, auch wenn keiner ein musikalisches Talent besaß.

Momentan war ihr Sohn nicht mehr der muntere Junge. Die blonden Locken lagen platt an der nassen Stirn und sprangen nicht im Takt mit. Calvin lag im Bett und schlief. Der stets brabbelnde Mund schwieg. Der Körper klebte vom nasskalten Schweiß, er zitterte, obwohl die Haut vom Fieber glühte. Die Farbe war ihm aus dem Gesicht gewichen. Man sah nur dunkle Augenränder um die sonst so leuchtenden blauen Augen. Amanda presste ihre Lippen zusammen und rieb sich ihre brennenden Augen mit dem Handrücken. Trotz der bunten Comicfigur auf den farblosen Wänden, wirkte das Zimmer kühl und trostlos. Verzweiflung stieg in ihr auf. Offenbar lag es an der Tatsache, dass es ein Krankenhaus war, weshalb sie sich schlapp und müde fühlte. *Wie soll ein Kind in so einer Umgebung gesund werden?* Sie nahm einen tiefen Atemzug und wischte sich ihre feuchten Hände an der Jeans ab. Für ihren Sohn hielt sie es ewig in der Klinik aus. Die Hauptsache war, er würde schnell genesen. Ab und zu gab Calvin einen gequälten Laut von sich, der ihr verdeutlichte, wie kraftlos und unwohl er sich fühlte. „Bald wird es dir besser gehen, mein Schatz. Die Ärzte helfen dir." Sie strich ihm eine nasse Locke aus dem Gesicht.

Ihren Sohn in diesem Zustand daliegen zu sehen, brach ihr das Herz. Vor dreieinhalb Jahren wagte sie nicht zu träumen, solche gewaltigen Emotionen zu empfinden. Muttergefühle. Den Stolz, unbändige Liebe, aber auch Ängste und Sorgen. Jeden Tag genoss sie die Zeit mit ihm. Sie liebte es, ihn zu beobachten, wenn er im Garten versuchte, die Schmetterlinge zu fangen. Sie liebte es, ihn beim Entdecken neuer Dinge zu unterstützen. Es machte Spaß, ihm zuzuhören, wann immer er sich verschiedene Fantasiegeschichten ausdachte. Sie schmunzelte, als sie sich an die letzte Woche erinnerte.

Calvin hatte sich eine orangene Plastikgitarre geschnappt und aus vollster Überzeugung geträllert.

„A, a fallow, a fallow you".

Das Lied „I FOLLOW RIVERS" gefiel ihm. Er bot eine eigene Version des Songs dar. So, wie er die Worte verstand, sang er sie nach.

„Danke." Calvin verbeugte sich und zwinkerte schelmisch, als ihm Amanda und Eliot applaudierten. Lächelnd schauten sie ihm zu und Tränen der Rührung stiegen in ihnen auf. Calvin quietschte vergnügt. „Wollt ihr eine Zugabe?"

Als Schwester Olivia das Krankenzimmer betrat, holte sie Amanda aus den Erinnerungen zurück. Fürsorglich überwachte sie die Vitalzeichen des Jungen. Sie tastete nach dem Puls, um die Herzschläge zu zählen. Dann legte sie die flache Hand auf den Brustkorb und kontrollierte die Atemzüge. Calvin atmete angestrengt, stieß die Luft beim Ausatmen hörbar aus. Nachdem die Krankenschwester die Körpertemperatur prüfte, gab sie Calvin einen Saft, um das Fieber zu senken. Er zeigte kaum Reaktion, schluckte ihn im Schlaf und drehte sich weg, als Olivia ihm einen Schluck Tee zum Nachtrinken anbot. „Es ist wichtig, dass du anfängst, zu essen und zu trinken", versuchte sie ihn in einem sanften, aber bestimmten Ton zu überreden.

Calvin wiegte kraftlos den Kopf hin und her und protestierte unter Tränen. „Mein Bauch tut weh." Er suchte nach der Hand seiner Mutter.

Amanda gab ihm einen Kuss auf die Stirn. „Ich streichle dir dein Aua weg, einverstanden?"

Calvin nickte vorsichtig und schlief wieder ein.

Olivia Collister arbeitete seit zehn Jahren auf der Kinderstation. Sie war eine der Krankenschwestern, die man sich für ein Kind nur wünschen konnte. Man merkte, dass ihr der Beruf Spaß machte. Sie umsorgte die Patienten liebevoll, hatte ein Talent dafür, die Aufmerksamkeit eines Kindes auf sich zu ziehen, und die Begabung, sie von der Angst vor Untersuchungen zu befreien. Ihr Verständnis gegenüber den Eltern und deren Sorgen machte sie sympathisch. Man hatte das Gefühl, sie erkannte die Bedürfnisse der Angehörigen im richtigen Augenblick. In Amandas Fall war es ein dringender Kaffee, etwas Essbares und eine warme Dusche, um ihre müden Knochen und ihren Geist zu beleben. Seit Stunden saß sie auf dem Stuhl neben Calvins Krankenbett. Immer wieder streckte sie sich, um die Anspannungen zu lösen.

„Sie sollten zur Ablenkung einen Kaffee in der Caféteria trinken gehen, Mrs. Brown. Ich schaue derweil nach Ihrem Sohn. Er schläft noch eine Weile. Der Körper ist geschwächt und braucht die Erholung. Ihnen tut ein bisschen frische Luft sicher gut."

Argwöhnisch musterte Amanda die Krankenschwester. Es kam für sie nicht infrage, ihren Sohn zurückzulassen. *Was ist, wenn er aufwacht und ich bin nicht da? Er liegt dann allein in einem fremden Zimmer und wird in Panik geraten.* Sie verwarf kurzfristig den Wunsch nach einer Mahlzeit, auch wenn ihr Magen mittlerweile bis zu den Kniekehlen hing. In dem Augenblick erhielt sie eine SMS. Eliot erkundigte sich nach Calvin, fragte, ob sie sich mit ihm zum Mittagessen treffen wollte. Sie brauchte eine Pause. Sie rieb ihren steifen Nacken und hielt einen Moment inne. Der Gedanke, ein Essen mit ihrem geliebten Ehemann einzunehmen, stimmte sie positiv. Erneut meldete sich ihr knurrender Magen. Sie würde nur essen und duschen gehen. Spätestens in einer Stunde käme sie zurück. Amanda vertraute Schwester Olivia ihren Sohn an, wusste, dass er in guten Händen war und küsste ihn auf die heiße Stirn. „Ich bin gleich wieder bei dir."

Calvin nahm den Aufbruch seiner Mutter nicht wahr. Er drehte sich zur Seite und schlief seelenruhig weiter. Nach einem letzten unsicheren Blick auf ihn lief Amanda zu ihrem Minivan. Über die Interstate-290-E käme sie in fünfundzwanzig Minuten in der Randolph-Street an. Zu dieser Zeit fuhr der Verkehr noch flüssig. Sie könnte es schaffen, in einer Stunde zurück zu sein.

Sie traf Eliot im BELLA. Es war seit Jahren ihr gemeinsames Lieblingsrestaurant. Sie sehnte sich so sehr nach einer Umarmung. Alle sahen in ihr eine zähe Frau an der Seite eines angesehenen Steuerberaters, die nichts erschüttern konnte. Plötzlich fehlte ihr die Stärke. Sie wirkte schwach, zerbrechlich, suchte Trost in den Armen Eliots. Gegenwärtig konnte sie nur abwarten und musste die Gesundheit des Jungen in die Hände der Ärzte legen.

3

Olivia Collister begann ihren Dienst um sechs Uhr morgens auf der allgemeinen Kinderstation im Cheslock. Wenn sie Frühdienst hatte, klingelte ihr Wecker um fünf Uhr. Sie hatte keine Probleme, früh aufzustehen. Im Gegenteil, sie bevorzugte diese Schicht, da sie den Nachmittag für ihre Hobbys frei hatte.

Olivia hatte Glück. Vor zehn Jahren, nachdem sie auf der Krankenstation angefangen hatte, fand sie eine Zweiraumwohnung in der North-Hudson-Avenue. Vier Kilometer lagen zwischen der Wohnung und der Klinik in der East-Chicago-Avenue. Sie benötigte nur fünfzehn Minuten mit dem Fahrrad und sparte sich die Kosten für öffentliche Verkehrsmittel. Das Cheslock kannte sie aus ihrer Kindheit. Damals hatte sie mit ihren Eltern im Hyde Park, südlich des Michigan Sees, gelebt. Im Alter von sieben Jahren war Olivia an einer akuten Leukämie erkrankt. Ihre weißen Blutkörperchen entarteten und vermehrten sich unkontrolliert in ihrem Körper. Sie erinnerte sich, wie sie von Tag zu Tag ihre Energie verlor. Sie hatte gerade das zweite Schuljahr erreicht, als ihre Leistungen und ihre Konzentration nachließen. Ständig fielen ihr die Augen zu. Das Aufstehen artete in Quälerei aus, sie hatte das Gefühl, an ihren Beinen hinge Blei. Jede Bewegung bereitete ihr enorme Schwierigkeiten.

Irgendwann war sie derart kraftlos, dass sie nicht mehr auf die Füße kam.

Ihre Mutter hatte Hämatome am Körper ihrer Tochter entdeckt. „Ich mache mir Sorgen, Eduard. Sie schläft nur noch und ist so blass. Ich bringe sie zu einem Arzt."

Bei der Erinnerung an diese Zeit, hämmerte Blut durch ihre Adern. Von dem Tag, an dem sie ihre Diagnose erfahren hatte, bis zur Heilung waren Monate vergangen. Sie hatte Wochen im Kinderkrankenhaus verbracht. Chemotherapie, Übelkeit, Erbrechen, Müdigkeit und Schmerzen waren tägliche Routine geworden. Es waren die härtesten Monate ihrer Kindheit gewesen. *Wie kann Gott nur so gemein zu mir sein?*, hatte sich Olivia immer wieder gefragt. Einige Zeit hatte sie geglaubt, Gott wollte sie bestrafen, weil sie ihre Eltern oft angelogen hatte. Sie hatten in einem Appartement mit einer großen Dachterrasse gewohnt. Ihre Mutter erlaubte ihr nicht, dort hinaufzugehen. Sie sorgte sich, dass Olivia etwas zustoßen könnte. Wenn die Eltern aus dem Haus gegangen waren, stieg sie die verbotene Treppe nach oben, breitete eine Decke auf den dunkelbraunen Terrassendielen aus und legte sich darauf. Stundenlang schaute sie den Wolken zu, die unablässig ihre Formen veränderten. In der Dunkelheit liebte sie es, die Sterne zu beobachten. Besonders an den kälteren Abenden, wenn der kühle Wind über ihren Körper wehte. Die frische Prise bereitete ihr eine Gänsehaut. Auf dem Dach fühlte sie sich frei. Ihre Eltern erwischten sie nie. War die Krankheit ihre gerechte Strafe?

Nach drei Jahren nicht enden-wollender Krankenhausaufenthalte galt sie als geheilt. Wut und Ängste hatten an den Nerven der Familie gezerrt. Dennoch lohnte sich der Kampf und die Ausdauer, die Leukämie kehrte nie zurück.

Olivia hatte zügig gelernt, mit der Situation umzugehen. Sie tröstete andere Kinder und schaffte es, sie trotz der schweren Zeit zum Lachen zu bringen. Eine ihrer gewonnenen Freundinnen hatte kein Glück. Olivia wich Melina nicht von der Seite ihres Sterbebetts. Ihren kahlen Kopf hatte Olivia unter einem rosafarbenen Kopftuch versteckt. Sie hielt ihre Hand und erzählte von einem leuchtenden Regenbogen, über den sie nun hinüberlaufen durfte. „Am Ende des Regenbogens wartet der Sternenhimmel auf dich. Du wirst den Sternen nah sein, sie berühren und sie leuchten dir den Weg. Viele gute Menschen begrüßen dich im Himmel." Olivia wippte leicht vor und zurück und flüsterte ihrer Freundin ins Ohr: „Und eines Tages empfängst du mich dort in deinen Armen."

Genau so stellte sie sich den Ort vor, an den sie gehen wird, wenn sie stirbt. Es schmerzte, zuzuschauen, wie ihre Freundin sich vom Leben verabschiedete. Ihre Augen glänzten vor zurückgehaltenen Tränen, doch sie wollte nicht weinen, um Melina nicht zu verschrecken. Sie schlief friedlich ein. Olivia legte ihren Kopf auf die Brust der Krankenschwester, weinte über den schweren Verlust. Stundenlang. Ein Gefühl, das sie bisher nicht kannte. Ein Schmerz, der ihr Herz in tausend Stücke zu zerbrechen drohte. Es hinterließ tiefe Narben in ihrer Seele. Die Krankenschwester hielt sie, bis die Schultern kraftlos nach unten sanken und Olivia einschlief.

An Melinas Sterbebett hatte sie die Entscheidung getroffen, welchen Beruf sie erlernen wollte. Vierzehn Jahre später hatte sie ihren ersten Dienst als Kinderkrankenschwester im Cheslock angetreten. Diese Entscheidung bereute sie bis heute nicht. Sie liebte Kinder. Bei dem Anblick eines Kindes verzog sich ihr Mund zu einem breiten Lächeln. Jeden einzelnen ihrer Schützlinge behandelte sie mit Wärme und Fürsorge, damit sie und ihre Eltern sich den Umständen entsprechend wohlfühlten und Vertrauen aufbauten. Einzig bei Misshandlungsfällen stieg blanker Hass in ihr auf. Bei solchen Fällen stieß sie an ihre Grenzen. Besonders dramatisch war es, wenn die Verletzungen so schwerwiegend waren, dass das Leben des Patienten nicht mehr gerettet werden konnte.

Heute arbeitete Olivia allein mit einer sechzehnjährigen Praktikantin. Ihre Kolleginnen bauten Überstunden ab. Das Mädchen begleitete die Krankenschwestern seit vier Wochen. Sie half fleißig und war freundlich zu den Kindern und Angehörigen. Für diesen Beruf verhielt sie sich jedoch zu schüchtern. Eine eher unscheinbare, junge Frau, die durch nichts die Aufmerksamkeit auf sich zog, die sofort rot anlief, sobald man sie ansprach. Olivia musterte sie von Kopf bis Fuß und war überzeugt, dass sich das ändern wird, sobald sie den Beruf länger ausübte. Für kleine Aufgaben war sie eine große Hilfe. Olivia schüttelte ihre Gedanken ab.

Momentan sorgte sie sich um Calvin. Er wirkte erschöpft, sein Herz schlug unregelmäßig und er aß und trank weiterhin nicht. Das Fieber ließ sich nur schwer senken und stieg rasch wieder an. Sie wechselte die leere Infusionsflasche und überprüfte den venösen Zugang.

„Wo ist meine Mama?" Er schluchzte.

„Oh, du bist wach. Deine Mutter ist gleich wieder bei dir. Sie ist nur etwas essen gegangen. Ich passe so lange auf dich auf, einverstanden?" Olivia setzte sich auf den Stuhl neben dem Gitterbett. „Soll ich dir eine Geschichte vorlesen?"

Seine Augen waren rot und geschwollen. Er schüttelte den Kopf, krümmte sich, zog die Beine an und umklammerte sie mit beiden Armen. Er stieß einen verzweifelten Laut aus und übergab sich.

Olivia reagierte nicht schnell genug, um ihm eine Schale unter den Mund zu halten, sodass das Erbrochene im Bett landete. Sie rief nach der Praktikantin, bat sie, frische Wäsche zu holen. Dann gab sie ihr Calvin auf den Schoß. Olivia wechselte gerade die Bettwäsche, als Calvin erneut würgte. Rechtzeitig hielt sie ihm die Nierenschale hin und verhinderte ein weiteres Malheur. „Pass auf ihn auf!", wies sie die Praktikantin an. „Ich bitte Dr. Bennett, sich Calvin noch einmal anzuschauen."

4

Nach einer Viertelstunde kehrte Olivia auf die Station zurück. Ihre Halsschlagader pochte vor Wut auf Dr. Bennett. Der Oberarzt leitete die allgemeine Kinderabteilung. Ein beliebter Arzt bei den Familien. Er behandelte die Kinder behutsam. Fachlich war er eine Koryphäe. Doch Olivia fand ihn nicht sympathisch. Und sie stand mit dieser Meinung nicht alleine da. Gegenüber den Mitarbeitern war er eine Katastrophe. Er begegnete den Kollegen launisch und reagierte cholerisch, wenn eine Sache nicht lief, wie er es erwartete. Bei den Patienten und Eltern hingegen zeigte er sich herzensgut. Olivia beschrieb ihn als einen Menschen mit mehreren Gesichtern. Wenn er keine miese Laune hatte, wirkte er gehetzt und abwesend. Bei Unterhaltungen trat er ständig von einem Fuß auf den anderen und strich ununterbrochen durch sein Haar. Seit Wochen wanderte sein Blick nervös umher. Er verhielt sich auffällig, als flöhe er vor jedem, der ihm über den Weg lief. Ein rätselhafter Mann. Die Krankenschwester wunderte sich nicht, dass seine Ehefrau ihn verlassen hatte. Zumindest erzählte man das in der Klinik hinter vorgehaltener Hand. Dr. Bennett hatte sich nicht immer so aufgeführt. Er engagierte sich im Cheslock-Kinderkrankenhaus. Besuchte regelmäßig Fortbildungen, um über den aktuellsten Stand der Medizin informiert zu sein. Er war für jeden Spaß bereit. Betätigte sich im Komitee des Personals, das sich Opfern von Misshandlungen annahm und dafür sorgte, dass die Qualen der Kinder aufhören mögen. In dieses Projekt steckte er sein ganzes Herzblut. Olivia hatte vorübergehend in dem Arbeitskreis mitgewirkt, aber sie hasste es. Sie ertrug die Konfrontation mit dem Tod der Kinder, die traurigen Gesichter und gequälten Seelen nicht. Sie verstand nicht, wie Eltern in der Lage waren, ihre Kinder zu quälen, bis sie an den Verletzungen starben.

Wenn sie an ihre liebevolle Kindheit zurückdachte, empfand sie ein Riesenglück. Sie liebte ihre Eltern und ihre Eltern liebten sie. Kaum vorstellbar, dass manche zu solch einer Tat, gegen ihr eigen Fleisch und Blut, fähig waren. Sie überkam eine Gänsehaut, eine Woge der Übelkeit überrollte sie. Sie rief sich einen Todesfall in ihr Gedächtnis. Ein Geschwisterpaar, das vor drei Jahren in die Klinik eingeliefert wurde. Bei den Untersuchungen hatte man sowohl alte als auch neue Wunden festgestellt, die eindeutig auf körperliche Gewalt hinwiesen. Auf ihren Körpern hatte man die Misshandlungen wie aus einem Buch lesen können. An jeder Verletzung erkannte man, wie grausam mit ihnen umgegangen worden war. Dr. Bennett, ein Gerichtsmediziner und ein Assistenzarzt konfrontierten die Eltern mit dem Verdacht.

Der Vater schlug mit der Faust auf den Schreibtisch. „Ich höre mir solche haltlosen Unterstellungen nicht an!"

Nie mehr würde Olivia den aufflammenden Zorn in den Augen des Vaters vergessen. Die Blessuren waren das eine, aber die seelischen Narben der beiden konnte man kaum erahnen.

In Olivia hatte sich alles zusammengezogen, als sie nach zwei freien Tagen zurückgekehrt war. Nichtsahnend erkundigte sie sich nach den Geschwistern. In ihren Ohren rauschte das Blut, als sie von ihrem Tod erfuhr. Wie angewurzelt stand sie im Stationszimmer, starrte an die Wand und wisperte immer und immer wieder die Frage vor sich hin, wie das passieren konnte. „Schwere innerliche Verletzungen", hatte Dr. Bennett als Todesursache angegeben.

Olivia legte die Hand auf ihren Mund, um die aufsteigende Übelkeit zu unterdrücken. Das Schicksal der Kinder belastete sie noch immer.

Vor etwa zwei Jahren veränderte der Kinderarzt plötzlich sein Verhalten. Anfangs wirkte er häufiger miserabel gelaunt, machte keine Späße mehr, man sah ihn nicht mehr lächeln. Nur wenn er mit den Patienten und Angehörigen sprach, setzte er eine höfliche Miene auf. Die Maske fiel, sobald er den Rücken zudrehte. Ab diesem Zeitpunkt sah man ihn nie wieder gemeinsam mit seiner Ehefrau. Vor dieser Zeit kam sie oft, um mit ihm in der Cafeteria den hundsmiserablen Kaffee zu trinken. Nicht weil er ihr schmeckte. Sie kam nur, um ihn zu sehen. Als Oberarzt hatte er Verpflichtungen und verbrachte wenig Zeit zu Hause. Er schlug sich eine Vielzahl von Nächten im Cheslock um die Ohren. Vielleicht hatte seine Frau die Nase voll davon. Wissen konnte es keiner, was vor zwei Jahren passiert war.

Er war durchaus nicht der Typ, der irgendetwas von sich preisgab. Vor Kurzem begann er, der nervöse Typ zu werden. Er geisterte durch die Klinik, rieb sich unablässig die Hände, die Augenlider zuckten permanent. So wirkte er auch an diesem Tag. Gehetzt, neben der Spur.

Olivia klopfte mehrmals an die Bürotür, erhielt aber keine Aufforderung zum Eintreten. Vorsichtig öffnete sie die Tür, steckte ihren Kopf hinein und warf einen verstohlenen Blick in das Zimmer. Sie kam sich vor, als erwische man sie gleich bei etwas Verbotenem. „Entschuldigen Sie, Dr. Bennett?" Sie sprach mit gedämpfter Stimme, um ihn nicht zu erschrecken.

Keine Reaktion. Dr. Bennett stand am Fenster, schaute ins Leere.

„Dr. Bennett?"

Nichts. Lauter und gereizter rief sie erneut nach ihm. Als er sich umdrehte, schaute er sie erschrocken an. Das leicht graumelierte, schwarze Haar stand wirr in alle Richtungen. Die Krawatte hatte er gelockert. Unter den Achseln bildeten sich Schweißflecken. Die Augenränder verrieten, dass er seit geraumer Zeit nicht mehr geschlafen hatte. „Schwester Olivia, entschuldigen Sie, ich war in Gedanken. Was kann ich für Sie tun?" Sein Blick wanderte durch sie hindurch.

„Der Zustand von Calvin Brown verschlechtert sich zunehmend. Weiterhin fiebert und erbricht er. Dabei krümmt er sich vor Bauchschmerzen. Ich bitte Sie, noch einmal ein Auge auf ihn zu werfen."

Keine Reaktion.

Wütend funkelte sie ihn an, wartete auf eine Antwort. Sie stellte sich vor, wie sie ihn schüttelte oder ihm eine Ohrfeige gab, um ihm zu vermitteln, dass er ihr antworten solle.

Man sah förmlich, wie es in seinem Kopf ratterte. Nach gefühlter Unendlichkeit ein Nicken. „Bringen Sie ihn in den Untersuchungsraum II!"

„Aber, Dr. Bennett, ihm geht es wirklich schlecht und ich dachte, Sie kommen auf die Station, um ..."

Er bremste sie mit einem barschen Ton. Dr. Bennett hob die Hand als Zeichen, dass sie nicht weiterreden brauche. Er verzog die Mundwinkel und gab ihr gereizt zu verstehen, dass er eine klare Anweisung gegeben und sie dieser Folge zu leisten hatte. Zornig drehte sie sich um, verließ ohne ein Wort das Zimmer und warf die Bürotür mit einem lauten Knall zu. Grollend lief sie den Flur zurück zur Station.

So ein verdammtes Arschloch. Soll er in der Hölle schmoren. Über ihre Gedanken erschrak sie, doch sie kochte vor Wut auf Dr. Bennett. Aufgebracht wischte sie die Tränen weg und atmete tief durch. Dann stampfte sie auf die Station zurück.

Sie begab sich direkt in das Zimmer von Calvin, legte ihn ins Bett und bereitete ihn für die Untersuchung vor. Als sie losgehen wollte, klingelte das Stationstelefon. Ein Anästhesist rief aus dem Aufwachraum an und teilte ihr mit, dass der achtjährige Julian aus dem OP abgeholt werden konnte. Der Anruf kam ihr sehr gelegen. Mit der Aufnahme und Überwachung eines frischoperierten

Kindes brauchte sie Zeit. Sie legte keinen Wert darauf, noch einmal auf Dr. Bennett zu stoßen.

Olivia atmete erleichtert auf und unterwies die Praktikantin. „Bring den Patienten ins Untersuchungszimmer II! Danach kommst du umgehend zurück und hilfst mir bei der Versorgung von Julian. Richte dem gnädigen Herrn aus, er möge uns anrufen, wenn er mit den Untersuchungen fertig ist, dann holen wir Calvin wieder ab."

Die Praktikantin überhörte den Groll in Olivias Stimme nicht.

Olivia half dem Mädchen, das Bett bis zum Flur rauszuschieben. Auch wenn Dr. Bennett sie enorm nervte, wusste sie, dass Calvin bei ihm in den besten Händen war.

Mit beiden Händen hielt die Praktikantin krampfhaft die Bettgitter am Kopfende fest, sodass die Fingerknöchel ganz weiß wurden. Sie wollte nicht irgendwo gegenfahren, um Calvin Brown nicht zu wecken. Ein freudiges Lächeln trat auf ihr Gesicht, als sie den niedlichen Jungen betrachtete. Sie arbeitete seit vier Wochen auf der allgemeinen Kinderstation. Es machte ihr Spaß. Sie stellte sich vor, einmal im Cheslock anzufangen. Sie mochte Kinder. Sie hatte oft auf ihre Geschwister aufgepasst. Ein leises Glucksen unterbrach ihre Gedanken. Es ging Calvin zusehends schlechter. Sie schüttelte ihre Gedanken ab und konzentrierte sich darauf, das Bett weiterzuschieben. Auf dem Flur begegnete ihr Dr. Bennett. Zögernd lief sie ihm entgegen, schaute ihm nervös in die Augen. Glanzlose Augen. Gehetzter Ausdruck. Er war blass. Irgendetwas bereitete ihm Sorgen. Trotzdem empfand sie kein Mitleid. Er war ein grausamer Mensch. Kalt, ohne jegliche Emotionen. So lernte sie ihn kennen und so ging er mit den Mitmenschen um. Er nickte ihr zu und marschierte an ihr vorbei. Verdutzt schaute sie ihm nach. Sie öffnete die Tür des Untersuchungszimmers II und schob das Bett vorsichtig hinein. Das Zimmer war durch die heruntergelassenen Rollläden abgedunkelt. Die Stille auf dem Gang behagte ihr nicht. *Ob er erkannt hatte, dass sie ihm Calvin brachte? Wo wollte er jetzt hin?* Unschlüssig stand sie in dem dunklen Raum und überlegte, was sie tun sollte. Schwester Olivia hatte sie angewiesen, sofort zurückzukommen, damit sie ihr bei der Aufnahme aus dem OP helfen konnte. Sie entschied, nicht auf Dr. Bennett zu warten und Calvin im Zimmer abzustellen. Dr. Bennett wusste, dass er zur Untersuchung gebracht werden wird. Er hatte es veranlasst. Angespannt schaute sie sich im Raum um, rieb sich übers Gesicht. Dann trat sie auf den Flur und schloss die Zimmertür.

5

Dr. Bennett atmete hörbar aus, als Olivia das Büro verlassen hatte. Mit geballten Händen ließ er sich in den Schreibtischstuhl fallen. Er zupfte das Hemd zurecht und wischte mit der Hand über das schweißnasse Gesicht. Seine Gedanken kreisten um die Briefe, die alle paar Wochen im Briefkasten landeten. Drohungen! Erpressungen! Briefe, die mit ausgeschnittenen Buchstaben aus Zeitungen beklebt waren. In denen man ihn aufforderte, zu zahlen. Er öffnete die Schreibtischschublade und entnahm den ersten Brief. Zögernd holte er ihn aus dem Umschlag und las erneut. Sein Atem beschleunigte sich, der Mund war wie ausgetrocknet. Bisher hatten ihm die Briefe keine Sorgen bereitet. Man beschimpfte ihn als unfähig, inkompetent und grausam. Er glaubte, die Zeilen stammen von Eltern oder Angehörigen, die ihre Wut über das Ableben eines Kindes zum Ausdruck brachten. Oft suchten sie in ihrer Verzweiflung nach Schuldigen.

Ohne Zweifel tat er alles in seiner Macht stehende, um das Leben eines Kindes zu retten. Der letzte Brief klang erschreckend. Das waren keine leeren Drohungen mehr. Langsam bekam er es mit der Angst zu tun. Es gab klare Anweisungen und man bedrohte ihn mit seinem und dem Leben seiner Exfrau.

Was haben die gegen mich in der Hand? Und woher wussten sie von meiner Exfrau? Fragen, die ihn ständig verfolgten.

Dr. Bennett war einundvierzig, geschieden. Seit zwanzig Jahren arbeitete er im Cheslock, hatte vor acht Jahren die leitende Oberarztstelle übernommen. Vor zehn Jahren hatte er das Komitee für Kindesmisshandlungen gegründet. Er engagierte sich nicht ohne Grund für misshandelte Kinder. Am eigenen Leibe hatte er erfahren, was es bedeutete, den Wutausbrüchen der Eltern ausgesetzt zu sein. Mit den Mitgliedern des Arbeitskreises machte er sich zur Aufgabe, Kindern zu helfen, denen es genauso erging wie ihm.

Er stand im Büro und hielt in der zitternden Hand den Erpresserbrief, den er am Morgen auf dem Schreibtisch fand. Er hatte ihn gerade gelesen, als ihn Schwester Olivia aus den Gedanken riss. Ihm war klar, dass er sie zu barsch angefahren hatte. Er nahm sich vor, sich bei ihr zu entschuldigen. Sie trug keine Schuld an dem Schlamassel. Er dachte an Calvin Brown, dessen Zustand sich nicht besserte. Dr. Bennett atmete tief ein, hielt kurz die Luft an und blies den Atem lautstark wieder aus. Zuerst musste er sich beruhigen und frisch machen. Schleppend erhob er sich, legte den Brief in die Schublade und verließ den Raum. *Dann kümmere ich mich um Calvin.*

Amanda und Eliot Brown saßen im BELLA und waren mit ihren Vorspeisentellern fertig. Der Hauptgang stand auf dem Tisch, aber Amanda stocherte mit der Gabel in ihrem Reis. Der Appetit wollte sich nicht einstellen. Ihre Gedanken kreisten um ihren Sohn. Gänsehaut bildete sich auf ihren Armen bei der Gewissheit, dass sie ihn allein im Krankenhaus zurückgelassen hatte. Das schlechte Gewissen rührte sich. Sie war jetzt fünfundvierzig Minuten weg. Sie würde es nicht schaffen, nach Hause zu fahren, um zu duschen.

Eliot bemerkte ihre Anspannung und schlug vor, dass sie zum Cheslock aufbrechen sollten. „Du wirst sehen, es wird alles in bester Ordnung sein."

Rastlos rutschte sie auf ihrem Stuhl hin und her. Es war ihr unangenehm und es tat ihr entsetzlich leid, dass sie eine negative Atmosphäre versprühte. Eliot meinte es mit dem Essen nur gut. Aber sie wollte zurück zu ihrem Sohn. Eliot bezahlte und sie liefen zu ihrem Cadillac Coupé. Während der Autofahrt blickte Amanda stumm aus dem Fenster, gedankenverloren. Sie wusste nicht warum, irgendetwas löste eine unerträgliche Ungeduld in ihr aus. Sie spürte eine derartige innere Unruhe, dass sie schier wahnsinnig wurde. In ihr kribbelte es bis zu den Zehenspitzen, ihr Herz pochte und am liebsten würde sie sich den Brustkorb aufreißen, um den Druck loszuwerden. „Fahr bitte schneller, Eliot, wir müssen zu Calvin."

Eliot blieb ruhig, ließ sich nicht von der Nervosität anstecken. Das Schlimmste, was passieren konnte, war, dass sie einen Unfall verursachten. Das half am Ende niemandem.

Als könnte sie die Zeit einholen, eilte Amanda vom Parkplatz der Klinik in Calvins Zimmer. Geräuschlos öffnete sie die Zimmertür. Sie wollte verhindern ihn zu wecken. Ihr Herz setzte aus. Sie unterdrückte einen Schrei. Sie blickte in ein leeres Krankenzimmer. Calvin fehlte, samt Bett. Das Blut begann, in ihren Ohren zu rauschen. Amanda packte die Panik. *Ich hätte auf keinen Fall weggehen dürfen. Amanda, du bist so blöd. Wie konntest du nur so egoistisch sein zum Essen zu fahren, während dein Sohn im Krankenhaus liegt?* Entsetzt entfuhr ihr ein Schrei. „Calvin? Schwester Olivia?" Ab sofort wird sie nicht mehr von seiner Seite weichen.

Schwester Olivia hörte die aufgeregten Rufe von Amanda Brown und eilte zu ihr. „Mrs. Brown, beruhigen Sie sich bitte. Es ist alles in Ordnung. Calvin hatte mehrmals erbrochen, sodass ich Dr. Bennett gebeten habe, ihn sich anzuschauen. Kommen Sie, ich bringe Sie zu ihm ins Untersuchungszimmer." Olivia war es egal, ob es Dr. Bennett recht wäre, wenn sie ihm die Eltern brachte. In zwei Stunden wird sie Feierabend haben. Und über das Wochenende hätte sie frei. Sie wird ihm erst einmal nicht über den Weg laufen.

Sie klopfte an die Tür des Zimmers und öffnete sie, ohne auf eine Antwort zu warten. „Dr. Bennett, Mr. und Mrs. Brown wollen zu …" Sie stockte, ihre Stirn legte sich in Falten. Sie schnappte hörbar nach Luft. *Was ist los?*, schoss es ihr durch den Kopf.

Das Zimmer stand leer.

Sie fühlte sich unbehaglich. Schamesröte stieg ihr ins Gesicht. Es war ihr peinlich, vor den Eltern zugeben zu müssen, dass sie nicht wusste, wo sich ihr Sohn befand.

Was ergab die Untersuchung? Warum gab er ihr nicht Bescheid? Nervös fuhr sie sich durch ihren Pony.

„Wo ist unser Sohn?" Eliots Tonfall änderte sich. Aus der freundlichen wurde eine hohe, leicht aufgeregte Stimme.

„Wir wissen es gleich. Ich rufe sofort den Kinderarzt an." Olivia schickte in Gedanken ein Stoßgebet nach oben. Schweißperlen sammelten sich auf ihrer Stirn.

Dr. Bennet nahm das Telefonat entgegen und zitierte Olivia zu sich, ohne sich anzuhören, was sie wollte.

Gemeinsam mit den aufgebrachten Eltern lief sie schnellen Schrittes los. „Dr. Bennett, wo ist Calvin?", sprudelte es aus ihr heraus, ehe sie die Tür richtig geöffnet hatte.

Jacob Bennett sah sie fragend an. „Das frage ich Sie, Olivia", zischte er zynisch, ohne die Eltern im Hintergrund wahrzunehmen. „Ich sagte, Sie sollen ihn ins Untersuchungszimmer bringen. Damit meinte ich zeitnah und nicht erst in ein paar Stunden!" Sein Gesicht verwandelte sich in eine finstere Miene.

Olivia wurde es plötzlich heiß und schummrig. Sie glaubte nicht, was er sagte. Kopfschüttelnd versuchte sie, tief durchzuatmen. „Er ist sofort von unserer Praktikantin gebracht worden. Ich habe sie direkt mit ihm losgeschickt. Nachdem sie Calvin abgeliefert hatte, kam sie zurück zu mir auf Station." In hysterischem Ton überschlugen sich ihre Worte. *Was ist verdammt noch mal schiefgegangen? Das darf nicht wahr sein!*

Die Browns verloren die Geduld. Von hinten traten sie unaufgefordert ins Büro des Arztes und verlangten eine Auskunft, wo ihr Sohn stecke.

„Es ist nur ein Missverständnis", versuchte Olivia, die Wogen zu glätten. „Wir gehen zurück zur Station und fragen die Praktikantin. Vielleicht hat sie sich in den Zimmern geirrt." Sie versuchte, sich selbst damit zu beruhigen.

Auf dem Weg zur Station betete sie, dass Gott ihr so etwas nicht antun solle. Ein verschwundenes Kind aus der Klinik. Das durfte nicht passieren. Sie schloss die Augen, Übelkeit stieg in ihr empor. Sie hatte Mühe, nicht zu hyperventilieren.

Auf der Station rief sie nach der Praktikantin. Die beschäftigte sich gerade mit einem Kleinkind und las eine Geschichte vor. Das junge Mädchen erschrak, schaute verdutzt auf, als die Schar aufgebrachter Leute das Zimmer betrat.

Ein hochgewachsener Mann raste auf sie zu, dass sie vor Angst fast vom Stuhl fiel. „Wo ist mein Sohn, Calvin Brown?" Er war aufgebracht. Sein Gesicht lief hochrot an. Die Frau neben ihm schluchzte, war leichenblass.

Die Praktikantin sah panisch von einem zum anderen. Dr. Bennett versuchte, Ruhe in das Chaos zu bringen. „Mr. Brown, bitte beruhigen Sie sich. Die Sache klärt sich gleich auf." Er drehte sich der Praktikantin zu. „Schwester Olivia meinte, Sie haben mir Calvin ins Untersuchungszimmer II gebracht? Ich traf dort niemanden an. Als ich dort ankam, war es leer. Haben Sie sich in den Räumen geirrt?"

Mit aufgerissenen Augen schaute das Mädchen Dr. Bennett an. Nervös verknotete sie ihre Hände und versicherte stotternd, dass sie den Jungen im richtigen Zimmer abgeliefert hatte. Dass niemand anwesend war und sie gedacht hätte, dass Dr. Bennett gleich kommen würde. Sie hatte geglaubt, er wüsste, dass Calvin in dem Bett gelegen hatte, als er auf dem Flur an ihr vorbei gelaufen war. Hilfesuchend starrte sie zu Olivia. „Schwester Olivia wollte, dass ich direkt zurückkomme, um ihr zu helfen."

Mr. Brown stieß ein ärgerliches Schnauben aus. Wild gestikulierte er mit den Händen und drehte sich verächtlich zu Dr. Bennett. „Verdammt noch mal! Es kann nicht sein, dass eine unerfahrene Praktikantin auf die Kinder losgelassen wird, Dr. Bennett. Sie hat noch nicht mal eine Ausbildung." Zu dem Mädchen gewandt brüllte er: „Sie können nicht einfach ein Kleinkind unbeaufsichtigt in einem Zimmer abstellen. Sind Sie von allen guten Geistern verlassen?" Er tippte sich mit dem Finger gegen die Stirn. „Ich möchte auf der Stelle wissen, wo ich meinen Sohn finde! Wir haben Ihnen vertraut!" Mr. Browns Kopf war feuerrot angelaufen. Er war so aufgebracht, dass er das Atmen zwischen den Worten vergaß.

Der Praktikantin schossen die Tränen in die Augen. *Was hatte sie sich dabei gedacht?* Sie traute sich nicht, etwas zu erwidern.

Olivia reagierte entsetzt. Ein ungutes Gefühl breitete sich in ihr aus. Am liebsten hätte sie die Praktikantin geschüttelt, sie angeschrien, wie sie nur so dumm gewesen sein konnte. Aber damit würde sie nur Öl ins Feuer gießen, die Wut der Eltern gegen die Praktikantin schüren und die verworrene Situation verschlimmern. Außerdem gab sie sich die Schuld. Sie hätte Calvin selbst ins Untersuchungszimmer bringen sollen. Nur wegen der verdammten Wut auf Dr. Bennett schickte sie die Praktikantin. Im Prinzip hatte sie nur das befolgt, was man ihr aufgetragen hatte.

„Wir müssen nach ihm suchen", schrie Amanda. Taumelnd stürzte sie aus der Tür, stieß gegen einen Rollwagen, auf denen die Tagesmedikamente standen, die an die Patienten verteilt werden.

Wie in Trance beobachtete Olivia, wie die bunten Pillen auf dem glatten Boden herumsprangen.

Hektisch telefonierte Olivia alle Stationen ab, schilderte den Vorfall, beschrieb Calvin. Nirgendwo tauchte er auf. Sie alarmierte den Wachdienst. Gemeinsam liefen sie durch die Klinik, um ihn zu finden.

Amanda war nicht mehr in der Lage, irgendetwas zu sagen. Wie in Trance lief sie ihrem Mann hinterher, der panisch nach seinem Sohn schrie. Amanda Brown hatte vor einer Stunde die Klinik verlassen, da lag ihr Kind schlafend im Bett. Und nun war er spurlos verschwunden. Hatte sich in Luft aufgelöst. Sie fühlte sich schuldig. Sie ließ ihn alleine zurück.

Die Suche nach Calvin blieb vergebens. Er war nicht auffindbar. Die Angst biss sich in die Körper der Eltern. Langsam verließen sie die Kräfte. Das Wachpersonal durchsuchte als Letztes die untersten Etagen. Jeder einzelne Raum wurde durchforstet. Vor der Auffahrt für Rettungsfahrzeuge, die direkt zu den Fahrstühlen führte, stand ein silbernes Gitterbett.

Sofort fiel das Namensschild ins Auge.

CALVIN BROWN, GEB. 12. APRIL 2013.

Das Bett stand leer.

Verlassen.

Auf dem grauen Flur.

6

Natalie Bennett stand seit den frühen Morgenstunden an ihrem geöffneten Küchenfenster. Sie blickte in ihren gepflegten Vorgarten, der aussah, als würde man den Rasen mit einer Nagelschere und Maßband schneiden. Sie wohnte in der South-Spring-Avenue in La Grange. Ein Vorort von Chicago, circa einundzwanzig Kilometer westlich der Stadt. Es war eine gepflegte und familiäre Gemeinde, die einen guten Ruf besaß, was die Schulen betraf.

Kurz vor der Eheschließung hatten sich Natalie und ihr Exmann das helle Einfamilienhaus gekauft. Nach der Trennung war sie in dem Haus geblieben. Ihr Exmann hatte ihr nach der Scheidung vor einem Jahr alles überschrieben und verzichtete auf die gemeinsamen Anschaffungen. Er war nie mit dem Einrichtungsstil von Natalie einverstanden gewesen. Sie liebte die Farbe Weiß. Ihre Zimmer hatte sie alle in schlichtem Weiß eingerichtet, ein paar schwarze Möbel setzten die Farbakzente. Sofern man bei Schwarz von einer Farbe sprechen konnte. Sie mochte La Grange und seine Bewohner. So blieb sie allein in dem großen Haus zurück.

Sie sog frische Morgenluft tief in ihre Lunge. Sie liebte die kalte Luft. Der Rasen glitzerte vom weißen Tau und eine Nebeldecke schwebte darüber. Die Sonne saß tief, schien in leuchtender Pracht genau in ihr Fenster. Das herrliche Bild belebte sie.

Heute wird sie ihren Dienst wieder antreten. Als Sonderermittlerin beim FBI. Ein beklemmendes Gefühl breitete sich in ihr aus. War sie wirklich bereit? Mit sechsundzwanzig Jahren war sie auf die FBI-Academy in Quantico, Virginia, gegangen. Vorher hatte sie als Officer bei der State-Police in Chicago gearbeitet. Nach der harten Ausbildung an der Academy, die sie problemlos meisterte, konnte sie nach Chicago zurückkehren und bekam beim FBI eine Stelle in der West-Roosevelt-Road. Sie liebte ihren Job. Noch glücklicher machte sie, dass sie in ihre Heimat zurückkehren konnte.

Mit dreißig Jahren hatte sie Jacob Bennett kennengelernt. Es verlief alles sehr rasch. Sie verliebten sich und heirateten ein Jahr später. Wenn es nach Natalie gegangen wäre, hätten sich die beiden Zeit lassen können. Aber Jacob hatte es eilig gehabt. Sie hatte ihn geliebt, aber trotzdem ging es ihr zu schnell. Sein Wille, unbedingt zu heiraten, und seine Argumentationen hatten sie schließlich umgestimmt. Es war keine Traumhochzeit gewesen. Und sie hatte es alles andere als romantisch empfunden. Ganz unspektakulär, in kleinem Rahmen. Von Jacob hatte sie nicht viel gewusst. Geschwister gab es keine. Doch sie wusste, dass er seit dem vierzehnten Lebensjahr in einem Heim aufgewachsen war. Von den Eltern hatte er nie gesprochen. Nur vom Tod des Vaters. Die Mutter hatte er nicht erwähnt. Es gab auch keinen Kontakt zu ihr. Natalie hatte einige Male nachgehakt, es jedoch aufgegeben, als

Jacob ständig dem Thema ausgewichen war. Er wollte einfach nichts erzählen. So hatten bei ihrer Hochzeit nur Amandas Eltern und die Trauzeugen mitgefeiert. Mit ihnen hatten sie nach der Trauung in einem Restaurant gespeist. Alles war kurz und schmerzlos verlaufen. Ohne großes Tamtam. Genauso schnell, wie die Ehe begonnen hatte, endete sie auch.

Sie stand an ihrem Fenster, nur mit einem dünnen, weißen Trägernachthemd bekleidet. Sie spürte nicht, wie sich ihre Haut vor Kälte weiß färbte. Mit neununddreißig Jahren stand sie vor dem Scherbenhaufen ihres Lebens. Ihre Liebe, ihr gesamtes Glück endete an einem Tag. Alles, was sie sich aufgebaut hatte, fiel wie ein Kartenhäuschen in sich zusammen. Zwei Jahre lang hatte Natalie ihre Tätigkeit als FBI-Agent nicht ausführen können, weil sie sich in Therapie begeben musste.

Ihr Freund und Partner Alexander Johnson war zu Beginn der Krise für sie da. Kam regelmäßig vorbei, um nach ihr zu schauen. Er hatte sie regelmäßig in angetrunkenem Zustand vorgefunden. Alkohol war ihr stetiger Begleiter geworden. Sie hatte sich zwar nie bis zur Besinnungslosigkeit betrunken, aber er hatte ihren Schmerz betäuben können.

Wenn ihr Partner vorbeikam, zeigte sich ihm ein Bild des Schreckens. Ihre langen braunen Haare hingen strähnig und glänzend herunter. Sie trug eine fleckige Jogginghose, die sie kaum wechselte, geschweige denn in die Waschmaschine legte. Sie selbst wirkte ebenso ungepflegt. Ihre Lippen waren rissig. An ihren trägen

Bewegungen erkannte man, in welchem Zustand sich Natalie befand. Sie legte keinen Wert mehr auf sich, lebte Tag für Tag gefangen in Schmerz und Trauer.

Alexander Johnson fühlte sich für sie verantwortlich. Eines Tages war etwas passiert, das er zutiefst bereute. Schon immer hatte er Gefallen an Natalie gefunden. Sie war eine attraktive Frau. Schlank, lange Beine. Ihr langes, braunes Haar trug sie meist zum Pferdeschwanz zusammengebunden. Sie besaß eine natürliche Schönheit, bei der es nicht nötig war, sie mit Make-up zu unterstreichen. Ihr ebenmäßiger Teint und die strahlendblauen Augen machten ihn wahnsinnig. Aber sie war für ihn tabu. Sie war verheiratet gewesen und empfand nicht das Gleiche für ihn. In jener Nacht ersäufte sie ihren Kummer abermals in Alkohol und hing sich an Alex, ließ sich von ihm festhalten und trösten. Aus heiterem Himmel küsste sie ihn. Zärtlich berührten ihre Lippen seine. Alex' Herz polterte, seine Augen weiteten sich. Er musterte Natalie mit gerunzelter Stirn, wollte sich abwenden, konnte sich jedoch nicht von ihrem Mund lösen. Ihre Küsse wurden fordernder. Rittlings setzte sie sich auf seinen Schoß und begann, sich rhythmisch auf und ab zu bewegen. Er wusste, er durfte die Situation nicht ausnutzen. Natalie war nicht sie selbst. Doch innerlich bebte er vor Erregung. Lange träumte er von solch einem Moment. Er konnte nicht widerstehen. Zögernd ließ er seine rauen Hände unter ihre Bluse gleiten. Ihre Nippel wurden hart, sie stöhnte leise, als er ihre Brüste berührte, sie liebkoste. Die Gefühle gewannen die Oberhand. Er würde sich aus der Situation nicht mehr befreien können. Er ließ sich fallen, packte sie fest an ihrem Po, legte sie auf den Rücken. Leidenschaftlich drückte sie ihm ihre Hüfte entgegen. Behutsam zog er ihre Kleider aus, küsste sie währenddessen am ganzen Körper. Vor Erregung bekam er eine Gänsehaut. Behutsam schob er sich zwischen ihre Beine. Sie stöhnte, wurde fordernder, wollte, dass er in sie eindrang. Ihre gerötete Haut glitzerte vom heißen Schweiß. Alexander konnte seine Bewegungen kaum noch steuern. Heftig stieß er in sie ein. Beide keuchten vor Ekstase und Verlangen, als sie zum Höhepunkt kamen.

Erschöpft ließ er sich neben Natalie fallen. Sekunden später fühlte er sich elend. Er schämte sich für das, was er getan hatte. Er handelte falsch, es hätte nicht passieren dürfen. Er wusste, dass Natalie ihn nur zur Ablenkung brauchte, sie in ihrem Zustand nicht sie selbst war. Natalie schlief sofort ein. Alexander zog sich leise an und verließ das Zimmer. In der Küche dachte er über das Geschehene nach. Er fühlte sich hundsmiserabel und er tat sich mit der Aktion selbst keinen Gefallen.

Sehnsüchtig hatte er immer wieder an die Nacht zurückdenken müssen. Er war ihr nah, so wie er es sich immer gewünscht hatte. Es war höchst verwerflich, dass er ihre Schwäche ausgenutzt hatte. Ihr Zustand hatte ihm große Sorgen bereitet. Sie musste eine Therapie machen. Doch er hatte nicht gewusst, wie er sie dazu bewegen könnte. Er wusste noch nicht einmal, wie er ihr je wieder unter die Augen treten konnte.

Diese Nacht lag ein Jahr zurück. Seitdem hatte Natalie nichts mehr von Alexander gehört. Er hatte sich von ihr abgewandt, schob immer wieder die Arbeit oder andere Termine vor. Doch er hatte ihr empfohlen, eine Therapie zu machen. Er hatte recht. Natalie war drauf und dran gewesen, im Alkohol und Chaos zu versinken. Also hatte sie sich in einer der größten Entzugskliniken in Chicago therapieren lassen. Sie hatte Fortschritte gemacht, hatte gelernt, mit dem Schmerz umzugehen. Nach zwei Jahren wollte sie ihren Job als Sonderermittlerin wieder aufnehmen. Zwar schämte sie sich gegenüber ihren Kollegen für ihre Eskapaden, vor allem bei Alexander, doch Natalie war froh, dass es ihr keiner übel zu nehmen schien. Im Gegenteil, sie hatten Verständnis gezeigt und sich gefreut, als sie ihre Rückkehr angekündigt hatte.

Sie hatte noch zwei Stunden Zeit, ehe sie ihren ersten Dienst antreten wird. Sie entschied, joggen zu gehen. Damit hatte sie in der Therapie begonnen. Es half ihr, den Kopf freizubekommen. Sie zog ihre Sportkleidung an, setzte eine Mütze auf und verließ im Morgengrauen ihr Haus. Sogleich setzte sie den müden Körper in Bewegung und sprintete los. Sie brauchte das. Sich vollends auspowern. Nur dann fühlte sie sich lebendig. Mit jeder Runde versuchte sie, ihre Zeit zu verbessern, schneller zu laufen. Sie atmete die kalte Morgenluft ein und spürte, wie die Luftröhre brannte. Sie wusste eigentlich, dass sie jetzt einen Gang zurückschalten sollte, dass es nicht gesund war, wenn die Atemwege beim Einatmen schmerzen. Sie war zu schnell unterwegs. Ihre Nase schaffte es nicht, die

Luft anzuwärmen. Natalie interessierte es nicht. Wenn sie sprintete, dann vergaß sie alles um sich herum. Und die Schmerzen in der Lunge und der Hustenreiz zeigten ihr, dass sie existierte.

Zu Hause nahm sie eine heiße Dusche, um die kalte Haut aufzuwärmen. Regungslos stand sie mit geschlossenen Augen unter dem Duschkopf und ließ das heiße, dampfende Wasser auf ihre nackte Haut rieseln. Anschließend genoss sie einen starken Kaffee. Seit ihrer Entlassung aus der Therapie trank sie ihn in erheblichen Mengen, tauschte ihn gegen den Alkohol ein. Essen benötigte sie kaum. Sie erinnerte sich nicht einmal daran, wann sie das letzte Mal Hunger verspürt hatte. In den letzten zwei Jahren hatte sie enorm an Gewicht verloren. Sie war schon immer schlank. Nun zeichneten sich unter ihrer Haut die spitzen Knochen ab. Sie betrachtete sich im Spiegel, sah eine fremde Person. Sie verabscheute sich und ihren Körper. Aber nun wird ein neuer Lebensabschnitt beginnen. Sie wollte von vorn anfangen. Sie war bereit, wieder zu leben. Natalie Bennett zog eine enge, dunkelblaue Jeanshose und eine weiße Bluse an. Gegen neun Uhr verließ sie mit einem mulmigen Gefühl, aber voller Vorfreude, das Haus. Das Team erwartete sie erst um zehn, doch sie konnte es nicht mehr erwarten.

7

Ein hysterischer Schrei ihres Bruders dröhnte durch die Räume. Emilia fuhr zusammen. Seit zwei Stunden wütete das Monster in dem Zimmer nebenan. Er schien in einen förmlichen Rausch verfallen zu sein. Es dauerte nie lang, bis er anschließend in ihr Kinderzimmer kam. Ihr schoss der Gedanke in den Kopf, dass er in seiner heftigen Wut alle drei erschlagen wird. Emilia erschauderte. Die Angst schnürte ihr die Kehle zu. Sie erlaubte es sich nicht, seelenruhig in ihrem Zimmer zu hocken und zuzuhören, wie er die beiden totschlug. Sie waren zu jung zum Sterben. Verzweiflung umklammerte ihr Herz. Es musste einen Weg geben, die Kinder von dem Leid zu befreien. Sie wollte nicht mehr herhalten, um das Monster zu befriedigen. In diesen Sekunden wuchs ihr Mut ins Unermessliche. Sie beschloss, ihre Geschwister aus dem Horrorhaus zu holen. Sie verdienten ein besseres Leben. Unsicher kaute sie auf ihrer Unterlippe. Sie stand auf und zog das mintgrüne Kleid an, an dem man die Spuren der Jahre erkannte. An ihrem ausgemergelten Körper hing es wie ein alter Sack herunter. Emilia fühlte sich kraftlos. Seit Tagen hatte sie kaum etwas gegessen. Ihre Portionen überließ sie ihren

Geschwistern. Aß nur so viel, dass ihr Magen aufhörte zu knurren. Sie atmete dreimal tief durch, streckte ihre Brust heraus, um sich stärker zu fühlen, und verließ das Zimmer. *Haltet durch! Ich hole Hilfe.*

Emilia schlich zur Treppe. Stockdunkel. Vorsichtig lief sie auf Zehenspitzen Stufe für Stufe nach oben. Penibel achtete sie darauf, nirgendwo gegenzustoßen. Mit ihrer Hand tastete sie sich an der kalten, feuchten Wand entlang, bis sie die Tür erreichte. Sie betete, dass ihre Mutter nicht dahinter stehen möge, sie bei ihrem Fluchtversuch nicht erwischen würde. Zögernd drückte sie die Türklinke herunter, öffnete die Tür einen winzigen Spalt. Erstarrt stand sie in der Dunkelheit, wartete ab. Ihre Beine zitterten, dass sie Angst bekam, den Halt zu verlieren. Sie kniete nieder, um nicht zusammenzubrechen, und krabbelte auf dem Flurboden bis zum Wohnzimmer. Vermutlich lag ihre Mutter betrunken auf dem Sofa. Der Fernseher dröhnte laut. Damit sie die Schreie nicht hörte. Emilia hielt den Atem an, kniff die Augen zusammen. Und krabbelte an der Wohnzimmertür vorbei. In der Küche angekommen, stand sie auf. Vorsichtig atmete sie aus. Sie hielt inne, da ihr vom Luftanhalten schwindelig war. Der Geruch eines zubereiteten Hähnchens stieg ihr in die Nase. Es lag unberührt auf der Arbeitsplatte des Küchenschranks. Ihre Mutter hatte es für das Monster zubereitet. Doch der hatte es nicht angerührt. Er war direkt in den Keller gekommen. Rasch riss sich Emilia einen Hähnchenschenkel ab. Augenblicklich meldete sich das schlechte Gewissen. Ihre Geschwister waren auch hungrig. Doch sie brauchte das Essen zur Stärkung. *Ich kümmere mich später um die beiden.* Bedachtsam schlich sie zur Terrassentür. Die schwierigste Hürde. Diese Tür quietschte, wusste sie, und fiel klackend ins Schloss. Emilia wollte keinen Gedanken daran verschwenden. Sobald sie draußen angekommen wäre, wird sie um ihr Leben rennen. Ehe ihre Mutter begreifen wird, was geschehen war, wird sie bereits weit genug entfernt sein, um ihren Plan in die Tat umzusetzen. Sie spürte ein Ziehen in ihrer Magengrube. Ihr Mund fühlte sich staubtrocken an. Mit den Fingern zeichnete sie ein Kreuz über die Stirn, den Mund und die Brust. In ihrem Körper kribbelte es vor Aufregung. Hastig öffnete sie die Tür. Und rannte. Den schlammigen Trampelpfad abwärts, der vom Haus über das Gelände zur Hauptstraße führte. Beim Laufen biss sie vom Hähnchenschenkel ab und schlang die Stücke unzerkaut herunter. Es regnete in Strömen. Matsch spritzte ihr ins Gesicht. Die kalten Regentropfen fühlten sich wie Nadelstiche auf der Haut an. *Egal. Beeil dich, bevor er merkt, dass du weg bist.* Sie lief um ihr Leben. Sie spürte ein heftiges Stechen in der linken Seite. Doch Aufgeben kam für sie nicht in Frage. Am Ende des Weges angekommen, eilte sie nach rechts auf die enge, von Bäumen eingeschlossene Hauptstraße, die ins Dorf führte. „Bitte, lieber Gott, mach, dass ein Auto vorbei kommt!" Nassgeschwitzt rannte sie mit schwerem Atem, ohne nach links oder rechts zu schauen. In ein paar Kilometern würde ein Haus kommen. Dort wird sie klopfen und zum ersten Mal die Wahrheit ans Licht bringen. Hilfe holen. Sie war entschlossen, ihre Geschwister zu retten. Nach dreißig Minuten ging ihr die Puste aus. Sie verlangsamte ihr Tempo, als sie wie aus dem Nichts in der Ferne die Scheinwerfer eines Autos entdeckte. Ihr Herz machte einen Sprung, ihre Augen füllten sich mit Tränen. Ein wohliges Gefühl der Erleichterung breitete sich in ihr aus. All das Elend wird nun ein Ende nehmen.

„Emilia, du kleines Miststück. Glaubst du, du kannst dich vor mir verstecken? Gnade dir Gott, wenn ich dich in die Finger bekomme!" Ihr Vater fuhr im Schritttempo, suchte sie auf der dunklen Straße.

Mit einem großen Satz sprang sie hinter einen umgestürzten, dicken Baumstamm. Sie legte sich flach auf den Boden, suchte in der Schwärze der Nacht Schutz hinter dem Stamm. Ihr Herz raste, ihre Hände zitterten, ihre Muskeln zuckten. Der Regen wurde heftiger. Der Wind peitschte ihr ins Gesicht. Es war kalt. Sie traute sich nicht, zu atmen. Hielt sich den Mund zu, um das Schluchzen zu unterdrücken. Keinesfalls durfte er sie entdecken. Sie und ihre Geschwister wären verloren. Er wird sie bestrafen. Vielleicht sogar töten. Dann gäbe es keine Chance mehr für die beiden.

Er fuhr an ihr vorbei. Erleichterung. Ausatmen. Allmählich hob sie den Kopf, um dem Auto nachzuschauen. Sie erkannte, dass ihr Bruder und ihre Schwester auf den Rücksitzen saßen. An seinem Ton erkannte sie, dass er von Minute zu Minute zorniger wurde. Plötzlich gab er Vollgas, das Auto schoss los. Er raste über die nasse, rutschige Straße. In Sekundenschnelle war er fort, sie sah ihn nicht mehr. Sofort stürzte sie los. *Wo wollte er mit den beiden*

hin? Oh Gott, was habe ich nur getan? Ich muss ihn auf-
halten. Er wird sie für meine Dummheit bestrafen. Sie
kam nicht weit. In der Ferne vernahm sie ein Krachen,
quietschende Autoreifen. Es folgte unerträgliche Stille.
Kerzengerade blieb sie stehen, lauschte in die Nacht.
Ihr wurde heiß, als sie begriff, was geschehen war. Sie
wohnten am Rande der Gemeinde Downers Grove, etwa
dreißig Kilometer westlich von Chicago. Das Haus stand
weit abgeschieden. Nachts fuhren dort nur selten Autos
entlang, da hinter ihrem Haus lediglich ein Waldgebiet
angrenzte. Mit all der Kraft, die sie mobilisieren konnte,
hastete sie los. In Gedanken bei ihren Geschwistern. Um
sich herum nahm sie nichts wahr. Nur ihren schnellen
Atem, ihr pochendes Herz. Ihre Pupillen weiteten sich,
um in der Finsternis sehen zu können. *Bitte nicht!* Von
Weitem erkannte sie die Blaulichter der Rettungsfahrzeuge. Der schwarze Himmel erstrahlte in blitzendem Blau.
In Emilia zog sich alles zusammen. Im Laufen röchelte sie
mit rauer Kehle: „NEIN!"

8

28. Oktober 2016

Natalie Bennett fuhr über die Interstate-290-E nach Chicago. Der Verkehr verlief ruhig an diesem Morgen. Die Uhr zeigte kurz nach neun. Ihr Chef hatte ihr empfohlen, den ersten Tag entspannt anzugehen und sich in Ruhe einzuarbeiten. Doch sie hoffte, dass ihre Kollegen sie nicht wie ein rohes Ei behandeln werden. Für sie begann an diesem Tag der Start in ein neues Leben. Sie wollte direkt an den Ermittlungen teilhaben und vollen Einsatz leisten. Sie hatte sich vorgenommen, die letzten zwei Jahre einfach aus ihrem Leben zu streichen, nicht mehr an sie zu denken. Aber das schien unmöglich zu sein.

Die größten Bedenken hatte sie angesichts des Wiedersehens mit Alexander. Ihr war klar, dass er seine Termine und die Arbeit nur als Ausreden benutzt hatte, um ihr aus dem Weg zu gehen. Es lag an der Nacht, die sie gemeinsam verbracht hatten. An der sie die Schuld trug. Sie hatte ihn mit ihrem absurden Verhalten vertrieben, mit der erbärmlichen Bettelei nach Zuneigung und der forschen Art, sie sich zu holen.

Angewidert schüttelte sie den Kopf. Sie errötete bei dem Gedanken an diese eine Nacht. Ihr kamen die

Tränen, sie schämte sich für ihr Handeln. Auf dem Parkplatz in der West-Roosevelt-Road, atmete sie tief durch und verließ ihren Wagen. Angespannt trödelte sie zu ihrer Abteilung, als könne sie die Zeit aufhalten, je schleichender sie sich bewegte. Sie öffnete die Tür und blickte unsicher in die Runde. Sie hielt inne, als niemand sie wahrzunehmen schien. Ihre Kollegin Anna bemerkte sie als Erste und kam auf sie zu. Ihr brach der Schweiß aus, sie bekam weiche Knie. Natalie entging die bedrückende Stimmung im Team nicht. *Oh Gott. Liegt das an mir?* Übelkeit stieg in ihr empor. *Waren sie nicht einverstanden, dass sie zurückkehrte?*

Anna schloss sie herzlich in ihre Arme. „Schön dich zu sehen. Und willkommen zurück in diesem Irrenhaus." Sie schmunzelte, aber man las die Besorgnis in ihren Augen.

Nun kamen die anderen aus ihrem Team auf sie zu. Jeder Einzelne begrüßte sie mit einer innigen Umarmung. Alexander war nirgendwo zu sehen. Sie schaute sich um. An ihrem Arbeitsplatz war alles so geblieben, wie sie ihn vor zwei Jahren hinterlassen hatte, als das Schicksal sie mitten aus dem Leben gerissen hatte. Die Kollegen hatten ihr einen Strauß Blumen auf den Tisch gestellt. Natalie lief zum Schreibtisch, sog den süßen Duft der Blüten ein, die gelb- und lilafarben leuchteten. Eine Tasse Kaffee stand bereit und der Duft des heißen Dampfes mischte sich mit dem Duft der Blumen. Ein Kärtchen mit den Worten „Herzlich willkommen zurück" lag daneben. Natalie war gerührt über die

Aufmerksamkeit, ihre Augen begannen zu glänzen. Das Team verband eine Freundschaft. Jeder hielt für jeden die Hand ins Feuer. Für Natalie war es wie ein zweites Zuhause.

„Bitte entschuldige die miese Stimmung. Es liegt nicht an dir. Der Chef hat einen Tobsuchtsanfall und Alexander hält mal wieder den Kopf hin. In einer Viertelstunde beginnt die Nachbesprechung des letzten Falles. Und da lief gehörig was schief."

Agent Alexander Johnson war der Assistent vom Special-Agent-in-Charge, dem Leiter der Außenstelle in Chicago. Alex übernahm die Leitung bei Ermittlungen und kassierte als Erster den Ärger, wenn etwas schief gelaufen war. Er fühlte sich für das Team verantwortlich, stand für alle Fehler ein. Damit wollte er die Kollegen schützen.

Die Tür vom Chef wurde unüberhörbar geöffnet. Alex stürmte aus dem Büro. Ohne einen Blick auf das Team zu richten, verschwand er im Besprechungszimmer. Anna hob die Augenbrauen und zog Luft durch ihre Zähne. „Das ist wohl scheiße gelaufen." Nach und nach folgten die Sonderermittler in den Raum. Natalie betrat ihn als Letzte. Alex saß an dem runden massiven Holztisch, würdigte sie eines kurzen Blickes, ein leichtes Nicken folgte. Dann starrte er auf den Tisch. Natalie lief hochrot an. Man spürte die Anspannung zwischen beiden.

Der befehlshabende Agent stand mit dem Rücken zum Fenster und lehnte sich an die Fensterbank. Mit finsterer Miene richtete er sich an das Team. Mit seinen verschränkten Armen erinnerte er an einen strengen

Lehrer aus der Schulzeit. „Agent Bennett, ich heiße Sie herzlich willkommen zurück. Ich hoffe, Sie konnten sich gut erholen. Für Sie bleibt alles beim Alten. Ihr Partner ist Agent Johnson."

Natalies Herz stockte für einen kurzen Moment. Sie schielte unmerklich zu Alexander, um seine Reaktion zu sehen. Alex nickte dem Chef zu, gab sonst keine Erwiderung. Man konnte am Gesichtsausdruck nicht erkennen, was er davon hielt. Natalie bemerkte, wie ihr die Hitze in die Wangen stieg. Sie steckte die Hände tief in die Hosentaschen und versuchte sich die Nervosität nicht anmerken zu lassen. *Das kann heiter werden.* Natalie räusperte sich, sah dem Chef in die Augen und bedankte sich für den Willkommensgruß. Eilig wendete sie den Blick ab, sah verlegen auf den Boden und war froh, als der Leiter der Abteilung fortfuhr.

„Leider sind Sie in einem unschönen Moment wieder zu Ihrem Team gestoßen. Dieses sollte jetzt genau zuhören, was ich zu sagen habe." Mit diesem Satz wandte er sich an das Team und leitete das Thema ein, das die bedrückende Stimmung erklärte. Keiner schaute dem Chef ins Gesicht. Jeder sah in eine andere Ecke des Zimmers. „Kann mir einer von Ihnen bitte erklären, wie es zu solch einer Panne kommen konnte?" Der Special-Agent-in-Charge war sauer.

Der letzte Fall, an dem Natalies Team gearbeitet hatte, war eine Ermittlung in der Bandenszene. Zwei rivalisierende Verbrecherbanden waren ins Visier des FBI geraten. Alexander hatte einen verdeckten Ermittler in eine der Gangs eingeschleust, der das Team mit Informationen versorgte. Als ein Treffen der Banden geplant war, hatten die Agents einen Zugriff vorbereitet. Die Aktion war gescheitert, weil die Presse davon erfahren hatte und am Tatort aufgetaucht war. Die Banden hatten aggressiv reagiert und die Situation war eskaliert. Es war zu einer Schießerei gekommen, bei der ein Journalist ums Leben gekommen war. Zwar hatten die Ermittler am Ende das Chaos beherrschen können und alle Gangmitglieder konnten verhaftet werden, doch der Tod eines unschuldigen Zivilisten hatte einen bitteren Nachgeschmack.

Der Special-Agent-in-Charge war für alle Agents in der Abteilung zuständig. Seine Pflicht war, dem Director des FBI in Washington DC Rede und Antwort zu stehen. So auch, wie die Presse von dem Plan erfahren konnte.

Alexander unterstand direkt dem Special-Agent-in-Charge und hatte die Ermittlungen im Bandenfall geleitet. Es war ihm unbegreiflich, wie die geheime Aktion an die Presse gelangen konnte. Man vermutete eine undichte Stelle im Team, doch keinem der Kollegen traute er derartiges zu.

„Ich erwarte in allen Fällen, an denen Sie ermitteln, dass Sie mit äußerster Diskretion vorgehen. Kein Mensch, der nicht daran mitwirkt, erfährt etwas über die laufenden Ermittlungen. Aufgrund dieses Desasters stehen wir im Fokus der Schmierfinken und der Zivilisation. Man gibt uns die Schuld am Tod des Journalisten. Wenn Sie ihren Job behalten wollen, leisten Sie sich im nächsten Fall keine Fehler mehr!" Damit beendete er das Thema. Er drehte sich wortlos um und verließ den Raum.

Im Zimmer herrschte betretenes Schweigen. Minutenlang sagte niemand etwas. Natalie blinzelte unsicher. Ihr war unbehaglich zumute. Obwohl sie mit dem Fall nicht vertraut war, wusste sie, was ihre Kollegen fühlten. Schon oft gab es Gespräche, die so endeten. Sie wippte mit ihren Beinen und hoffte, dass jemand das Schweigen beenden würde. Alexander stand auf und verließ ebenfalls den Raum.

Dreißig Minuten später entspannte sich die Stimmung, die Kollegen waren wieder zu Späßen aufgelegt. Sie tranken eine Tasse Kaffee und aßen ein Stück Apfelkuchen, den Anna für den heutigen Tag gebacken hatte. Man informierte Natalie über Aktuelles in der Abteilung und jeder äußerte nochmals seine Freude über ihre Rückkehr. Es war Mittag, als sie sich in die Arbeit stürzten. Natalie setze sich an ihren Arbeitsplatz. Ihre Gedanken kreisten um Alexander. Sie blieben Partner. Aber nichts war wie vor zwei Jahren. Sie war sich nicht sicher, ob Alex das wollte. Sie fragte sich, wie sie mit diesem angespannten Verhältnis umgehen sollte. Alexander wechselte kein Wort mit ihr. Sie schämte sich und war traurig über die kaputte Freundschaft. Sie nahm sich vor, in einer ruhigen Minute mit ihm darüber zu sprechen.

Die Sonderermittler arbeiteten in einem Raum. Jeder hatte einen Schreibtisch, an dem sie ihren Papierkram erledigen konnten. Nur Agent Johnson besaß ein eigenes Büro. Lediglich eine große Fensterscheibe trennte ihn von den anderen, sodass man ihn sehen konnte. Momentan saß er auf dem Bürostuhl, den Kopf auf eine Hand gestützt.

Natalie beobachtete, wie er an sein Handy ging. Ein paar Minuten später kam er auf sie zu. „Natalie, es gibt womöglich einen neuen Fall. Die Kollegen der State-Police melden, dass ein Kleinkind aus dem Cheslock-Kinderkrankenhaus verschwunden ist. Sie bitten um Unterstützung vor Ort."

Die Kollegen hielten inne und schauten Natalie besorgt an. Sie krampfte ihre Hände ineinander, das linke Augenlid begann zu zucken. Die Worte hallten in ihrem Kopf. *Ein Kind wurde vermisst.* Ausgerechnet eine Kindesentführung in ihrer ersten Ermittlung. Sie versuchte, sich die Anspannung nicht anmerken zu lassen.

„Wenn es für dich zu früh ist und du dich erst noch einfinden musst, fahre ich mit jemand anderem", fügte Alexander hinzu und stammelte dabei.

Sie erhob sich schwerfällig von ihrem Stuhl, zog ihre Jacke über. „Nicht nötig. Ich begleite dich."

Wortlos verließen sie das Büro. Natalie winkte zum Abschied in Annas Richtung und verzog ihren Mund zu einem geraden Strich. Anna bedeutete ihr mit einem Kopfnicken, dass alles gut gehen wird. Die Fahrt zum Krankenhaus verlief schweigend. Natalie kamen die fünfzehn Minuten wie eine Ewigkeit vor.

9

Olivia saß vornübergebeugt am Schreibtisch des Schwesternzimmers. Mit den Händen stützte sie ihren Kopf, der sich anfühlte, als würde er platzen. Immer wieder schüttelte sie ihn. Sie presste ihre Lippen zusammen, wandte den Blick zum Fenster. *Wie kann ein Kleinkind aus dem Krankenhaus verschwinden?*

Nachdem man das leere Bett vor den Fahrstühlen gefunden hatte, alarmierte Dr. Bennett die State-Police. Diese hatten das FBI informiert, weil sie von einer Entführung ausgingen.

Olivia schauderte es. Sie fühlte sich schuldig. Sie hatte die Praktikantin losgeschickt, die selbst noch ein Kind war. Olivias rotgeränderte Augen füllten sich erneut mit Tränen. Sie wollte sich nicht ausmalen, wie sich die Eltern von Calvin fühlten.

Mr. Brown stand auf dem Flur und wetterte gegen das Personal der Klinik. Er war rot vor Zorn und gab Olivia die Schuld für das Verschwinden des Sohnes. Er sprach mit einem Officer. Seine Frau konnte nicht vernommen werden. Sie lag in einem Behandlungszimmer. Nachdem das Bett gefunden worden war, hatte sie in den Armen ihres Mannes das Bewusstsein verloren. Der vorausgehende Schrei hatte Olivia das Blut in den Adern gefrieren lassen. Der Schock saß tief. Mrs. Brown war schnell wieder zu Bewusstsein gekommen, doch regte sich kaum. Apathisch lag sie auf der Liege und richtete ihren Blick zur Decke. Sie war kalkweiß und wimmerte. Dr. Bennett hatte ihr ein leichtes Beruhigungsmittel gespritzt.

Die Stationsleitung war sofort gekommen, um die anderen Patienten zu versorgen. Olivia war nicht mehr in der Lage zu arbeiten. *Calvin. Oh Gott, wo bist Du nur?* Olivia konnte nachvollziehen, wie schmerzhaft es war, ein Kind zu verlieren. Aber nicht, was eine Mutter durchmachen würde, deren Kind entführt wurde. Sie hatte keine Kinder. Es war ihr größter Wunsch ein eigenes zu bekommen. Einmal wurde sie schwanger, hatte den Embryo aber in der zehnten Schwangerschaftswoche verloren. Sie litt darunter. Hatte mit allen Mitteln versucht, wieder schwanger zu werden. Doch es hatte nicht geklappt. Nachdem sie es mit ihrem damaligen Freund mehrfach probiert hatte, trennte er sich von ihr. Sie war zu besessen davon gewesen, ein Baby zu bekommen. Es hatte sich nur noch um dieses Thema gedreht. Sie hatte davon gesprochen, eins zu adoptieren. Auf ihrer Arbeit hatte sie Kinder gesehen, die Pflegeeltern suchten. Doch ihr Lebenspartner hatte nicht mitgespielt, nahm förmlich Reißaus. Dennoch hatte sie nicht von ihrem Plan abgelassen. Entschlossen hatte sie sich bei den Behörden als Pflegemutter angemeldet. Doch bisher hatte es nicht funktioniert. Sie war todunglücklich, verstand nicht, warum Gott mit aller Macht verhinderte, dass sie ein Kind bekäme. Ihre Freunde hatten sich im Laufe der Jahre von ihr abgewandt, weil sie das nicht enden-wollende Thema Kinderwunsch nervte.

Natalie Bennett betrat das Cheslock zögerlich. Sie hatte ihren Exmann schon länger nicht gesehen. Noch immer verspürte sie Zuneigung, aber sie verzieh ihm den Fehler nicht. Sie gab ihm die Schuld am Tod ihres Sohnes. Liam war die Krönung ihrer Ehe gewesen. Beim Gedanken an ihren Sohn schnürte es Natalie die Kehle zu. Der Schmerz der letzten zwei Jahre kam mit voller Wucht zurück. Ein Schmerz, den sie nie loswerden wird, der sie ihr gesamtes Leben begleiten wird. Als Liam ein Jahr und vier Monate alt war, hatte Jacob mit ihm auf einem Spielplatz in einem Park in der South-Stone-Avenue in La Grange gespielt. Von diesem Ausflug war Liam Bennett nicht wieder nach Hause zurückgekehrt. In einer unaufmerksamen Minute, in der Jacob auf sein Handy geschaut hatte, war Liam verschwunden. Von einer Sekunde auf die andere war er wie vom Erdboden verschluckt. Nachdem Jacob die Umgebung abgesucht hatte, hatte er Natalie informiert, die zehn Minuten später mit ihrem Team vor Ort aufgetaucht war. Die tagelange Suche war erfolglos geblieben. Liam wurde nicht gefunden. Natalie hatte jeden Tag im Büro bei ihren Kollegen verbracht, aber in ihrer Verzweiflung nicht bei den Ermittlungen unterstützen können. Doch sie wollte sofort erfahren, wenn es Neuigkeiten gab. Zwei Wochen später kam ein Notruf. Jemand hatte eine Kinderleiche nahe des Elm Parks gefunden. Abgelegt in einem Gebüsch. Der Hund einer Joggerin hatte die Fährte aufgenommen und war auf den kleinen, leblosen Körper gestoßen. Die Kollegen hatten Natalie gebeten, nicht mit zum Fundort zu kommen. Jeder hatte geahnt, dass es sich um Liam handeln würde. Sie hatte sich nicht aufhalten lassen und folgte in ihrem privaten Wagen. Sie ließ sich auch nicht durch die Absperrungen daran hindern, zu dem Leichnam durchzudringen. Wie angewurzelt blieb sie stehen und starrte zu dem toten Jungen herunter. Der Leichnam befand sich mitten im Verwesungsprozess, Fliegen legten ihre Eier in die verfaulten Körperstellen. Aus den Augenhöhlen krochen Maden. Der Geruch war süßlich, so penetrant, dass Natalie ihn nie wieder vergessen würde. Es war Liam. Nur noch ein totenbleicher Körper auf dem kalten Boden. Seinen Stoffhasen „Schmusi" hatte ihm der Mörder unter den Arm geklemmt. Natalie ließ einen lauten Schrei los und wollte sich auf ihren Sohn stürzen. Ihn schütteln, um ihn aufzuwecken. Ihre Kollegen hielten sie fest, damit sie keine Spuren verwischen konnte. Sie wehrte sich, versuchte, sich loszureißen. Trommelte mit aller Kraft gegen die Brust ihres Partners. „Lass mich los, Alexander. Ich muss meinen Sohn retten." Sie konnte nichts mehr für Liam tun. An dem beginnenden Zerfall der Leiche hatte der Gerichtsmediziner erkannt, dass Liam unmittelbar nach dem Verschwinden ermordet worden war. Es hatte nie eine Chance gegeben, ihn lebend zu finden. Natalie sackte in den Armen von Agent Johnson zusammen. Sie schrie ihren Schmerz heraus, bis sie erbrach. Ihre Stimme klang so hoch, dass es durch Mark und Bein ging. Sie bekam kaum Luft, flehte ihren Sohn an aufzuwachen. Alexander ließ sie nicht los. Ihm selbst standen die Tränen in den Augen. Der Kloß in seinem Hals schmerzte, doch er versuchte, sich zusammenzureißen. Es war unbegreiflich. Währenddessen informierte jemand Jacob Bennett über den Tod seines Sohnes. Er kam sofort zum Fundort und erschauderte bei dem Anblick des Schauspiels. Überall verteilten sich die Rettungskräfte, alle wirbelten herum und sprachen wild durcheinander. Inmitten dessen fand er Natalie, auf einem Gehweg sitzend, um ihre Schultern eine Decke geschlungen. Sie zitterte am ganzen Leib und war völlig außer sich. Jacob setzte sich neben sie und nahm sie in die Arme. Er biss sich auf die zitternde Unterlippe und schaute sich zögerlich um. Er entdeckte eine Wölbung unter einem weißen Tuch. Sofort begriff er, dass sich darunter Liams toter Körper abzeichnete.

„Sie haben unseren Liam getötet, Jacob", schluchzte Natalie mit abgehackter Stimme. Mehr sagte sie nicht, fing erneut an zu weinen. Jacob antwortete nichts. Leichenblass und geschockt saß er auf dem Bordstein und starrte auf die Straße. Bis heute hatte man den Täter nicht gefunden.

An diesem Tag war auch ihre Ehe zerbrochen. Jacob verlor sich in Arbeit, kam seltener nach Hause und ließ Natalie mit ihrer Trauer zurück. Immer wieder hatte er ihr gesagt, dass sie aufhören müsse, sich gehen zu lassen. „Liam ist tot und er wird nicht wieder kommen."

Sie verstand nicht, wie er so kalt reagieren konnte. Es war auch sein Sohn. Ihr Hass auf Jacob wuchs. Weil er Liam außer Acht ließ. Und sie dann in ihrem Kummer allein zurückblieb.

Als Natalie und Alexander in der Kinderklinik ankamen, begrüßte der Chefarzt William Thompson die beiden Sonderermittler. Er schilderte den Vorfall und führte sie auf die Kinderstation, von der Calvin verschwunden war. Es herrschte eine nervöse Stimmung, allen Beteiligten sah man die Besorgnis an. Sie verschafften sich einen Überblick und begannen mit den Befragungen. Zuerst würden sie Schwester Olivia vernehmen, die zu diesem Zeitpunkt für die Station verantwortlich war. Olivia Collister saß noch immer vornübergebeugt am Schreibtisch, wippte mit dem Oberkörper hin und her und schien wie in Trance zu sein.

Natalie berührte sie vorsichtig an der Schulter. „Miss Collister? Mein Name ist Agent Bennett, das ist mein Partner Agent Johnson. Wir sind da, um Ihnen ein paar Fragen zu stellen. Es geht um den Vermisstenfall von Calvin Brown."

Olivia zuckte unmerklich zusammen, als sie den Namen Bennett hörte und schaute auf. Es war die Exfrau von Dr. Bennet. Sie wusste nicht, dass sie beim FBI arbeitete. „Es ist so furchtbar. Eine Entführung aus unserer Klinik. Das darf einfach nicht wahr sein. Es tut mir so schrecklich leid." Erneut brach sie in Tränen aus. Die Angst stand ihr ins Gesicht geschrieben. „Sie müssen ihn schnell finden!" Ihre Hände wanderten vor ihre Augen, als könne sie sich vor all dem Grauen verstecken.

„Miss Collister, haben Sie Unbekannte bei dem Jungen gesehen? Oder jemand Bekannten, der zu Besuch gekommen war, der ihn mit nach draußen nehmen konnte, ohne dass es merkwürdig erschien? Um spazieren zu gehen, frische Luft zu schnappen? Ist Ihnen irgendetwas seltsam vorgekommen? Alles, an das Sie sich erinnern, kann weiterhelfen."

Olivia schüttelte den Kopf. „Seine Eltern brachten ihn gestern Mittag. Wegen des schlechten Allgemeinzustandes nahm ihn der Kinderarzt sofort auf und ordnete Infusionen und Antibiotika an. Seitdem lag er im Bett, in Zimmer 120. Bei ihm blieb nur die Mutter, als Mr. Brown gegen zwanzig Uhr das Zimmer verließ. Mrs. Brown saß bis heute um elf Uhr neben ihm auf einem Stuhl und ist dann gegangen, um zu Mittag zu essen. Als sie wieder kam, war Calvin verschwunden." Olivia schüttelte den Kopf, derart unwirklich hörte sich die Geschichte an. Dann erzählte sie den Agents, dass sie die Praktikantin in das Untersuchungszimmer schickte und sie auf der Station blieb, um einen frisch operierten Jungen aus dem OP zu holen. Von ihrer Wut auf Dr. Bennett erzählte sie nichts. Es wäre ihr unangenehm, sich im Beisein der Exfrau über ihn zu beschweren. „Calvin benötigt dringend Medikamente und Flüssigkeit über die Vene", fügte sie mit brechender Stimme hinzu. „Er ist schwach gewesen, hat nichts von allein getrunken. Ohne medizinische Versorgung kann es zu schweren Folgen kommen." Sie presste die rechte Hand gegen die Stirn und rang nach Luft, als ihr klar wurde, wie gefährlich die Situation für Calvin werden könnte.

Im Anschluss an die Befragung sollte Dr. Bennett vernommen werden. Alexander hatte bemerkt, dass Natalie, bei dem Gedanken auf ihren Exmann zu treffen, nervös wurde. Sie verlagerte ihr Gewicht von einem Bein auf das andere, strich sich ihre Kleidung auffällig oft glatt. „Ich rede mit Jacob. Sprich du mit der Praktikantin."

Das waren die ersten Worte, die er mit Natalie seit dem Aufbruch aus dem Büro wechselte. Sie kamen nicht sonderlich herzlich rüber, aber sie wusste, dass er das sagte, um zu vermeiden, dass sie sich mit Jacob auseinandersetzen musste. Sie war dankbar.

Die Praktikantin saß im Wartebereich auf einem schwarzen Stuhl. Nervös kaute sie auf ihren Nägeln. Das Nagelbett am rechten Zeigefinger war blutig. Unsicher schaute sie auf und warf Natalie einen fragenden Blick zu. Ohne abzuwarten, entgegnete sie: „Ich habe nicht nachgedacht, als ich ihn allein in dem Zimmer abgestellt habe. Ich dachte, der Doktor kommt gleich." Ihre Augen weiteten sich. Sie rieb permanent an ihrer Nase. Natalie hatte den Eindruck, sie würde mit einer Maschine sprechen, nicht mit einer Person. Das Mädchen zeigte keinerlei Mimik. Sie ratterte alle Antworten monoton herunter, als wären sie in ihrem Kopf abgespeichert. Spulte sie auf Knopfdruck ab. Sie saß steif auf dem Stuhl, blickte an die gegenüberliegende Wand und antwortete auf die Fragen.

Das hat keinen Sinn, dachte Natalie. Die Sechzehnjährige gab ihr das Gefühl, nicht anwesend zu sein. Der

Schock saß zu tief. Gerade als Natalie aufstehen wollte, um noch mal mit den Officern der State-Police zu sprechen, stand unvermittelt Jacob vor ihr. Sie sog den sinnlichen würzig-holzigen Geruch seines Parfüms auf. Sie liebte den Duft. Er hatte es von ihr geschenkt bekommen. Sie spürte ein Kribbeln in der Magengrube. *Gott, wie ich ihn vermisse.* Auch er hatte sich in den letzten zwei Jahren verändert. Das Haar wurde mittlerweile grau und er zeigte sich nicht mehr als der sportlich-athletische Typ. Sie meinte, eine kleine Wölbung an dem sonst flachen, durchtrainierten Bauch zu erkennen. Der Gesichtsausdruck zeigte eine traurige Leere, die Wangen waren eingefallen. Die Zeit hatte ihre Spuren hinterlassen. Spuren der Verzweiflung. Sie bekam Mitleid. Die Entführung von Calvin setzte ihm genauso zu wie ihr und versetzte ihn in eine schmerzhafte Vergangenheit zurück. Liam wäre heute im gleichen Alter wie der entführte Junge. Kurz hielten sie einen erzwungenen Small Talk und verabschiedeten sich herzlos. Sie begriff nicht, wieso ihre einst große Liebe so zu Ende gehen konnte.

Sie blinzelte sich eine Träne weg und suchte Alexander. Es gab viel zu tun, um Calvin Brown zu finden. Die Hoffnung, ihn dabei lebend wiederzufinden, verringerte sich von Minute zu Minute.

„Hast du was aus dem Mädchen rausgekriegt, was uns weiterbringen kann?"

„Nein. Nichts. Sie hat die gleiche Geschichte bestätigt, die uns die Krankenschwester erzählt hat. Sie steht unter Schock".

Alexander strich sich mit der Hand übers Gesicht. Rieb sich die Augen, die er nur mit Mühe offenhalten konnte. Er schlief seit Monaten nicht mehr richtig. Natalie fing den Geruch von frischem Kaffee auf, den Alex zuvor bei Jacob getrunken hatte.

„In Ordnung. Miss Collister, Jacob und die Praktikantin sind augenscheinlich die Einzigen, die vor dem Verschwinden mit Calvin Kontakt hatten", wiederholte Alexander die bisherigen Fakten. „Nehmen wir uns erst das Umfeld der Krankenschwester vor."

Auf dem Rückweg in die West-Roosevelt-Road ergriff Natalie das Wort. „Alexander, wir sollten darüber reden." Weiter kam sie nicht.

„Lass es gut sein, Natalie. Es war falsch. Es hätte nicht passieren dürfen. Aber wir können es nicht rückgängig machen, also vergessen wir das Ganze einfach und konzentrieren uns auf den Fall." *Einfach vergessen. Wenn es so einfach wäre.* Noch immer hegte er starke Gefühle für Natalie. Doch er hatte sie beobachtet, als sie ihren Exmann angeschaut hatte. Sie liebte ihn noch immer. Er musste sie sich aus dem Kopf schlagen.

Natalie schaute geschockt zum Fenster hinaus. Mit einer derartigen Reaktion hatte sie nicht gerechnet. Ihre Augen füllten sich mit Tränen. Sie spürte, dass sie ihren besten Freund in jener Nacht verloren hatte, als sie sich besinnungslos der Leidenschaft hingab. Noch jemand, den sie aus ihrem Leben verabschieden musste. Sie spürte, wie ihre Kehle eng wurde, versuchte aber, die Fassung zu behalten. Die restliche Autofahrt verlief schweigend. Natalie würde die Freundschaft zu Alex schmerzlich vermissen. Doch sie konnte nichts tun. Er ließ sich diesbezüglich auf kein Gespräch ein.

10

Calvin erwachte mit heftigem Schüttelfrost aus dem Tiefschlaf. Das Fieber stieg. Der Körper zitterte unkontrolliert, er fror. Er lag in einem dunklen Raum. Nur ein kleiner Lichtstrahl drang unter dem Türspalt hindurch. Zu wenig, um den Raum zu erhellen. Das Fenster war mit einem schwarzen Tuch abgedeckt. Calvin gab leise, kläglich klingende Laute von sich. Er rief nach seiner Mutter, verstand nicht, warum sie nicht kam. Es roch nach Urin. Calvin lag in einem rostigen Bett, auf einer Matratze, feucht, mit getrockneten Blutresten beschmiert. Seine Locken waren nass vom Schweiß. Sie kringelten sich, klebten ihm auf der Stirn. Die vom Fieber glänzenden Augen waren eingefallen. Die Zunge fühlte sich an, als läge eine Pelzschicht darüber. „Mama, ich habe Durst." Nichts rührte sich. Er nahm all seine Kraft zusammen, krabbelte von dem quietschenden Bett und versuchte sich im Zimmer zu orientieren. Calvin schrie ein weiteres Mal nach seinen Eltern, fing an zu weinen, als er keine Antwort erhielt. Er kreischte. So laut, dass seine Stimme heiser wurde. Es kratzte in seinem Hals. Panik. Übelkeit stieg in ihm auf. Er beugte sich nach vorn und übergab sich. In diesem Augenblick wurde die Tür geöffnet. Calvin schreckte zurück, erstarrte. Ein schwarzbekleideter, hochgewachsener Mann, mit rotem, ungepflegtem, filzigem

Vollbart, trat zu ihm. Mit zusammengekniffenen Augen, um sich an das Licht zu gewöhnen, und aufgerissenem Mund schaute Calvin ihn an. Vor panischer Angst urinierte er in die Hose. Normalerweise war Calvin trocken. Nur für die Nacht zog ihm seine Mutter eine Schutzhose an. Aufgrund des Durchfalls hatte er auch jetzt eine Windel an, die ihm seine Mutter im Krankenhaus angezogen hatte. Die war so vollgesogen, dass ihm der warme Urin an der Innenseite der Oberschenkel hinunterlief. Der Mann packte ihn am Kragen seines roten Lieblingspullovers, den er im April zum Geburtstag bekommen hatte. Vorn war ein grünes Minimonster aufgenäht. Sein Vater hatte ihm erzählt, dass es ein Krümelmonster war, das die Krümel von Essensresten, die Calvin auf den Pullover kleckerte, verschlang. Calvin lachte dabei quietschend. Ihm gefiel diese Geschichte und er ließ sie sich jedes Mal wieder erzählen, wenn er den Pullover trug.

Der Mann hob Calvin angewidert hoch. „Halt endlich deinen verdammten Mund!"

Calvin fuhr bei dem Gebrüll zusammen, die Angst biss sich in den Körper. Er begann zu kreischen, schlug mit den kleinen Ärmchen um sich. Er versuchte, nach dem Mann zu treten. Doch der griff fest um die dünnen Arme und schüttelte ihn heftig. Je aggressiver er schüttelte, desto lauter dröhnten die Schreie Calvins. Mit einem gewaltigen Ruck stampfte er das Kind auf den Boden. Man hörte das Knacken in seinem Fußgelenk. Calvin schrie. Wie ein Blitz schoss der Schmerz durch seinen Körper. Das Geschrei machte den Mann immer rasender.

Er holte aus und klatschte die Hand gegen die Wange des Jungen. Der Kopf flog zur rechten Seite. Calvin verlor das Gleichgewicht. Regungslos blieb er auf dem kalten Betonboden liegen. Es bildete sich eine Blutlache um sein Gesicht. Blut, das ihm aus den Mundwinkeln lief. Das schwarze Ungeheuer keuchte schwer und verließ fluchend das Zimmer. Ließ Calvin in dem Blut liegen. Allein. In der Dunkelheit.

„Du bist ein solcher Vollidiot", schnauzte seine Frau. „Was bringt uns der Bengel, wenn du ihn umgebracht hast? Wir sollten lieber versuchen, dieses scheiß Fieber wegzubekommen, bevor er uns verreckt. Ich will keine scheiß Leiche in meinem Haus haben."

Der Mann machte eine abwehrende Handbewegung und verzog sich aus dem Haus.

Nach einer halben Stunde wachte Calvin auf. Er versuchte aufzustehen. Ein heftiger Schmerz fuhr ihm in den Kopf, sodass er sich sofort wieder hinlegen musste. Im Mund hatte er einen metallischen Geschmack. Er wischte sich mit einer Hand das Blut, das aus dem Mundwinkel lief, ab. Das Zimmer war wieder dunkel. Für einen Moment schloss er die Augen, blieb regungslos liegen. Jede Bewegung strengte ihn an. Mühsam drehte er sich auf den Bauch und robbte auf die verdreckte Matratze des Bettes zurück. Den linken Fuß, der mittlerweile um das Doppelte angeschwollen war, hob er an, damit er nicht den Boden berührte. Er zog die feuchte, miefende Decke über die Schultern. Seine Haut war trotz des Fiebers eiskalt und so blass, dass kleine blaue Äderchen zum Vorschein kamen. Er rollte sich auf der Matratze zusammen und umschlang seine Knie. Die Muskeln zuckten, um Wärme zu produzieren. In seinem Kopf drehte sich alles. Als er die Augen schließen wollte, hörte er das Quietschen der Tür, die sich langsam öffnete. Eilig zog er die Decke über den Kopf und rieb sich mit dem Handrücken die brennenden Augen. Er stieß einen verzweifelten Atemstoß aus. Panik, dass der schwarze Mann zurückkam, wallte in ihm auf.

„Hey, Kleiner", hörte er eine strenge Stimme sagen. Diesmal sprach eine Frau. „Zeig mir dein Gesicht!" Sie zog mit einem Ruck die Decke von ihm, fasste ihm an das Kinn und hob den Kopf an, um das verletzte Gesicht zu begutachten.

Calvin kniff die Augen zusammen und verzog den Mund zu einer schmerzerfüllten Grimasse. Mit einem nassen Tuch wischte ihm die Frau das eingetrocknete Blut lieblos ab. Sie reichte ihm eine Trinkflasche mit Wasser. Calvin trank hastig, in großen Schlucken, als könnte die Frau es ihm gleich wieder wegnehmen. Dabei lief etwas Trinkwasser aus den Mundwinkeln.

„Verschwende das Wasser nicht, du dummer Bengel."

Calvin setzte erschrocken die Flasche vom Mund. Er hatte Angst, einen Fehler zu machen und erneut einen Schlag abzubekommen. Die Frau zog ihm die volle Schutzhose aus und rümpfte die Nase. Sie wickelte ein Geschirrhandtuch um sein Gesäß und schmiss die benutzte Windel in die Ecke des Zimmers. Dann stand sie auf und ging raus. Die Tür schloss sich. Calvin hörte, wie sich die Schritte entfernten. Zitternd schloss er die Augen. Die Flüssigkeit tat dem trockenen Mund gut und der metallische Geschmack war weg. Aber sein Kopf hämmerte unermüdlich. Allein in der Dunkelheit schlief Calvin vor Erschöpfung ein. Im Schlaf rief er nach seiner Mutter.

11

Natalie atmete erleichtert auf, als sie endlich in der West-Roosevelt-Road ankamen. Eilig sprang sie aus dem Auto und lief geradewegs zur Eingangstür. Ihre Haare flatterten ins Gesicht und verfingen sich im Mund. Sie pulte sie mit den Fingern heraus und wischte die feuchte Hand an ihrer Hose ab. Alexander hatte während der Fahrt kaum ein Wort gesprochen, konzentrierte sich stur auf den Verkehr. Gedanken über die zukünftige Zusammenarbeit schossen Natalie durch den Kopf. Alex vermied es tunlichst, ihr in die Augen zu schauen. Und wenn er mit ihr redete, ließ er den Kopf beschämt hängen. Die Anspannung war förmlich greifbar. Sie befürchtete, dass das Verhältnis zwischen ihnen auch zu Problemen im Team führen wird. Fieberhaft dachte Natalie über Alexanders Worte nach. In ihren Augen lag Schmerz. Alex' Meinung zu der Affäre bedrückte sie. Sie presste die Lippen zusammen, während die Worte seiner Abfuhr durch ihren Kopf rasten. In jener Nacht hatten beide ihren Gefühlen freien Lauf gelassen. Sie liebten sich leidenschaftlich. Und sie hatte nicht den Eindruck, dass er es nicht genossen hatte. Insgeheim musste sie zugeben, dass diese Stunden sie belebt hatten und sie jede Sekunde mit ihm auskostete. Sie verstand seine Reaktion. An diesem Tag war sie nicht die gewesen, die

Alexander kannte. Seit Wochen hatte sie keinen Wert auf ihren Körper und ihr Leben gelegt. Die Tatsache, dass sie verheiratet gewesen war, machte die Sache nicht leichter. Jacob und Alexander verstanden sich gut. Wenn Alex zu Besuch gekommen war, tranken sie ein paar Bier und philosophierten über die Probleme ihrer Berufe. Alexander plagte das schlechte Gewissen. Keiner hatte sich ausgemalt, welchen Rattenschwanz diese Nacht nach sich ziehen wird.

Natalie und Alexander verband eine innige freundschaftliche Beziehung. Im Grunde wünschte sich jede Frau einen Mann wie ihn. Er beeindruckte sie mit seiner aufmerksamen Art und er besaß das Talent, die Wünsche eines Menschen aus den Augen ablesen zu können. Er gab Natalie mehr Geborgenheit, als ihr Ehemann ihr je gegeben hatte. Alex stand an ihrer Seite, wenn sie ihn brauchte. Er tröstete sie, wenn sie litt, kannte sie in- und auswendig. Er durchschaute beim ersten Blick in ihre Augen, wann etwas nicht stimmte oder sie gereizt war. Er fragte hartnäckig nach, bis sie ihm ihr Herz ausschüttete. Am Ende lagen sie sich lachend in den Armen und Natalie vergaß ihre Sorgen. Sie verstand nicht, warum er nach seiner gescheiterten Ehe keine neue Partnerin gefunden hatte. Er würde eine Frau, die er bedingungslos liebt, auf Händen tragen. Seine Exfrau wusste seine Großherzigkeit und Liebe nicht zu schätzen. Sie hatte eine Affäre mit einem seiner Kollegen gehabt. Über ein Jahr war das Versteckspiel gelungen, dann hatte Alex sie in flagranti erwischt, als er unangemeldet bei ihm vor der Tür gestanden hatte.

Er hatte sie zur Rede gestellt und beide hatten es sofort zugegeben. Heute waren sie ein Paar. Alexander hatte nicht lange getrauert, sich mit Arbeit abgelenkt und keine wertvolle Minute verschwendet, an seine Ex zu denken. Das war sie ihm nicht wert.

Als sich Natalie und Alex kennengelernt hatten, verstanden sie sich auf Anhieb und verbrachten viel Zeit miteinander. Sie hatte ihn als Trauzeugen und Patenonkel von Liam gewählt. Er hatte Liam abgöttisch geliebt und nach dessen Tod genauso schwer gelitten wie die Bennetts. Trotzdem war er in der harten Zeit für Natalie da gewesen, mehr als ihr Ehemann. Bis zu dieser fatalen Nacht. Es tat Natalie in der Seele weh, dass er sich von ihr abgewandt hatte. Sie wollte nicht akzeptieren, dass ein einziger Ausrutscher eine innige Freundschaft zerstört haben könnte. Sie kannte das Klischee, dass Sex unter Freunden tabu war. Aber der Verstand hatte sich damals ausgeschaltet. Heute würde sie sich für diesen Fehler am liebsten ohrfeigen.

Im Büro holte Natalie erst einmal Kaffee. Sie benutzte die größte Tasse, die sie im Schrank auftreiben konnte. Ihre Übermüdung zeichnete sich unter den Augen ab. Die letzte Nacht war kurz. Vor Aufregung hatte sie keinen Schlaf gefunden. Sie sog den frischen Duft ein und nippte schluckweise an ihrem Becher. Die heiße Flüssigkeit verbreitete sich in ihrem Körper und sie schüttelte sich kurz. Erst jetzt bemerkte sie, wie es sie fröstelte. Sie klammerte die Hände um den Kaffeebecher, um sie zu wärmen. Das Koffein half, wach zu bleiben. Anna hatte den Kaffee gekocht. Für sie der weltbeste Kaffee, er war genau so stark, wie sie ihn brauchte.

Alexander trommelte die Kollegen zusammen, um den aktuellen Entführungsfall zu besprechen. Das Team bestand aus einem festen Kollegenkreis. Seit Jahren hatten sie gemeinsam an Fällen wie diesem gearbeitet. Nur Jayden Nelson war in diesem Jahr neu hinzugestoßen. Er war New-Agent und hatte die Ausbildung erst kürzlich beendet. Mit ihm bestand das Team aus acht Sonderermittlern.

Daniel Mitchell, der technische Experte im Kreis, war ein alleinstehender Computerfreak. Man bekam ihn nur schwer von seinem PC weg. Seine ausgeglichene Art kam bei den Kollegen gut an. Sie zogen ihn damit auf, dass er nicht von seinem Arbeitsplatz wegzuholen war. Selbst in seiner Freizeit fand man ihn an den Computern. Einmal hatten die Männer im Team eine Hochzeit mit einem seiner Computer inszeniert. Im Grunde konnte Daniel einem leidtun. Er war ein netter Kerl, fand aber keine Partnerin. Alex war sicher, dass er sich insgeheim jemanden wünschte, mit dem er glücklich werden konnte.

Anthony Lopez glänzte mit seiner hohen Intelligenz. Er war ehrgeizig und engagiert. Er zeigte vollen Einsatz bei den Ermittlungen und Alex erkannte großes Potenzial in ihm. Er wusste mit Bestimmtheit, dass Lopez eines Tages eine starke berufliche Entwicklung machen wird. Man musste ihn sogar hin und wieder in seinem Ehrgeiz bremsen. Vor drei Monaten war er Vater einer Tochter geworden. Wenn Alex ihn nicht ab und zu zwang, nach

Hause zu fahren, würde seine Familie ihn nie zu Gesicht bekommen. Vor ein paar Wochen hatte ihm Alexander freigegeben, um Überstunden abzubauen. Er hatte täglich angerufen, um sich zu informieren, ob man nicht seine Hilfe bräuchte.

Der älteste Kollege war Herb Harris. Herbs Leben wurde vom Chaos beherrscht. Er ließ den Dingen gern ihren freien Lauf. Er kümmerte sich wenig um Pünktlichkeit oder Ordnung. Das spiegelte sich auch an seinem Arbeitsplatz wieder. Wenn sich jemand darüber aufregte, winkte er lächelnd ab. Er meinte, den Clown spielen zu müssen. Vor allem bei den Frauen kamen seine Witze nicht sonderlich gut an. Vor fünfzehn Jahren hatte er, gemeinsam mit Alexander, seinen Dienst angetreten. Vorher hatte er in New York gearbeitet und einen großen Erfahrungsschatz mitgebracht, der bei den Ermittlungen dienlich war. Herb war nicht bewusst, dass er mit seiner Schlamperei derartige Frustration bei anderen auslöste. Für ihn war Ordnung eine Last, er konzentrierte sich lieber auf die wesentlichen Punkte des Lebens.

Die zweite Frau neben Natalie war Anna Hall, die gutherzigste Person im Team. Sie trug die Verantwortung für alle organisatorischen Fragen und stellte den Kontakt zur Presse her. Anna liebte Hunde mehr als Männer. Deshalb kümmerte sie sich um fünf Hunde und verzichtete auf einen Partner. Die Hunde hatte sie aus dem Ausland mitgebracht. Straßenhunde, halb verhungert und verwahrlost. Anna hatte ihnen ein Zuhause gegeben und sie aufgepäppelt.

Aiden King machte seinem Namen alle Ehre. Sie nannten ihn „King", wegen seiner großspurigen Art. Seine Antennen fehlten, um zu spüren, dass die Kollegen sich krümmten, wenn er zu jedem Thema eine Meinung abgab, die prinzipiell anders als die des Teams war. Er gab gern den Ton an. Aber er war hervorragend in dem, was er leistete. Er behandelte Straftäter nicht zimperlich, wäre aber nie so weit gegangen, dass man ihn hätte belangen können.

Alexander war glücklich mit dem Team. Und wenn es darauf ankam, hielten sie zusammen. Niemals war auch nur einer dem anderen in den Rücken gefallen.

„Bei dem vermissten Kind handelt es sich um den dreieinhalbjährigen Calvin Brown, der gestern in der Klinik eingeliefert wurde. Er gilt seit der Mittagszeit als verschwunden. Eine sechzehnjährige Praktikantin brachte ihn nach Anweisung einer Krankenschwester in ein Untersuchungszimmer. Auf dem Weg war ihr Dr. Bennett begegnet, der die Untersuchung veranlasst hatte. Dann muss es zu einem Missverständnis gekommen sein. Dr. Bennett sagte aus, dass er Calvin in dem Bett nicht als jenen erkannt hatte. Das Mädchen aber dachte, er wüsste, dass es sich um Calvin handelte, und stellte ihn in das Zimmer. Da die diensthabende Schwester sie ge-beten hatte, gleich zurückzukommen, um ihr auf Station weiterzuhelfen, ließ sie ihn zurück. Erst als die Eltern des Jungen kamen und nach dem Sohn fragten, fiel das Ver-schwinden auf. Man weiß nicht, wie lang das Kind dort allein lag. Dr. Bennett wartete in seinem Büro, um ihn zu untersuchen. Auch er gab an, dass er den Raum leer gefunden hatte, als er nach Calvin schauen wollte."

„Dann war die Praktikantin die Letzte, die das Kind gesehen hat?", hakte Lopez nach.

Natalie nickte. „Ich habe mit dem Mädchen gesprochen. Sie verhielt sich wie paralysiert. Keine Mimik, keine Gestik. Komplett ausdruckslos. Ich glaube, dass sie unter Schock stand. Man kann ihr die Sache nicht vorhalten. Mit sechzehn Jahren ist sie noch ein Kind und kann nicht abschätzen, welche Gefahr besteht, wenn man ein Kleinkind allein zurücklässt."

„Was ist mit den Angehörigen des Kindes? Großeltern, Tante, Onkel? Ist es nicht möglich, dass sie ihn besucht haben und mit ihm an die frische Luft gegangen sind?"

Alexander schüttelte den Kopf. „Mit diesem Gedanken habe ich auch gespielt. Der Vater sagte, dass es keine Angehörigen, außer die Großeltern mütterlicherseits, gibt. Die haben wir telefonisch erreicht. Sie kamen nicht ins Krankenhaus, weil ihre Tochter es ihnen ausgeredet hatte." Das Verschwinden des Kindes setzte ihm deutlich zu. Sein Gesicht verfinsterte sich, als er begriff, dass sie keine Spur hatten, der sie nachgehen konnten. Die Zeit rannte. Alex rutschte unruhig auf dem Stuhl hin und her und sprach weiter. „Mrs. Brown war nicht vernehmungsfähig, da ihr Dr. Bennett ein Beruhigungsmittel gespritzt hatte. Laut der Aussagen des Klinikpersonals hatte sie bis zum Vormittag am Krankenbett des Jungen gesessen und sich dann mit ihrem Ehemann zum Mittagessen in der

Stadt getroffen. Sie war etwa eine Stunde fort. In diesem Zeitrahmen muss Calvin entführt worden sein."

„Wie verdammt noch mal kann ein Kind unbemerkt aus einer Klinik verschwinden?", fluchte Aiden King. „Gibt es keine Überwachungskameras?" Seine Stimme zitterte vor Wut, seine Stirn lag in Falten.

„Auf der Station nicht. An der Rettungswagenauffahrt gab es eine. Ich habe die Bänder zu Mitchell in die Technik gegeben und erwarte baldmöglichst eine Antwort." Alex hoffte, dass die Aufzeichnungen der Videoüberwachung Hinweise liefern würden, die zu den Tätern führen. Wenn sie Calvin nicht bald fanden, könnten sie den Eltern nur noch eine Leiche überreichen. Er schwebte in Gefahr. Beim Gedanken an den Tod des Kindes krampfte sein Herz. In seinen Ohren begann es zu rauschen.

Eigene Kinder hatte er nicht. Nur sein Patenkind Liam, das entführt und ermordet wurde. Er hatte Liam abgöttisch geliebt. Es hatte den absoluten Albtraum bedeutet, als man Liams Leiche im Elm Park gefunden hatte. In diesem wunderschönen Park, ein beliebter Ort, wo Familien ihre Zeit verbrachten. Kinder hatten auf dem runden Feld Basketball gespielt, Kleinkinder auf dem Spielplatz getobt. Man hatte es in der Gemeinde nicht fassen können, dass am helllichten Tag, gegenüber einer gut besuchten Highschool, ein Kind verschwinden konnte, ohne dass es jemand bemerkt hatte. In La Grange wohnten friedliebende Menschen, eine familiäre Gemeinde. Jeder kannte Natalie, die seit Kindheitstagen in La Grange lebte. Man begriff nicht, wie jemand zu morden fähig war. Alexander wohnte im benachbarten Western Springs, nur etwa drei Kilometer von La Grange entfernt. Oft hatte er Liam abgeholt, um mit ihm eine Radtour zu fahren. Er hatte extra einen Fahrradsitz gekauft. Seit Liams Tod stand das Fahrrad in der Garage. Er hatte es nicht mehr angerührt. Alex verband es einzig und allein mit Liam. Der Schmerz saß zu tief.

Alexanders Blick wanderte zu Natalie, die weitere Details der Entführung mit den Kollegen teilte. Es machte ihn traurig, sie so abgemagert und bleich sitzen zu sehen. Die fröhliche, immer lächelnde Natalie war nur ein Schatten ihrer selbst. Krampfhaft versuchte sie, ins Leben zurückzufinden. Er zollte ihr Respekt, wie tapfer sie bei der Aufklärung des Falls blieb, obwohl er sicher war, dass die eigene Vergangenheit sie einholte. Es schmerzte ihn, sie in ihrem Elend zu sehen. Der Drang, sie in die Arme zu schließen, wuchs. Sie festzuhalten, ihr Trost zu spenden. So wie er es immer tat, wenn sie ihn brauchte. Sie hatte niemanden mehr. Aber er brachte es nicht übers Herz, schaffte es nicht, über seinen Schatten zu springen. Verdammt, er liebte sie. Aber die Aussicht auf eine Chance war so weit entfernt, dass es für ihn das Beste war, den Abstand zu halten, um sich nicht zu quälen. Sofort bekam er Magenschmerzen, als er an die Nacht mit ihr zurückdachte. Ein Klopfen an der Tür riss Alex aus den Gedanken.

„Entschuldigt bitte die Störung. Ich bin mit dem Durchsehen der Videobänder fertig." Mitchell strich seine mittellangen Haare hinter die Ohren und kreiste den

Kopf. Er litt seit Längerem an Schmerzen im Nacken. Eine Folge des ständigen Starrens auf den Monitor. Zögernd setzte er an und wollte weitersprechen, als Alexander das Wort übernahm.

„Das ging aber flott."

Alex sah Mitchell mit gerunzelten Augenbrauen an und kratzte sich nervös am Kinn, als wüsste er, was nun kommen wird. Die Anderen schauten erwartungsvoll auf. Spannung lag in der Luft. Alle hofften, einen entscheidenden Hinweis zu erhalten. Jeder verfolgte das selbe Ziel. Sie wollten Calvin finden. Und das möglichst lebend.

„Ja! Aus ganz einfachem Grund. Die Videoüberwachung funktionierte ab Punkt elf Uhr nicht mehr. Es scheint mir, als wurde sie ausgeschaltet."

Alex schlug mit der flachen Hand auf den massiven, dunkelbraunen Holztisch. Seine Augen funkelten vor Wut. Die Kollegen zuckten erschrocken zusammen. Bleich stand er auf und ballte die Hände. „Verdammter Mist. Es wäre auch zu einfach gewesen."

Natalie wunderte sich über den gewaltigen Ausbruch ihres Partners. Normalerweise trat er ruhig auf, fuhr nicht so schnell aus der Haut. In der größten Gefahr verlor er nie die Beherrschung.

„Okay, Natalie, wir fahren zurück in die Kinderklinik und finden heraus, warum die Überwachung gestoppt wurde. Herb? Du jagst bitte Olivia Collister durch den Computer. Bringe alles über sie in Erfahrung. Ist sie irgendwo schon einmal in Erscheinung getreten? Wenn du was gefunden hast, ruf mich an."

„Aye-aye, Sir. Was ist mit dem Mädchen, das Calvin in das Zimmer gebracht hat?"

„Die nehmen wir uns vor Ort vor. Ich denke nicht, dass es eine Sechzehnjährige schafft, unbemerkt ein Kind aus einem Krankenhaus zu entfernen. Vielleicht ist ihr noch etwas eingefallen."

Im Büro des Chefarztes, Dr. Thompson, versuchte Alexander seine Wut im Zaum zu halten. „Wer ist für die Kliniküberwachung verantwortlich?!"

Ein Sicherheitsmitarbeiter betrat den Raum. „Sie haben mich herbestellt, Dr. Thompson? Was kann ich für Sie tun?"

Alexander schoss wie eine Furie hoch. Natalie hielt ihn an der Schulter und forderte ihn, mit einem Blick auf den Stuhl, auf, sich wieder zu setzen.

„Agent Johnson und Agent Bennett ermitteln im Fall des verschwundenen Jungen. Sie benötigen Auskunft über die Überwachungsanlage der Klinik. Sie könnten ihnen dabei helfen."

Der Sicherheitsmitarbeiter musterte Alexander argwöhnisch, wartete mit hochgezogenen Augenbrauen, ob Alexander etwas sagen wird. „Ich kann verstehen, dass sie wütend sind. Doch ich trage keine Schuld am Verschwinden des Jungen."

Als Alex nicht antwortete, fuhr er fort.

„Die Kamera läuft vierundzwanzig Stunden, ununterbrochen. Es war kein Defekt. Das Band wurde von jemandem gestoppt."

„Aus welchem Grund gibt es in diesem Bereich eine Kamera?", hakte Alex sichtlich ruhiger nach.

„In der Ecke versammeln sich trotz eines Verbotsschildes gern Jugendliche, Obdachlose oder Patienten zum Rauchen. Hauptsächlich treiben sie sich nachts dort herum. Die Nachtwächter schauen sporadisch auf die Monitore, es sitzt aber keiner dauerhaft davor. Sie haben noch andere Aufgaben zu erledigen. Wir scheuchen die Herumtreiber dort weg. Die Leute kapieren es einfach nicht."

„Tagsüber schaut keiner auf die Monitore?"

„Nein, oder eher selten. Am Tag herrscht dort reger Betrieb, da stellt sich für gewöhnlich keiner hin und steckt eine Zigarette an."

Bei dem Gedanken an eine Zigarette bekam Natalie sofort Lust, eine zu rauchen. Ein Laster, das sie sich während der harten Zeit angewöhnte, aber mit dem Alkoholentzug ebenfalls wieder abgewöhnte. Bei dem Gedanken an Alkohol stieg ihr die Galle hoch. Sie ekelte sich bei der Erinnerung, wie sie tagelang vor ihrer Toilette gehockt hatte und sich ihr Magen schwallartig entleerte. Der Nikotinentzug fiel ihr noch heute nicht leicht. Bei Stress würde sie sich am liebsten eine anzünden. Wenn sie sich unter Leuten aufhielt, stand sie gern neben den Rauchenden, um den Qualm einzuatmen. Dies reichte oft aus, den Drang nach einer Zigarette zu unterdrücken.

„Was meinen Sie, könnte der Grund gewesen sein, das Band zu stoppen?", fuhr Alexander fort.

Der Sicherheitsbeamte zuckte mit der Schulter. „Keine Ahnung wer das Band stoppte. Es gibt keinen Grund. Sie laufen normalerweise durch."

Plötzlich tönte „Amazing Grace" auf einem Dudelsack. Natalie wurde aus ihren Gedanken gerissen. Sie schmunzelte. Der Klingelton von Alex' Handy, den er vor vier Jahren bei einer irischen Kneipentour runtergeladen hatte. Er hatte mit einem Barbesitzer gewettet, der behauptete, dass er drei Gläser Bier schneller leer trinken könne, als Alex drei Schnäpse. Alex hatte sich auf die Wette eingelassen, die von Anfang an zum Scheitern verurteilt war. Der Wetteinsatz war, das Lied als Klingelton zu benutzen. Seitdem hatte er ihn nicht mehr geändert. Als die daheimgebliebene, schwangere Natalie von Alex' Dummheit erfahren hatte, lachte sie sich schlapp.

Alexander hörte dem Anrufer konzentriert zu. „Alles klar. Danke." Alexander stand auf, verabschiedete sich von dem Chefarzt und dem Sicherheitsmitarbeiter und bedankte sich.

„Olivia Collister ist sauber", flüsterte Alex nervös an Natalie gerichtet. „Keine Vorstrafen oder kleinere Delikte. Wir haben noch immer nichts in der Hand."

Die Praktikantin war nicht mehr aufzufinden. „Sie ist nach Hause geschickt worden, Kimberly Ownsen lebt ja hier in Chicago, gleich in der Nähe des Krankenhauses", erklärte die diensthabende Krankenschwester. „Sie war nicht mehr bei Sinnen, hat wie angewurzelt auf dem Stuhl gesessen, mit ihrem Körper vor- und zurückgewippt und kein Wort gesprochen."

Alex war frustriert. „Lass uns erst mal bei den Browns vorbeifahren. Ich möchte noch einmal mit den Eltern sprechen."

Amanda Brown lag auf dem Sofa, starrte schockiert ins Leere. Ihre Gesichtsfarbe war noch genauso blass wie in der Klinik. Die Mascara hatte sich mit den Tränen im Gesicht verteilt. Die Augen leuchteten rot und waren zugeschwollen. Auf ihrer Brust hielt sie ein Foto von Calvin. Er saß auf einem blauen Bobby-Car, winkte fröhlich grinsend in die Kamera. Natalies Herz krampfte bei dem Anblick. Vor zwei Jahren lag sie auf ihrer weißen Ledercouch und weinte. Vor Kummer, vor Sorge und vor Angst um ihren Sohn.

Mr. Brown hieß die beiden willkommen. „Kann ich Ihnen einen Kaffee oder Tee anbieten?"

Beide nickten.

Eliot wirkte ruhig und gefasst. Er stellte einen Teller Kekse auf den Tisch. Bevor er sprach, erkannte man jedoch am mühsamen Schlucken die Sorge um Calvin.

Beim Anblick des Gebäcks meldete sich Natalies Magen. Sie hatte heute noch nichts gegessen. Zum ersten Mal seit langer Zeit meldete sich der Hunger. Lag es an der Arbeit, die ein Stück Normalität in ihr Leben zurückbrachte? Sie überlegte, ob sie nach einem Keks greifen sollte.

„Nehmen Sie doch einen!" Mr. Brown konnte offensichtlich ihre Gedanken lesen.

Natalie schüttelte erschrocken mit dem Kopf: „Nein danke." Es war nicht der richtige Zeitpunkt, um an Essen zu denken, auch wenn ihr Magen rebellierte. Sie musste vom Thema ablenken. „Mr. Brown gibt es irgendwelche Feinde in Ihrer Familie? Neider? Wurden Sie schon einmal bedroht?"

Mr. Brown runzelte die Stirn.

Amanda schaute schockiert auf, als wäre ihr jemand eingefallen. Mit rauer Kehle röchelte sie: „Wir haben niemandem etwas getan."

„Haben Sie keine Spur?", fragte Mr. Brown nervös. Man gewann den Eindruck, dass er nicht mehr vom Besten ausging.

„Nein. Leider nicht. Wir suchen momentan nach Fakten und Hinweisen, die uns Aufschluss geben könnten. Morgen wird eine Pressekonferenz stattfinden. Sie als Eltern haben dann die Möglichkeit, zu den Entführern zu sprechen. Haben sie ein aktuelles Bild von Calvin? Wir möchten es an die Öffentlichkeit geben und erhoffen uns Hinweise aus der Bevölkerung. Eventuell hat jemand etwas beobachtet."

Eliot Brown kramte in der Schublade der Wohnzimmeranbauwand und holte einen Stapel aktueller Fotos heraus. Zwei steckte Natalie in die Tasche. Sie schluckte. Die Nerven der Eltern waren zum Zerreißen gespannt.

Als die Dunkelheit einbrach, war eine Fangschaltung gelegt, für den Fall einer Lösegeldforderung. Zwei Agents von der Technik saßen im Wohnzimmer. Amanda hatte sich nicht vom Sofa gerührt. Den Eltern hatte man eine Psychologin zur Seite gestellt, die sie während der harten Zeit betreuen wird. Als sich Natalie und

Alexander verabschiedeten, gab es keine Spur von dem Jungen.

12

Samstagmorgen. Das Team um Agent Johnson versammelte sich im Besprechungsraum. Das weitere Vorgehen musste besprochen werden. Sie wollten keine Zeit verlieren, noch immer gab es Hoffnung, Calvin lebend zu finden. Die Ermittler wirkten müde, keiner hatte in der letzten Nacht besonders viel geschlafen. Alexander hatte weiterhin nach Hinweisen gesucht, sich regelmäßig bei den Ermittlern gemeldet, die bei den Browns die Fangschaltung bewachten. Bisher hatte es keine Forderungen gegeben. Freiwillige Helfer hatten die ganze Nacht in Gruppen einige Gebiete in Chicago abgelaufen, um nach Calvin zu suchen. Er blieb verschwunden.

Alexander legte fest, dass die Pressekonferenz zur Mittagszeit stattfinden wird. „Natalie und ich hören uns heute im Umfeld von Olivia Collister um. Ich bin mir sicher, dass es eine geplante Entführung war. Jemand hatte genau zum Zeitpunkt des Verschwindens die Kamera ausgeschaltet, um das Kind ungestört aus der Klinik zu bringen. Es muss jemand sein, der das Klinikum gut kennt. Die Frage ist, ob es einen Grund gibt, warum ausgerechnet Calvin entführt wurde. Oder war er ein Zufallsopfer? Anschließend werden wir noch einmal die Praktikantin vernehmen. Vielleicht ist sie heute gesprächiger."

Sie fuhren in die Klinik. Auf der Kinderstation saßen zwei Krankenschwestern im Stationszimmer. Man spürte die angespannte Stimmung, keine redete ein Wort. Sie tranken Kaffee, als die Ermittler die Abteilung betraten. Eine der beiden sah blass aus, sie wirkte fahrig. Als sie die Agents wahrnahm, schoss sie nach oben und kippte sich den Kaffee über ihr Oberteil. Mit großen Augen sah sie Natalie an, ihr Gesichtsausdruck verriet Angst.

Seit das Foto des Jungen veröffentlicht wurde, belagerten Journalisten das Krankenhaus. Jeder wollte Informationen zu dem Fall. Die Kinderkrankenschwestern standen unter enormem Druck. Eltern sorgten sich um ihre Kinder, waren aufgeregt und mussten von den Schwestern im Zaum gehalten werden. Der Tagesablauf der Station verlief hektisch. Ein normales Arbeiten schien nicht möglich zu sein.

Die ältere der Krankenschwestern erhob sich und gab Natalie und Alexander die Hand. Mit brüchiger Stimme begrüßte sie die beiden. „Entschuldigen Sie bitte das Chaos. Es läuft seit der Entführung alles drunter und drüber. Wir können die Eltern kaum beruhigen. Ständig schleichen sich Journalisten auf die Station, möchten Fotos machen. Wir haben das natürlich nicht zugelassen. Gerade haben wir uns mal zu einer Pause hingesetzt."

Alexander nickte verständnisvoll. „Wir möchten gern mit Olivia Collister und Kimberly Ownsen sprechen. Sind sie hier irgendwo zu finden?"

„Olivia hat frei und die Praktikantin tritt ihren Dienst erst später an. Sie arbeitet heute im Zwischendienst."

„Wie würden Sie Olivia Collister beschreiben?"

„Sie ist eine liebenswerte Person. Wird von den Kollegen geschätzt. Die Familien lieben sie."

„Wie ist sie als Privatperson?"

„Das können wir Ihnen nicht beantworten. Keiner von uns hat sonderlich viel mit ihr zu tun. Wir können nur sagen, dass sie eine wundervolle Krankenschwester ist. Sie kümmert sich aufopferungsvoll um die Patienten. Sie schließt jedes einzelne Kind in ihr Herz. Ich kann überhaupt nicht verstehen, warum sie das Mädchen allein losgeschickt hat. Normalerweise erledigt sie solche Dinge gern selbst."

„Warum legt sie so viel Herzblut in ihre Arbeit?", fragte Natalie.

Die beiden Krankenschwestern schauten sich kurz an, schauten dann auf den Boden. „Wissen Sie, Olivia erkrankte als Kind schwer. Sie verbrachte viele Monate im Cheslock. Schon damals entschied sie, Kinderkrankenschwester zu werden. Sie hat keine eigenen Kinder, es hat bisher nicht geklappt. Ihr Wunsch ist groß, na ja, manchmal nervt sie einen damit gehörig. Aber bisher meinte es der Herr nicht sonderlich gut mit ihr. Ihre Anmeldung als Pflegemutter brachte bisher keinen Erfolg. Es soll einfach nicht sein."

Natalie und Alexander bedankten und verabschiedeten sich. Es war Zeit zurückzufahren, da die Pressekonferenz in anderthalb Stunden beginnen würde. Alexander wollte den Eltern noch einige Anweisungen geben. Er hasste diesen Teil der Arbeit. Die Ermittler wurden von der Presse regelrecht in der Luft zerrissen, vor allem wenn man keine Ergebnisse vorweisen konnte. Und nach dem Vorfall mit dem getöteten Journalisten würde die Presse besonders aufpassen. Bei dem Gedanken an die Journalisten funkelte ein kaum beherrschbarer Zorn in seinen Augen. Er hasste die Presse. Nichtsdestotrotz brauchten sie in Fällen wie Calvin die Hilfe von ihnen.

Die Pressemitteilung verlief reibungslos. Und fair. Die Journalisten hielten sich aus Anstand zurück. Die Eltern appellierten an die Bevölkerung und die Täter. Amanda Brown stand regungslos und weinend neben ihrem Ehemann. Sie trug schwarze Kleidung, die ihre blasse Hautfarbe noch mehr unterstrich. Der einzige Klecks Farbe in ihrem Gesicht waren ihre geröteten Augen. Ein Zeichen dafür, dass sie die ganze Nacht geweint hatte. Sie hakte sich bei ihrem Mann ein, um den Halt nicht zu verlieren.

Auch Mr. Brown hatte rote, geschwollene Augen. Aber nun war er wieder der gefasste Typ, der seine Frau stützte und zu den Entführern sprach. „Wir bezahlen jeden Preis für Calvin, wenn er doch nur schnell und gesund zu uns zurückkommen würde. Bitte geben Sie uns unseren Sohn zurück!" Die Stimme brach.

Calvin lag regungslos auf der Matratze in dem feuchten Zimmer. Ihm war übel. Er wachte auf, weil sein Bauch verkrampfte. Die Schmerzen wurden unerträglich. Kamen in regelmäßigen Abständen. Waren so heftig, dass er sich krümmte. Erst nachdem Calvin dünnen Stuhl entleert hatte, entspannte sich der Schmerz. An seinem Gesäß war alles feucht, es roch streng. Calvin rief nach seiner Mutter. „Mama, ich habe in die Hose gemacht." Sie kam nicht. Noch nie wurde er von ihr allein gelassen. Sie kam immer zurück. Er hörte, wie die Riegel vor der Tür zur Seite geschoben wurden. Er wünschte sich, dass es die Frau war, die kam. Sie war netter. Sie hatte ihn zumindest nicht geschlagen. Und hatte ihm etwas zu trinken gegeben.

Es traten beide zur Tür herein. Calvin krabbelte in die Ecke des Bettes und presste sich an die Wand. Aus Angst übergab er sich.

„Was machst du für eine Sauerei, du Widerling", schrie der Mann. In seinem Mund qualmte eine Zigarette und Calvin musste husten, als er den Rauch einatmete. „Hol etwas zum Waschen!", forderte er seine Frau auf. „Den Gestank hält ja keiner aus."

Die Frau kam mit einem Wasserschlauch zurück. Ohne dass Calvin realisieren konnte, was geschah, schoss ihm ein kalter Wasserstrahl auf die Brust. Er schrie. Das eiskalte Wasser peitschte gegen die Haut. Er versuchte, den Strahl mit den Händen abzuhalten, doch der Mann wackelte den Schlauch hin und her, spritzte Calvin überall damit ab. Die Haut war knallrot von den Hieben, lange Striemen zogen sich über den ganzen Körper. Die Frau entfernte das Geschirrtuch von seinem Gesäß und schmierte es ihm ins Gesicht. Calvin brüllte aus Leibeskräften, als der Wasserstrahl mitten in sein Gesicht peitschte.

„Wasch dein Gesicht!"

Calvin gehorchte. Er erinnerte sich daran, wie seine Mutter ihm beigebracht hatte, das Gesicht zu waschen. Als die beiden fertig waren, drückte der Mann die glühende Zigarette an Calvins Brustkorb aus. Dann ließen sie ihn, klitschnass in der Ecke kauernd, zurück. Calvin zitterte am ganzen Leib, vor Kälte, vor Schmerz. Er wimmerte. Traute sich nicht, sich zu bewegen, aus Angst, sie würden gleich zurückkommen. Irgendwann krabbelte er auf die Matratze. Das Wasser hatte das ganze Zimmer nass gemacht. Calvin leckte etwas Wasser vom Boden auf. Er war durstig. Diesmal hatte ihm die Frau nichts zu trinken gegeben. Diesmal war sie genauso böse gewesen wie der Mann.

Das Team „Calvin" des FBI traf sich nach der Pressekonferenz im Besprechungszimmer. Alex gab die Informationen über Schwester Olivia weiter. Die Besprechung wurde durch das Klingeln seines Handys unterbrochen.

„Wie bitte? Das ist nicht Ihr Ernst!" Alexanders Gesicht verfärbte sich weiß. Er stand ruckartig auf, sodass der Stuhl nach hinten kippte und krachend auf den Boden fiel. Wie versteinert schaute er aus dem Fenster. „Wir machen uns sofort auf den Weg." Wie paralysiert drehte er sich zu

den Kollegen. „Es ist ein zweites Kind von der allgemeinen Kinderstation im Cheslock verschwunden."

13

Chloe Baker war acht Jahre alt. Seit einer Woche lag sie auf der Kinderstation im Cheslock. Wegen einer Blinddarmentzündung wurde sie vor einer Woche operiert. Eines Nachts war sie in ihrem Kinderzimmer aufgewacht, starke Bauchschmerzen quälten sie. Nachdem sie sich mehrmals übergeben hatte und hohes Fieber bekommen hatte, fuhr ihre Mutter in die Kinderambulanz. Vor lauter Schmerz war sie kaum in der Lage gewesen, etwas wahrzunehmen. Nach ein paar Untersuchungen musste sie noch in der Nacht in den Operationssaal. Alles war so schnell verlaufen, dass sie es gar nicht realisieren konnte.

Heute ging es Chloe wieder gut. Sie darf nach Hause, hatte man ihr versprochen. Sie freute sich darauf, endlich wieder zur Schule zu gehen und ihre Freunde wiederzusehen. Am Morgen sollten die Abschlussuntersuchungen stattfinden und am Mittag würden ihre Eltern sie abholen. Ihre Eltern waren in der Woche nur nachmittags vorbeigekommen. Am Vormittag mussten sie erst die Tiere versorgen. Sie lebten auf einem Bauernhof, der schon von vielen Generationen der Familie Baker bewohnt wurde. Und nun lebte Chloe mit ihren Eltern und Großeltern dort. Sie liebte Tiere und half ihren Eltern bei der Versorgung.

An diesem Tag hatten sich ihre Eltern früher angekündigt, um sie abzuholen. Ihren Koffer hatte das aufgeweckte Mädchen schon gepackt. Vor den Untersuchungen hatte sie keine Angst. Sie war nur froh, dass sie jetzt keine Schmerzen mehr quälten. Dr. Bennett war auch da. Chloe mochte ihn. Überhaupt waren alle auf der Station nett. Schwester Olivia war da, um sich von ihr zu verabschieden. Sie hatte frei, ließ sich aber nicht nehmen, Chloe alles Gute zu wünschen. Schwester Olivia benahm sich heute anders als sonst. Sie wirkte nervös und blieb nicht lange bei ihr. Wahrscheinlich lag es an dem gestrigen Tag. Da war irgendetwas auf der Kinderstation passiert. Chloe hatte nicht mitbekommen, was es war. Aber es war auf dem Stationsflur plötzlich unruhig geworden und es hatte sich eine Schar Leute versammelt. Alle redeten wild durcheinander. Ein Mann schrie über den Flur. Und als sie aus dem Fenster schaute, hatten Menschen mit Kameras auf dem Platz vor dem Springbrunnen des Krankenhauses gestanden. Seit dem Vorfall war Schwester Olivia aufgebracht und so wirkte sie heute noch. Chloe verfolgte den Trubel nicht, da sie mit den Gedanken schon zu Hause war und sich ausmalte, was sie alles unternehmen wird.

Am meisten mochte sie die Praktikantin. Durch sie war der Aufenthalt nicht so langweilig. Sie war jung und verstand Chloe. Sie war zwar eine ruhige Person, aber das störte sie nicht. Es machte Spaß mit ihr. Sie spielten und lachten oft. Gerade in dem Moment, als Chloe an sie dachte, klopfte die Praktikantin an die Tür. Beide hatten sich ein geheimes Klopfzeichen ausgedacht, damit Chloe wusste, wann sie kam. Sie fand das spannend. Erst drei lange Klopfzeichen und dann noch mal zwei kurze hintereinander. Die Praktikantin war wie eine große Schwester, die sich Chloe immer gewünscht hatte.

„Hallo, Chloe, wie geht es dir? Ich habe gehört, dass du heute nach Hause darfst? Ich würde gern deine Vitalzeichen kontrollieren."

Chloe zappelte vor Aufregung und turnte auf ihrem Bett herum. „Ja, heute Mittag irgendwann darf ich nach Hause. Endlich!" Chloe schmiss die Arme in die Luft und sprang mit einem Satz vom Bett.

„Vorsichtig, Chloe! Du sollst doch noch nicht so viel turnen. Du musst deinen Körper schonen. Kein Sport!" Die Praktikantin hob warnend ihren Zeigefinger, musste aber schmunzeln. Sie freute sich mit dem Mädchen. Sie kontrollierte die Vitalwerte, als eine Kinderkrankenschwester anklopfte und den Kopf zur Tür reinsteckte.

„Dr. Bennett hat soeben angerufen. Er bittet darum, dass Chloe noch eine letzte Urinprobe abgibt."

Chloe ging zur Toilette und füllte einen Becher mit Urin. Das musste sie schon häufiger machen, sodass sie das allein hinbekam. Sie gab der Praktikantin den Becher und setzte sich auf ihr Bett. Sie drehte ihre Daumen im Kreis. Es konnte alles nicht schnell genug gehen. „Wann kann ich denn endlich zu Dr. Bennett?"

„Ich gehe mich mal erkundigen, wie lange es noch dauern wird."

Es kamen Gedanken an Elizabeth. Ihre zarte Elizabeth. Sie erinnerte sich an die glatten, rötlichen Haare und an die leichten Sommersprossen auf ihrer weißen Haut. Sie kämpfte mit ihren Tränen. *Arme Elizabeth.* Sie war so mager und zerbrechlich. Sie schluckte den Kloß im Hals herunter. Es tat weh, an sie zu denken. Sie stellte sich vor, wie sie jetzt wohl aussehen würde. *Benjamin! Elizabeth!* Alles war sinnlos geworden. Sie war wütend. Traurig und allein!

Nach dreißig Minuten kehrte die Praktikantin zu Chloe zurück. „Ich kann dich jetzt zu Dr. Bennett schicken. Es ist so weit."

Chloe machte einen Luftsprung. Gerade hatten ihre Eltern angerufen und sie informiert, dass sie jetzt losfahren werden, um sie abzuholen. Ihre blassen Wangen röteten sich leicht, ihr Herz pochte. Ihre Hände wurden feucht und sie verspürte einen starken Bewegungsdrang. Sie wollte nur noch raus aus der Klinik.

Die Praktikantin folgte ihr bis zur Tür am Ende des Stationsflures und verabschiedete sich dann von Chloe. „Ich werde nicht mehr da sein, wenn du zurück bist. Ich wünsche dir viel Freude zu Hause und grüß mir deine Pferde!"

Chloe strahlte, als sie an ihre Pferde dachte. Sie besaß zwei. Sie standen auf dem Hof. Sie kümmerte sich jeden Tag hingebungsvoll um sie und liebte es, sie zu striegeln und auszureiten. Beide waren braun und hatten dank ihrer liebevollen Pflege ein glänzendes Fell. Wenn sie zu Hause angekommen wäre, wird sie als Erstes nach ihnen schauen. „Das mache ich. Ich werde dich vermissen."

Sie umarmten sich. Als Chloe weitergehen wollte, um zu Dr. Bennett zu gehen, drehte sie sich noch einmal um. „Wie heißt du eigentlich?" Sie hatten zwar viel Zeit miteinander verbracht, aber sie hatte nie ihren Namen erfahren.

Die Praktikantin hielt inne, stockte, drehte sich langsam zu Chloe und schaute nervös. Sie zögerte. „Kimberly, ja, mein Name ist Kimberly."

Gereizt nahm Dr. Bennett den Hörer in die Hand. Ohne eine Vorwarnung brüllte er ins Telefon. „Wo bleibt die Patientin, verdammt noch mal? Ich habe auch noch andere Sachen zu tun!"

Die Kinderkrankenschwester der allgemeinen Station starrte auf die dem Stationszimmer gegenüberliegende rosé-gestrichene Wand. Sie musste sich erst einmal sammeln, um zu begreifen, was der Oberarzt von ihr wollte. Sie hielt den Telefonhörer vom Ohr entfernt, da Dr. Bennett so laut brüllte, dass die ganze Station das Telefonat hätte mithören können. Sie verdrehte die Augen, dachte, er hätte einen seiner cholerischen Anfälle. Aber der Satz war kaum ausgesprochen, als sie begriff. Chloe war vor einer halben Stunde zur Untersuchung losgelaufen. Sofort wurde ihr flau im Magen. Sie riss die Augen auf und hielt die Hand vor ihren Mund.

„Hallo?" Dr. Bennett wartete auf eine Antwort.

Als die Krankenschwester ihm sagte, dass Chloe seit dreißig Minuten bei ihm sein sollte, wurde er still. In diesem Moment traten die Eltern von Chloe Baker auf die

Station, um ihre Tochter abzuholen. Wie in Zeitlupe legte die Krankenschwester den Hörer auf und wandte sich kreidebleich an die Eltern, um ihnen mitzuteilen, dass sich ihre Tochter in der Untersuchung befand.

Das konnte nicht schon wieder passieren. Das musste ein dummer Zufall sein. Chloe war lebhaft. Bestimmt sah sie auf dem Weg zum Doktor etwas, was sie abgelenkt hatte. Sie hatte schlichtweg vergessen, zu Dr. Bennett zu laufen. Doch irgendetwas beunruhigte sie.

Chloe blieb verschwunden.

14

Bryan Coleman und Ray Carter saßen in der Zentrale, als ein Notruf hereinkam. Es war kurz nach zehn. Sie hatten gerade eine Frühstückspause eingelegt. Ein Mann benötigte einen Krankenwagen im Patriots Park. Der Park lag in Downers Grove, ein beliebter Ort für Leute, die die Natur liebten. Im Frühling und Sommer tummelten sie sich in Scharen in dem Park. Er lud zum Wandern oder Sport ein. Oder die Menschen picknickten in einer der Pavillons, genossen die Sonne und ließen die Seele baumeln.

Die Ehefrau des Mannes war mit dem Fahrrad gestürzt und nicht mehr in der Lage zu gehen. Der Mann äußerte Besorgnis und verlangte einen Arzt am Unfallort. Die Leitstelle übermittelte, dass die Verletzung nicht lebensbedrohlich schien. Die Sanitäter sahen davon ab, einen Notarzt hinzuzuziehen. Der Notarzt fuhr nur mit zum Einsatzort, wenn abzusehen war, dass eine Person so schwer verletzt war, dass noch vor Ort medizinische Maßnahmen erfolgen müssten. Bei nicht so schwerwiegenden Fällen reichte die Erstversorgung durch die Rettungssanitäter. Die nötigen Maßnahmen würden dann in der Klinik erfolgen. Bryan schluckte den Rest seines Kaffees herunter und wischte sich mit dem Arm den Mund sauber. Er rieb sich den Hals, der Kaffee war zum Herunterschlingen noch zu heiß gewesen. Ray schmunzelte und schüttelte den Kopf, als er Bryans Grimasse sah. Dann liefen die beiden Sanitäter zu ihrem zugeteilten Rettungswagen.

Seit zehn Jahren arbeiteten sie auf der Rettungswache in Chicago. Sie absolvierten gemeinsam die Ausbildung und waren mittlerweile gute Freunde. Sie vertrauten sich blind. Ihre Einsätze waren legendär. Sie liebten ihren Job und genossen ein hohes Ansehen. Kompetenz und Fleiß waren nur einige ihrer Eigenschaften, die die Kollegen schätzten. Der Koordinator der Leitstelle teilte sie meistens in die gleiche Schicht ein, da die beiden als Duo am besten funktionierten. Ein eingespieltes Team, das sich ohne Worte verständigte. Es genügte ein kurzer Blick. Der Kollege wusste, was der Partner von ihm erwartete.

Sie benötigten fünfundzwanzig Minuten bis zum Einsatzort. Der Fahrradunfall ereignete sich an einem kleinen See, dessen Rand mit weißen Steinen ausgekleidet war. Auf einer holzigen Wanderbrücke stand ein Mann, der die Sanitäter herbeiwinkte. Ansonsten sah man keine Menschenseele. Diese Jahreszeit war für die meisten zu kalt. Und das Wetter ließ keine gemütliche Atmosphäre zu. Der Rasen, der sonst in einem saftigen Grün strahlte, verschwand unter den rot-gelben und orangenen Blättern der Bäume. Es wehte ein starker Wind und die Straßen und Wege glänzten vom Regen der letzten Tage. Keine optimalen Bedingungen, um mit dem Fahrrad zu fahren. Die Frau lag ruhig auf der Brücke. Das Fahrrad lag auf ihr. Der Mann lief den beiden entgegen, er wirkte aufgebracht.

„Da sind Sie ja endlich. Meine Frau hat sich bei einem Sturz verletzt und kann nicht mehr aufstehen."

Ray beruhigte ihn und sie liefen zu dem Unfallopfer. Dem ersten Anschein nach war die Verletzung nicht ernst. Sie hielt sich das rechte Bein. Am Fahrrad erkannte man keine Spuren des Sturzes. Der Mann schien ohne Fahrrad unterwegs gewesen zu sein. Ein zweites Rad war nicht zu sehen. Bryan beschlich ein komisches Gefühl. Irgendetwas beunruhigte ihn. Er konnte nur nicht sagen, was es war. Es wirkte alles merkwürdig. Der Mann, der den Notruf abgesetzt hatte, lief nervös hin und her. Eigentlich unnötig, denn die Frau hatte weder äußere Verletzungen, noch war sie in einem schlechten Allgemeinzustand. Bryan fand, dass der Herr maßlos übertrieb. Wahrscheinlich handelte es sich um eine Verstauchung, denn auf den ersten Blick sah es auch nicht nach einem Bruch aus. Eine Diagnose konnte man aber erst nach dem Röntgen des Beines stellen. Ray wollte zum Rettungswagen laufen, um einen Stuhl und eine Schiene, zur Fixierung des Beines, zu holen, als der Anrufer losbrüllte.

„Wo wollen Sie hin? Sie müssen meiner Gattin helfen. Wenn ich so arbeiten würde wie Sie, dann bekäme ich nach einer Woche die fristlose Kündigung." Schweiß tropfte ihm von der Stirn, sein Kopf verfärbte sich feuerrot.

„Nun beruhigen Sie sich bitte", sagte Ray in sanftem Ton. „Ich hole einen Transportstuhl, um ihre Frau in den Rettungswagen bringen zu können. Sie kann ja nicht selbst dahin laufen."

„Die Verletzung scheint auf den ersten Blick nicht schlimm zu sein", äußerte sich Bryan dazu, irritiert über die heftige Reaktion des Mannes. „Es gibt keinen Grund sich aufzuregen."

Der Mann schnaubte aufgebracht. „Und das können Sie ohne einen anständigen Arzt beurteilen?"

Ray schüttelte den Kopf und lief los. Ab und zu hatten sie es mit schwierigen Personen zu tun. Wichtig war es, sich nicht aus der Reserve locken zu lassen und ruhig vorzugehen. Aber beim besten Willen, es war keine Person in Not. Andere hätten nicht einmal den Rettungswagen gerufen. Ray schmunzelte, fand das Schauspiel amüsant. *Bringen wir den Einsatz schnell hinter uns und verschwinden.* Als er zurückkam, regte sich der Typ weiterhin lautstark auf.

Ray hockte sich neben die Patientin und wollte die Schiene an das verletzte Bein legen. Aus heiterem Himmel sprang sie auf. Mit ihrem Kopf erwischte sie die Nase von Bryan, der an ihrem Kopf kniete, um sie zu beruhigen. Das machten sie mit Patienten, die unter Schmerzen oder Angst litten. Bryan hielt sich die Nase und fiel nach hinten. Sofort rann ihm das Blut aus der Nase. Mit schmerzverzerrtem Gesicht versuchte er aufzustehen. Aber der Mann hielt ihn davon ab. Er stellte sich mit dem schweren, schwarzen Stiefel auf die Kehle und trat zu. Bevor Ray aufstehen konnte, um einzuschreiten, nahm die Frau Anlauf und trat ihm mit voller Wucht in den Magen. Er krümmte sich und bekam im gleichen Moment einen zweiten Tritt gegen den Kopf. Er kippte um und blieb regungslos liegen. Bryan lief mittlerweile blau an. Er bekam kaum noch Luft, versuchte verzweifelt, sich zu befreien, umfasste den Knöchel und drückte dagegen. Der Mann beugte sich zu ihm hinunter und suchte die Hosentaschen des Sanitäters ab. Als er fand, was er suchte, hob er das Bein, um es mit einem heftigen Stoß in das Gesicht von Bryan fallen zu lassen. In Sekundenbruchteilen begriff er, dass sie in eine Falle getappt waren. Nun verstand er, was ihm das besorgte Gefühl zuvor sagen wollte. Der Unfall war vorgetäuscht. Um ihn herum wurde es schwarz.

Ray kam allmählich zu Bewusstsein. Vorsichtig öffnete er die Augen, versuchte, sich zu orientieren. Es brauchte ein paar Sekunden, bis er erkannte, was geschehen war. Er schaute sich um und sah, wie die beiden über Bryan standen. Seine Augen weiteten sich. Mit rasendem Herzen starrte er zu dem Mann, als der ein Messer zog und wie eine wildgewordene Bestie auf Bryan einstach. Immer und immer wieder raste das Messer auf ihn ab, traf mitten ins Gesicht. Dann holte er aus und zog es quer über seine Kehle. Ray sah, wie das Blut aus der Kehle schwappte. Die Frau stand daneben, lachte. Ray würgte, seine Augen schwammen in Tränen. Er war zu schwach, um aufzustehen und zu flüchten. Die Täter würden ihn in null Komma nichts eingeholt haben und ebenso grausam umbringen, wie sie es mit seinem Freund getan hatten. Er dachte unwillkürlich an seine Frau Rosie und seine vierjährige Tochter Amy. Sie waren eine glückliche Familie. Er verstand nicht, warum er für seinen Einsatz,

Menschenleben zu retten, bestraft werden sollte. Ihm war klar, dass die Bestien ihn nicht am Leben lassen werden. Er sah dem Tod unmittelbar in die Augen und hatte eine Heidenangst. Seine Frau wird zusammenbrechen. Bryan hinterließ ebenso eine wundervolle Frau und zwei Kinder. Krampfhaft versuchte er, nach einer Lösung zu suchen, um dem Wahnsinn zu entkommen. *Sollte er sich tot stellen?*

Es war zu spät. Die Frau drehte sich zu ihm um und grinste ihm ins Gesicht. „Schau, das Riesenbaby macht sich vor Angst in die Hosen."

Beide lachten spöttisch.

Der Mann beugte sich über Ray und klatschte ihm mit der Hand auf die Wange. „Gleich ist deine Qual vorbei. Hast du gesehen, was wir mit deinem Freund gemacht haben? Das Gleiche machen wir jetzt mit dir. Nur hast du das Pech, dass du dabei wach bist und jeden einzelnen Stich merken wirst."

Das Lachen der beiden klang gruselig. Ray blinzelte heftig. Man merkte, wie viel Spaß sie hatten, die Sanitäter zu quälen, um sie anschließend zu töten. Ray schloss die Augen und dachte an seine Familie. Dachte an die Zeit, die sie gemeinsam verbracht hatten. Er fühlte sich zu jung zum Sterben. Und er fand es schlimm, dass seine Frau erfahren wird, auf welch grausame Art er gestorben war. In Gedanken verloren, merkte er, wie die Klinge des Messers in seiner Brust landete. Das Messer, an dem noch das Blut seines Freundes klebte. Er spürte einen zweiten Stich, bevor er das Bewusstsein verlor.

15

Calvin erschrak von dem lauten Gepolter, als die Tür-riegel geöffnet wurden. Reflexartig setzte er sich hin. Das Licht ging an, flackerte. Mit lautem Geschrei wurde ein Mädchen in das Zimmer gestoßen. Sie landete mit dem Gesicht mitten auf dem kalten Betonboden. Kaum auf dem Boden aufgeschlagen, sprang sie auf und rannte an dem Mann vorbei in Richtung Tür. Calvin beobachtete verängstigt das Geschehen. Das Mädchen schrie, als der Mann sie mit den Armen auffing und sie mit einem hefti-gen Stoß in den Raum zurückdrängte. Diesmal knallte sie mit dem Po auf und blieb neben Calvin sitzen. Sie weinte und rief um Hilfe.

„Du kannst so viel schreien, wie du willst, du Göre. Dich wird niemand hören. Du machst mich nur noch wütender."

Chloe hörte nicht zu und kreischte weiter. Der Mann zog den Gürtel aus, holte aus und schlug zu. Der Riemen peitschte auf Chloes Rücken. Calvin zuckte zusammen und kauerte sich weiter in die Ecke. Mit den Händen versteckte er sein Gesicht. Tränen liefen ihm über die Wangen. Er wagte sich nicht von der Stelle, aus Angst ihm könnte das Gleiche passieren. Der breite Gürtel wirbelte erneut vor seiner Nase nach oben und klatschte Chloe mitten ins Gesicht. Dann war sie stumm. Sie legte sich mit dem Bauch flach auf den Boden und hielt ihre Arme schützend über den Kopf, als der Gürtel ein drittes Mal auf ihren Rücken knallte. Sie regte sich nicht, biss sich auf die Lippen und kniff die Augen zusammen, um den Schmerz zu ertragen. Der Mann packte ihre roten Haare und zog sie hoch.

Chloe winselte. „Bitte. Aufhören!" Sie würgte das Frühstück hoch, musste sich beherrschen, um nicht zu spucken. Unzählige Gedanken rasten ihr durch den Kopf. Sie konnte nicht glauben, was mit ihr passiert war. Sie sollte nach Hause kommen. Ein Sanitäter hatte sie aus dem Untersuchungszimmer abgeholt und gesagt, dass er sie zu ihren Eltern bringen wird. Und dann hatte er ihr etwas auf die Nase gedrückt. Alles wurde schwarz. Als sie wieder zu sich gekommen war, lag sie in einem Krankenwagen. Ihre Hände und Füße gefesselt, ihr Mund zugebunden. Sie versuchte, sich mit aller Kraft zu befreien, aber es gelang ihr nicht. Sie hörte die Stimmen einer Frau und eines Mannes, verstand aber nicht, was sie sagten. Als sich die Autotür öffnete, packte der Mann sie und warf sie über seine Schulter. Dann hatte er sie in diesen Raum gebracht. Der Mann schmiss Chloe auf das Bett und verließ den Keller.

Aus den Augenwinkeln sah das Mädchen einen Jungen in der Ecke kauern. Er war schmutzig und zitterte. Das rechte Auge konnte er kaum öffnen, weil es angeschwollen war. Es leuchtete in verschiedenen Blautönen. Chloe strich sich über ihre brennende Wange. Sie fühlte sich heiß an. Als sie auf ihre Finger schaute, klebte Blut daran. Sie erschrak bei dem Anblick. Nun rannen ihr die Tränen über die Wangen.

Die Tür wurde erneut geöffnet.

„Zieht euch die Kleider an", forderte eine Frau die Kinder auf. Es war die Stimme, die Chloe im Auto gehört hatte. Sie warf den beiden die Sachen zu. „Wenn ich wieder komme, seid ihr umgezogen."

Als die Kinder allein waren, drehte sich Chloe zu dem Jungen. Sie strich ihm vorsichtig über sein Auge. „Wie heißt du?"

Der Junge senkte den Kopf, er antwortete nicht. Seine Nase lief und er wischte sich mit dem Ärmel den Rotz ab. Chloe sah, wie er sich vor Angst krümmte und nahm ihn in die Arme. Sie zitterte am ganzen Leib. Es war bitterkalt in dem Zimmer. Sie schaute sich um. Die Gestalten hatten das Licht angelassen. Der Raum war leer, bis auf das Bett mit der dreckverschmierten und nassen Matratze, auf der beide saßen. In der Ecke gegenüber lag eine Holzpuppe, die in zwei Teile zerbrochen war.

„Weißt du, wo wir hier sind?"

Er schüttelte den Kopf und fing an zu weinen. Er roch nach Urin und Stuhl. Man sah ihm an, dass er die letzten vierundzwanzig Stunden der Wut des Paares ausgeliefert gewesen war. Chloe stand auf und lief durch den Raum. Prüfte, ob die Tür abgeschlossen war, ob es irgendetwas gab, womit sie raus kämen oder sie die Tür aufbrechen könnte. Das abgedeckte Fenster hoch oben in der Wand konnte sie nicht erreichen. Es wäre aber sowieso unmöglich hinauszuklettern. Sie würden nicht durchpassen, es war zu klein.

Chloe zog die Schultern hoch. Ihr war eiskalt. „Wir sollten uns umziehen, bevor die wieder kommen. Hab keine Angst, ich versuche alles, um uns hier rauszuholen." Sie half Calvin, die Sachen anzuziehen, die die Frau ihnen gegeben hatte. Vorher wischte sie mit ihren alten Sachen sein Gesäß sauber, das mit Stuhl beschmiert war. Der Po war wund. Sie sah, dass sein Fuß angeschwollen und blau war. Dann zog sie sich um, als im selben Moment die Frau zurückkam.

„Ihr seht großartig aus." Sie brachte eine Schüssel mit kaltem Wasser, mit dem sich die Kinder waschen sollten. Sie stellte eine mit Wasser gefüllte Flasche in den Raum. An der Tür drehte sie sich noch einmal um. „Ab sofort heißt ihr nicht mehr Calvin und Chloe! Ich möchte eure Namen nie wieder in diesem Haus hören. Euer altes Leben könnt ihr vergessen. Das ist euer neues Zuhause, euer neues Leben! Benjamin und Elizabeth." Ihr Lachen war fies und erinnerte Chloe an das Lachen einer Hexe, die in den Märchen vorkam, die ihre Mutter mit ihr geschaut hatte. Als die Hexe das Zimmer verließ, schaltete sie das Licht aus. Calvin legte sich auf die Matratze und wimmerte. Chloe versuchte, sich zu beruhigen. Beide blieben stumm in dem dunklen Zimmer zurück.

16

Emilia Dearing eilte die Straße hinunter. Sie wollte zu ihren Geschwistern, ihnen helfen. So wie sie es versprochen hatte. Die pinkfarbenen Ballerinaschuhe schlappten an den Füßen, da sie wegen ihres massiven Gewichtsverlustes zu groß waren. Außerdem weichte sie der starke Regen auf. Emilia kniete sich hin und zog sie aus. Sie warf die Schuhe an die Straßenseite und lief weiter. Sie bemerkte nicht, dass ihre Füße nach wenigen Metern bluteten, weil sie über die Steine und Äste am Straßenrand lief. Ihre Gedanken waren nur bei ihren Geschwistern. *Gott, steh mir bei. Bitte, lass sie nicht tot sein.*

Emilia liebte ihre Geschwister abgöttisch. Sie wollte sich nicht ausmalen, wie schrecklich es wäre, sie nicht mehr bei sich zu haben. Über all die Jahre hatte sie versucht, die Kinder zu schützen. Aber es war ihr nicht gelungen, sie vor den Eltern zu retten, ihnen das Leid zu ersparen. Nur mit dem geklauten Essen hatte sie verhindert, dass sie verhungerten. Nachts war sie in ihr Zimmer geschlichen, nahm sie in ihre Arme und erzählte eine Geschichte. Von einer glücklichen Familie. Sie versprach, dass sie dafür sorgen wird, sie alle eines Tages aus dem

Horrorhaus zu befreien und einen Welpen zu kaufen. Sie würden alle drei glücklich werden. Nur hatte sie nicht gewusst, wie sie das anstellen sollte.

Nass bis auf die Haut rannte sie die Straße entlang. Die rötlichen Haare klebten in ihrem Gesicht. Mittlerweile waren sie bis zu den Schultern nachgewachsen. Ihre Mutter hatte sie ihr und ihrer Schwester vor ein paar Monaten in einem ihrer Wutanfälle radikal abrasiert. Beide hatten die roten Haare von ihrem Vater geerbt. Als der wieder ein Wochenende nicht nach Hause kam, rasierte sie die Haare ab. Ihre Mutter verzog dabei verächtlich die Mundwinkel und spuckte auf die Haare, die sich auf dem Boden verteilten. Emilias Kopfhaut war übersät mit tiefen Schnittwunden.

„Ich ertrage die dämliche Haarfarbe nicht mehr. Ihr seht aus wie euer elender Versagervater."

Emilia weinte stundenlang über die Glatze. Sie fand sich hässlich. Ihre Haare wuchsen ihr bis zum Po und sie war stolz darauf. Auch wenn sie die Mitschüler wegen der roten Haare hänselten, sie mochte ihre Farbe. Die Schüler nannten sie Pippi Langstrumpf. Aber das ärgerte sie nicht. Sie wünschte sich, wie Pippi Langstrumpf zu sein, genauso kräftig. Dann hätte sie sich gegen das Monster wehren können. Über die Glatze machten sie sich nicht weniger lustig. Sie erzählte den Lehrern, dass die Haare mit Kaugummi verklebt waren und sie alle ab mussten. Auch das glaubte man ihr. Zumindest hakte niemand weiter nach.

Als sie dem Unfallort näherkam, verlangsamte sie ihr Tempo. Ihre Knie schlotterten vor Angst. Ihr Vater durfte sie nicht entdecken. In der Zwischenzeit versammelten sich Schaulustige um die Unfallstelle. Das bot ihr Schutz. Sie bewegte sich langsam nach vorne, ohne erkannt zu werden. Jeder Einzelne konzentrierte sich auf den Unfall, jeder wollte sehen, was geschehen war. Keiner nahm die kleine, magere und blasse Gestalt wahr, die sich klitschnass und barfuß vorbeischlich. Emilia hielt sich am Straßenrand auf, jederzeit bereit, hinter den Bäumen zu verschwinden. Ihr Vater saß am Straßengraben und hielt sich mit einem weißen Tuch die linke Schläfe. Er sah nicht aus, als sei er schwer verletzt. Er saß da und beobachtete mit erbostem Blick das Schauspiel auf der Straße. Man sah in seinen Augen weder Besorgnis noch Angst. Er war noch immer der bösartige Mann, den Emilia kannte.

Sie schaute zum Auto. Es war vorne und an der Seite komplett zusammengepresst und lag auf dem Dach. Auf der Straße zog sich über zweihundert Meter eine Schlammspur. Das Auto war über die nasse Straße geschleudert, an den Bäumen abgeprallt und auf dem Dach gelandet. Emilia zitterte, nirgendwo sah sie ihre Geschwister. Plötzlich hörte sie eine dumpfe Stimme aus dem Wald rufen.

„Ich brauche einen Notarzt! Schnell!"

Emilia duckte sich hinter einem Busch, als sich alle Köpfe in ihre Richtung drehten. Im Wald lag ihr Bruder, der aus dem Wagen geschleudert worden war. Er bewegte sich nicht und hing seltsam verdreht über einem Baumstamm. Das rechte Bein blutete stark, am Schienbein ragte ein Knochen heraus. Überall war Blut. Emilia hielt ihren Mund zu, um einen Aufschrei zu unterdrücken. Stumm betete sie zu Gott, dass ihr Bruder nicht tot sein möge. Sie weinte, schluckte, um den dicken Kloß im Hals loszuwerden. Ihre Augen brannten. Die Sanitäter und der Notarzt kümmerten sich um den Jungen und transportierten ihn behutsam in den Rettungswagen. Währenddessen sah Emilia, wie ihre Schwester aus dem Auto geborgen wurde. Die Feuerwehr hatte das Auto erst mit einer Rettungsschere aufgeschnitten, bevor sie das Mädchen befreien konnten. Emilia erkannte nicht, was mit ihr war. Es standen zu viele Menschen davor. Ihr Vater redete mit einem Officer. Ein Notarzt kam hinzu. Emilia versuchte, näher an ihn heranzukommen, um zu hören, was der Arzt sagte. Weil der Regen laut auf den Boden prasselte, konnte sie nur Bruchteile erfassen. Aber diese reichten. *Schwere Verletzungen, schnelle Hilfe, Chicago, Cheslock-Kinderkrankenhaus.* Die Worte rasten durch ihren Kopf.

Krank vor Sorge wartete sie ab, bis sich die Menschenmenge auflöste. Ihr Vater fuhr mit dem Streifenwagen mit. Als der Abschleppdienst kam, waren die Leute, die vor Ort die Aufräumarbeiten erledigten, abgelenkt. Emilia setzte sich in Bewegung. Mittlerweile waren ihre Knochen steif, weil sie hinter dem Busch gehockt hatte. Sie musste nach Chicago. Sie wusste nur nicht wie.

17

29. Oktober 2016

Alexander und Natalie trafen am späten Mittag im Chicago-Cheslock-Kinderkrankenhaus ein. Alexanders Nerven schienen zum Zerreißen gespannt. Als er Dr. Bennett sah, funkelte er ihn wütend an. Das Verschwinden eines zweiten Kindes machte dem Team zu schaffen.

Barsch sprach er ihn auf das verschwundene Mädchen an. „Wie, in Herrgotts Namen, konnte noch ein Patient verschwinden? In nicht einmal vierundzwanzig Stunden?"

Dr. Bennett bekam einen roten Kopf. Er strich sich übers Gesicht und schluckte, sichtlich geschockt von der zweiten Entführung. Jeder der Mitarbeiter wirkte nervös und man erkannte eine gewisse Scham. Die Eltern des entführten Mädchens saßen wortlos auf den Stühlen im Wartebereich, hielten einander fest und weinten.

Die diensthabende Kinderkrankenschwester erzählte den Ermittlern sichtlich nervös, was geschehen war. „Chloe sollte heute Mittag entlassen werden. Sie brauchte nur noch ihre Abschlussuntersuchung. Dr. Bennett hatte sie zu sich bestellt. Kimberly Ownsen begleitete sie bis zur Stationstür. Chloe bat sie darum, allein zu der Untersuchung gehen zu dürfen. Deshalb blieb Kimberly auf der Station. Ich vermute, dass Chloe auf dem Weg dorthin verschwunden ist. Dr. Bennett rief nach einer halben Stunde an, um zu fragen, wo das Mädchen bliebe. Erst dann fiel das Verschwinden auf." Die Krankenschwester senkte beschämt ihren Kopf.

Alexander runzelte die Stirn, als er den Namen der Praktikantin hörte. Wieder hatte sie die Verantwortung für ein Kind getragen. Wieder war es im Anschluss verschwunden. Für den erfahrenen Ermittler erschien das merkwürdig. „Wo ist die Praktikantin?"

Natalie brachte in der Nähe ihres Exmannes kaum ein Wort heraus. Sie vermied jeglichen Augenkontakt. Sie hatten sich lange nicht mehr gesehen und nun war sie ihm innerhalb von vierundzwanzig Stunden zum zweiten Mal begegnet. Sie hätte darauf verzichten können. Würde ihn am liebsten aus ihrem Gedächtnis streichen. Nicht nur, weil sie ihm die Schuld an Liams Tod gab, auch die Trennung schmerzte. Sie konzentrierte sich auf die Befragung der Kinderkrankenschwester.

„Die Praktikantin meldete sich im Anschluss bei uns ab. Heute Morgen klagte sie schon über Unwohlsein. Die Sache mit Calvin hat sie schwer mitgenommen. Sie gab bei der Verwaltung auch an, dass sie ihr Praktikum beenden möchte."

„Und Schwester Olivia Collister? Kam sie heute auf Station?"

„Sie hat ja am Wochenende frei. Aber sie war heute Morgen kurz da, um sich nach den Ermittlungen zu erkundigen. Im gleichen Atemzug verabschiedete sie sich bei Chloe. Sie mochte das Mädchen."

Alexander Johnson blieb stumm. Natalie wusste, was er dachte. *War es normal, dass eine Kinderkranken-schwester solch eine Bindung aufbaut? Dass sie in ihrer Freizeit herkommt, um sich bei einem Kind, das sie betreut hatte, zu verabschieden?*

„Wann genau war sie hier?"

Die Krankenschwester überlegte. Man sah ihr an, wie schwer es ihr fiel, sich zu konzentrieren. „Kurz nachdem Sie die Klinik verlassen hatten. Gegen zehn heute Morgen, denke ich."

Nachdem die FBI-Ermittler über die Gegebenheiten unterrichtet waren, sprachen sie mit Chloes Eltern. Sie ließen sich ein Foto geben und versprachen, alles in ihrer Macht stehende zu versuchen, um ihre Tochter Chloe zu finden. Natalie erkannte an dem Blick der Mutter, dass sie die Hoffnung bereits aufgegeben hatte. Sie hatten von Calvin in den Nachrichten gehört und wussten, dass sie ihn noch nicht gefunden hatten.

Der Vater wippte mit den Beinen und brach schluchzend zusammen. „Sie haben den Jungen nicht gefunden! Vielleicht wurde er bereits ermordet. Chloe ist sein neues Opfer."

Mrs. Baker kreischte los, schlug auf ihren Ehemann ein. Sie wollte so etwas nicht hören. Natalie versuchte, die beiden zu beruhigen. Doch sie wusste am besten, dass ihr das nie gelingen wird.

Natalie und Alex entschieden, die Videoüberwachung zu überprüfen, da sie vermuteten, dass die Aufzeichnung wieder unterbrochen worden war. Zu ihrem Erstaunen lief sie durch. Gegen 11:21 Uhr kam ein Krankenwagen. Zwei Sanitäter stiegen aus. Ihre Gesichter erkannte man nicht, da sie nicht in die Kamera schauten. Mit der Transportliege fuhren sie in das Gebäude und kamen mit einem Patienten wieder hinaus. Der Chefarzt erklärte, dass Patienten abgeholt werden, wenn man sie in eine Spezialklinik verlegen musste. Alles schien normal. Ansonsten kam nach zwanzig Minuten ein zweiter Rettungswagen, der einen Patienten zur Klinik brachte. Auch da erkannte man die Personen nicht. Zum Zeitpunkt des Verschwindens sah man auf dem Band nichts Ungewöhnliches.

Die Täter wählten diesmal einen anderen Weg, um das Kind aus der Klinik zu entführen. Alexander strich über seinen Dreitagebart und massierte sich mit der anderen Hand die Schläfe. Seine Kräfte ließen nach.

„Gibt es Videoüberwachungen am Eingang?", fragte Natalie.

„Ja, gibt es."

„Wir nehmen die Aufnahmen mit, um sie uns im Büro anzuschauen."

Sie ließen sich das Videoband geben und verabschiedeten sich. Auf dem Parkplatz blieben sie einen Moment vor dem Auto stehen. Durch den dichten Nebel sah man nicht viel. Natalies feines Haar kräuselte sich durch die Feuchte. Es fröstelte sie. Der Tag versprach, ungemütlich zu bleiben.

„Geht es dir gut?" Alexander schaute ihr besorgt in die Augen. Das erste Mal, seit sie gestern ihren Dienst angetreten hatte. „Ich meine, es muss hart für dich sein, an solch einem Fall zu arbeiten."

Natalie brauchte eine Weile, um ihm zu antworten. Sie hatte nicht damit gerechnet, dass Alexander ihr eine Frage stellen würde, die mit dem Fall nichts zu tun hatte. Sie war irritiert. „Es ist in Ordnung. Ich habe gelernt, mit dem Verlust umzugehen. Die Therapie hat mir geholfen. Ich möchte, dass wir die Kinder wohlbehalten wiederfinden."

Alex pflichtete ihr mit einem Nicken bei. „Fahren wir zu Olivia Collister und anschließend zu der Praktikantin Kimberly Ownsen. Beide Damen treten unmittelbar in beiden Fällen auf. Schauen wir mal, ob das nur ein Zufall ist. Es ist merkwürdig." Er öffnete die Autotür und ließ Natalie Platz nehmen.

Natalie bemerkte ein leichtes Gefühl von Freude. *War das ein Anfang?* Sie machte sich von dem zarten Annäherungsversuch leise Hoffnung. Sie wünschte sich nichts sehnlicher, als die Freundschaft zu retten. Der Weg zur Wohnung von Olivia Collister war nicht weit. Beide schwiegen, jeder in Gedanken versunken.

18

Olivia Collister saß auf dem Bett in ihrer Zweizimmer-
wohnung und starrte auf die gegenüberliegende Wand.
Es läutete an der Tür. Sie rührte sich nicht, nahm das
klirrende Geräusch ihrer Klingel nicht wahr. Ihre Augen
begannen zu tränen. Sie konnte ihren Blick nicht von
der Wand lösen. Das zweite Läuten holte sie aus ihrer
Trance. Sie schloss ihre Augen, wischte sie trocken. Regungslos blieb sie sitzen und wandte ihren Kopf Richtung Tür. Sie hatte keine Lust auf Besuch. Es konnte nur
ihr nerviger Nachbar sein, der seit Monaten versuchte,
sie zum Ausgehen zu ermutigen. Sie konnte ihn nicht
ausstehen. Ein arroganter Mensch, der nur an sich selbst
dachte. Eine Beziehung mit solch einem Mann konnte
sie sich nicht vorstellen. Nachdem Olivia beim dritten
Klingeln noch immer nicht öffnete, hämmerte es gegen
die Tür.

„Miss Collister? Hier sind Agent Johnson und Bennett. Sind Sie zu Hause?"

Hitze stieg ihr in den Kopf. Sofort hämmerte ihr Herz,
hinterließ einen stechenden Schmerz in der Brust. Die
Sonderermittler standen vor ihrer Tür. Mit hochrotem
Gesicht öffnete sie. Sie schaute in zwei ausdruckslose Ge-
sichter. Olivia versuchte, den Grund des Besuches an der
Mimik der Ermittler abzulesen.

„Miss Collister, wir hoffen, dass wir Sie nicht gestört haben", sagte Natalie.

„Bitte entschuldigen Sie, dass ich nicht sofort geöffnet habe. Ich dachte, es wäre mein Nachbar. Er nervt mich seit Tagen."

Olivia bat die beiden Ermittler einzutreten und bot einen Platz auf dem Sofa an. Sie selbst blieb stehen und fummelte nervös an ihren Kleidern herum. „Haben Sie Calvin gefunden?"

Alexander schüttelte den Kopf und betrachtete Olivia. Auf ihn wirkte sie fahrig und nervös. Sie trat von einem Fuß auf den anderen und schaute den Ermittlern kaum in die Augen. Man sah ihr an, dass sie die letzte Nacht nicht geschlafen hatte. Ihre Gesichtsfarbe war fahl. Das mochte daran liegen, dass sie sich keine Mühe gegeben hatte, sich zurechtzumachen. Am vorherigen Tag hatte sie ein dezentes Make-up aufgelegt und sich ihren schwarzen Pagenschnitt wellig geföhnt. Heute war sie weder geschminkt, noch waren die Haare frisiert. Sie hatte sie nur zu einem Pferdeschwanz gebunden. Die kurzen Ponysträhnen fielen ihr ins Gesicht. Nervös versuchte sie, die Strähnen hinter die Ohren zu streichen, aber sie fielen mit jeder Bewegung wieder nach vorne.

Olivia atmete tief durch und versuchte, sich zu beruhigen. Sie setzte sich auf einen ihrer gemütlichen Korbsessel und legte sich das bunte Kissen vor ihren Bauch, als würde sie dahinter Schutz suchen. Olivia hatte sich ihr Wohnzimmer im Safari-Stil eingerichtet. Sie liebte Afrika. Ihr größter Traum war es, dort einmal Urlaub zu machen.

Ihre Wände hatte sie in einem warmen sandfarbenen Ton gestrichen. Afrikanische Masken zierten die Wände. Ihre Möbel waren mokkafarben und mit afrikanischen Statuen und Elefanten dekoriert. Die Einrichtung verlieh der Wohnung ein Hauch von Exotik und Wildnis.

„Miss Collister, wo waren Sie heute zwischen zehn und zwölf Uhr?", fragte Alexander.

„Ich war zu Hause, habe mich vom gestrigen Tag erholt." Olivia schluckte kräftig, bevor sie die Antwort gab. Für die Ermittler ein eindeutiges Zeichen einer Lüge. Sie wussten, dass sie sich am Vormittag in der Klinik aufgehalten hatte.

„Ihre Kollegin Miss Darwson erwähnte, dass Sie heute Morgen in der Klinik waren?"

Olivias Wangen glühten. Sie hoffte, dass sie nicht rot geworden war. Sie versuchte, ihre Antwort beiläufig klingen zu lassen, als hätte sie die Tatsache schon wieder vergessen. „Oh, das ist richtig. Ich war heute Morgen kurz auf der Station, um mich von Chloe zu verabschieden. Eine Patientin, die ich in dieser Woche betreut habe."

„Bei dieser Gelegenheit erkundigten Sie sich auch nach Calvin Brown?"

Irritiert nickte Olivia. Sie verstand die Fragerei nicht. Nervös schaute sie zu der Tür, die vom Wohnzimmer in einen anderen Raum führte.

„Miss Collister, woher kommt Ihr Interesse an den beiden Kindern?", fragte Alexander.

Natalie entging nicht, dass Olivia ständig zu der Tür des benachbarten Zimmers schielte.

„Ich pflege zu meinen Patienten ein gutes Verhältnis. Die Kinder sollen mir vertrauen. Ich möchte ihnen die Angst nehmen. Zu Calvin habe ich mich nach dem neuesten Stand informiert. Ich mache mir schreckliche Vorwürfe, dass ich ihn nicht selbst zu Dr. Bennett gebracht habe."

Beim Aussprechen des Namens schaute sie automatisch zu Natalie. Natalie ignorierte ihren Blick und fuhr mit der Befragung fort. „Chloe Baker ist heute Vormittag aus dem Krankenhaus verschwunden. Sie waren eine der Letzten, die sie gesehen haben. Was haben Sie mit dem Mädchen besprochen?"

Olivia riss die Augen auf. Sie wirkte entsetzt über die Information. Natalie konnte nicht einschätzen, ob sie die Reaktion nur spielte. Olivia brauchte einige Sekunden, bis sie antwortete. Sie stotterte. „Ich war nur kurz bei ihr, um ihr alles Gute zu wünschen. Sie sollte heute entlassen werden. Über mehr haben wir nicht geredet."

„War irgendetwas auffällig an dem Kind?"

„Nein. Sie war die fröhliche und quirlige Chloe wie zuvor. Sie freute sich auf zu Hause und auf ihre Tiere. Ich war nur zehn Minuten bei ihr und bin anschließend direkt nach Hause gefahren."

Die Sonderermittler wandten ihren Blick nicht von ihr.

Olivia wurde unbehaglich. Sie versuchte, sich zu rechtfertigen. „Hören Sie, ich weiß, das mag komisch klingen. Meine Kolleginnen können es auch nicht verstehen, dass ich so viel Nähe zu den Patienten aufbaue. Aber so bin ich. Ich liebe Kinder, und meine Arbeit." Wieder schaute sie nervös zur Tür des Nebenraumes. Sie fragte sich, warum die Ermittler zu ihr kamen, um mit ihr darüber zu sprechen. Sie hatte heute keinen Dienst und konnte nichts zu dem Fall beitragen. „Warum werde ich das alles gefragt?"

„Wir versuchen, Hinweise zu finden", erklärte Alexander. „Wir befragen jeden, der mit den beiden Kindern in Kontakt stand. Sie waren eine derjenigen, die unmittelbar vor dem Verschwinden der Kinder Kontakt zu ihnen hatte. Wir erhoffen uns Informationen, die uns bei der Suche weiterbringen können."

Natalie schaute zu der Tür, die auffällig oft von Miss Collister begutachtet wurde. „Wohnen Sie allein in der Wohnung?"

„Ja", antwortete Olivia knapp.

„Dürfen wir uns einmal umschauen?"

Olivia wurde ungehaltener. „Was soll das Ganze? Werde ich verdächtigt, die Kinder entführt zu haben? Glauben Sie, die Kinder hier zu finden?"

Die heftige Reaktion ließ die Ermittler aufhorchen. Wenn sie nichts zu verbergen hatte, würde sie dann so heftig reagieren? Umso mehr bestätigte sich Natalies ungutes Gefühl, das sie die ganze Zeit in sich trug. Irgendetwas befand sich in dem Zimmer, das Olivia geheim halten wollte.

„Sie stehen in keinem konkreten Verdacht mit den Entführungen. Wir prüfen jeden, der mit den Kindern zu tun hatte. Wir benötigen Anhaltspunkte, um weiterzukommen."

Olivia ließ ihre angespannten Schultern nach unten fallen. Man bekam das Gefühl, als hätte sie resigniert. Erschöpft zeigte sie zu der Tür. Eine wortlose Erlaubnis, in das Zimmer eintreten zu dürfen.

Natalie öffnete die Tür und bemerkte, dass etwas an dem Bild nicht stimmte. Das Schlafzimmer war, im Gegenteil zum Wohnzimmer, ohne jegliche Mühe eingerichtet. Es standen ein Bett und ein Schrank darin, die farblich nicht zusammen passten. Die Wände waren weiß gestrichen. An der gegenüberliegenden Wand des Bettes hingen Großaufnahmen von Kindern unterschiedlichen Alters. Sie schauten nicht fröhlich in die Kamera, wie man es von einem Kind kannte. Im Gegenteil, in ihren Gesichtern las man eine Traurigkeit, die einem das Blut in den Adern gefrieren ließ. Einige wiesen Verletzungen im Gesicht auf.

„Sind das Kinder, mit denen Sie verwandt sind?", fragte Alexander.

Olivia blickte auf den Boden. Ihre Augen füllten sich mit Tränen. Sie versuchte erst gar nicht, sie aufzuhalten. Sie schüttelte ihren Kopf.

„Wer sind die Kinder?", hakte Natalie nach.

„Es sind Kinder, die ich in den letzten Jahren auf der Station betreut hatte. Sie sind alle fünf gestorben. Ich habe mir eine kleine Gedenkstätte gebaut."

„Miss Collister, ich bitte Sie, die Fotos abzunehmen und auf jedes den Namen des Kindes zu schreiben. Die Fotos nehmen wir vorerst mit. Wir überprüfen die Richtigkeit Ihrer Angaben."

Geschockt reagierte Olivia mit einem gewaltigen Wutausbruch. „Das können Sie nicht machen! Sie dürfen mir meine Sachen nicht wegnehmen. Es ist ein Andenken. Ich hatte die Kinder ins Herz geschlossen."

„Wissen die Eltern, dass Sie die Fotos von den Kindern an ihrer Wand hängen haben?", unterbrach Alexander sie.

Das Erröten ihres Gesichtes war Antwort genug.

„Dann wissen Sie sicher auch, dass Sie nicht ohne Erlaubnis Fotos von Kindern machen dürfen?"

Sie nickte und gab auf. Sie holte die Fotos von der Wand, beschriftete sie und überreichte sie den Ermittlern.

Bevor die Ermittler die Wohnung verließen, drehte sich Alexander noch einmal zu ihr um. „Noch eine Frage. In welcher Beziehung stehen Sie zu der Praktikantin Kimberly Ownsen?"

Olivia runzelte die Stirn. „Ich stehe in keiner Beziehung zu ihr. Sie war eine Praktikantin, seit vier Wochen. Ein unscheinbares Mädchen. Zu schüchtern und introvertiert. Ich denke nicht, dass der Beruf etwas für sie ist. Ich habe nie ein intensiveres Gespräch mit ihr geführt. Die Kommunikation zwischen uns bestand im Wesentlichen aus Beruflichem. Ich weiß nicht, wer sie ist, woher sie kommt und was sie macht. Eigentlich hat man sie kaum wahrgenommen."

Die beiden Sonderermittler verabschiedeten sich. Als Nächstes wollten sie Kimberly aufsuchen. Die Adresse stand in Alexanders Notizbuch, das er immer bei sich trug. Er nannte es sein „Gehirn". Alles musste er sich aufschreiben. Die jüngeren seiner Kollegen nutzten heutzutage das Smartphone, um sich die Dinge zu notieren. Er blieb den alten Gewohnheiten treu.

„East-Superior-Street. Dann sollten wir der Dame auch einen Besuch abstatten."

Natalie und Alexander standen vor der Haustür der Adresse. Am Namensschild fanden sie den Namen Ownsen nicht. Verwirrt schauten sie sich um und klingelten dennoch. Es öffnete ein älterer Herr, der sich nur mühsam mit einem Gehstock auf den Beinen hielt.

„Entschuldigen Sie bitte die Störung. Wir sind Sonderermittler des FBI in Chicago und sind auf der Suche nach einer Kimberly Ownsen, die hier wohnen soll."

Der Mann lächelte freundlich. „Nein, hier wohnt keine Kimberly. Ich lebe seit vierzig Jahren in diesem Haus. Ich kenne keine Kimberly Ow…, wie sagten Sie, war der Name?"

„Ownsen. Wissen Sie vielleicht, ob sie in der Nachbarschaft wohnt?"

„Nein, es residiert keine Dame mit dem Namen in der Nähe. Wir sind die ältere Generation und kennen uns untereinander. Eine Kimberly ist mir nie aufgefallen."

Die Ermittler bedankten sich und liefen zum Auto.

Sofort forderte Alexander eine Personenerkennung an. Der Rückruf kam nach fünf Minuten. Alexander schüttelte den Kopf. Er legte auf und schlug auf das Lenkrad. Lautstark fluchte er. „Es gibt weit und breit nur eine Kimberly Ownsen. Und die ist achtundachtzig Jahre alt und lebt seit drei Jahren im Altersheim."

19

Seit der Bekanntgabe des zweiten Vermisstenfalles hatte im Gebäude des FBI große Aufruhr geherrscht. Es war kein gutes Zeichen, wenn ein zweites Opfer entführt wurde. Oft musste man davon ausgehen, dass das erste Opfer tot war. Die Fälle, bei denen alle Entführungsopfer lebend gefunden wurden, konnte man an den Händen abzählen. Die Hintergründe der Taten waren nicht klar. Das Team musste damit rechnen, dass die Entführer erneut zuschlagen werden. Alexander gab die Videoaufnahmen der Eingangshalle des Krankenhauses zu Mitchell. Im Prinzip wusste er, dass das zu keinem Ergebnis führen wird. Ihm war klar, dass die Täter auch diesmal aufgepasst hätten, unerkannt zu bleiben. Agent Harris bekam den Auftrag, die Namen der Kinder von den Großaufnahmen, die sie in Olivias Wohnung fanden, durch den Computer laufen zu lassen. Er sollte herausfinden, woran die Kinder gestorben waren.

Fünfzehn Minuten später saß das Team am Besprechungstisch. Natalie wirkte müde. Sie hatte nicht viel geschlafen. Zu sehr erinnerte der Fall an ihr eigenes verlorenes Kind.

Stundenlang war sie durch die Dunkelheit gegeistert. Um die Gedanken an Liam loszuwerden, hatte sie in der Nacht die Wohnräume gereinigt. Natalie war ein ordentlicher Mensch, Sauberkeit war ihr wichtig. Seitdem sie allein in dem Haus wohnte, hatte sie sich zu einer Sauberkeitsfanatikerin entwickelt. Sie putzte zweimal am Tag gründlich, um sich von schmerzenden Gedanken zu befreien. Das Zimmer von Liam war noch genauso wie zu jener Zeit eingerichtet, als er verschwunden war. Seit dem Tod hatte sie es nicht mehr betreten. In jener Nacht stand sie minutenlang davor, starrte die Tür an. Sie wusste, wenn sie die Tür öffnet, wird sie sich in eine Welt begeben, die sie in einen unerträglichen Schmerz einhüllt. Nach der Therapie hatte Natalie im restlichen Haus alles entfernt, was sie an Liam erinnerte. Sie wollte neu anfangen. Das konnte sie nicht, wenn sie ständig an ihn erinnert wurde.

Langsam legte sie ihre zitternde Hand auf die Türklinke und drückte sie nach unten. Die Augen hielt sie geschlossen, als könnte sie den schmerzlichen Anblick verhindern. Sie wusste nicht, warum es sie ausgerechnet in dieser Nacht in das Kinderzimmer zog. Ihr Verlangen wuchs. Sie wollte Liams Nähe spüren. Aus dem Zimmer drang ein stickiger Geruch, als sie die Tür öffnete. Sie wagte nicht, das Licht anzuschalten. Hinter ihren Schläfen pochte es. Schleichend bewegte sie sich zu Liams Bett, setzte sich in die Dunkelheit, griff nach der blauen Kuscheldecke und drückte sie an ihre Brust. Sie roch an ihr, glaubte, den Duft von Liam einzuatmen. Sofort übermannte sie ein Schauer. Sie fing an zu schluchzen, was bald in einen heftigen Weinkrampf überging. Der Körper bebte. Wie ein Embryo kauerte sie sich auf das Kinderbett und weinte hemmungslos. Nach drei Stunden schlief sie erschöpft ein.

An diesem Morgen war Natalies Gesichtsfarbe weiß wie die Wand, unter ihren Augen zeichneten sich dunkle Ringe ab. Die Entführung von Calvin machte ihr zu schaffen. Nun wurde ein zweites Kind vermisst und die Sonderermittler hatten keine einzige Spur, die zu den Tätern führte.

Alexander erzählte den Kollegen von den falschen Angaben der Praktikantin, die sie in der Klinik hinterlassen hatte, und informierte sie, was es mit den Fotos der Kinder auf sich hatte. Aus den Videoaufnahmen konnten, wie vermutet, keine neuen Hinweise gezogen werden. Wie Miss Collister bereits erwähnt hatte, waren die Kinder auf den Bildern Patienten im Cheslock, die in den letzten fünf Jahren dort behandelt wurden. Alle starben an Verletzungen, die von schweren Misshandlungen herrührten. In diesem Punkt hatte Olivia nicht gelogen.

Alexander heftete die Großaufnahmen an eine Pinnwand und schrieb unter die Fotos ihre Namen. „Wir müssen herausfinden, ob es eine Verbindung oder eine Gemeinsamkeit zu den entführten Kindern gibt. Ich bin nicht sicher, ob wir etwas finden. Aber Olivia Collister macht sich in meinen Augen verdächtig. Sie sammelt Fotos von verstorbenen Kindern, die sie in der Klinik versorgt hatte. Sie hatte unmittelbar vor den Entführungen Kontakt mit beiden Opfern." Alexander konnte den Blick nicht von den Fotos der Kinder nehmen. Mit zwei Fingern kratzte er sich den Hals, sodass rote Striemen zurückblieben.

„Du glaubst, die beiden Fälle hängen zusammen? Die Kinder starben an schweren Verletzungen durch

Misshandlungen. Wir wissen nicht, ob Calvin und Chloe ermordet wurden. Gibt es auch einen Verdacht auf Kindesmisshandlung?"

Natalie schüttelte den Kopf. „Nein, es gibt keine Hinweise darauf. Beide wurden aus anderen Gründen in der Klinik behandelt."

Alexander seufzte lautstark und stand auf. Er lief nervös um den Tisch herum. „Ich habe aus der Klinik die Krankenakten der fünf angefordert. Wir müssen alle akribisch durchgehen und auf jeden noch so kleinen Hinweis achten. Außerdem müssen wir die Praktikantin Kimberly Ownsen, oder wie auch immer sie heißt, finden. Sie macht sich auch verdächtig. Warum gibt man falsche Angaben am Praktikumsplatz an? Auch sie hatte unmittelbar vor dem Verschwinden Kontakt zu Calvin und Chloe. Und plötzlich gibt sie ihre Praktikumsstelle auf. Warum?" Eine Welle ohnmächtiger Wut überrollte Alexander. *Wie konnten sie so dumm sein? Sie hatten sich von einem sechzehnjährigen Mädchen täuschen lassen.* Niemand hätte jemals auch nur in Erwägung gezogen, dass sie ein Kind entführen könnte. Wenn sie etwas mit dem Verschwinden zu tun hatte, dann wird es bald gewaltig krachen. Er hörte bereits die Worte des Chefs.

„Ich denke, die stecken beide unter einer Decke", wandte sich Nelson an Alexander. Der New-Agent hatte wenig Erfahrung. Trotzdem ließ er sich nicht nehmen, seine Meinung zu äußern.

„Daran haben wir ebenfalls gedacht. Miss Collister gab an, die Praktikantin nicht zu kennen. Das kann gelogen sein. Auch sonst führte niemand großartig Gespräche mit ihr. Sie galt als zurückhaltend und schüchtern. Wir müssen nach einer Verbindung suchen." Alexander Johnson strich sich übers Gesicht. Seine müden Augen brannten. Er fühlte sich machtlos. Zwei Kinder entführt und sie hatten noch nicht einen Hinweis auf die Entführer, geschweige denn, wo sie anfangen sollten zu suchen. „Mitchell hat nichts auf den Überwachungsbändern gefunden. Durch die Eingangshalle verließ niemand die Klinik mit einem Kind, das auf Chloes Beschreibung passt. Das bestärkt mich in meiner Vermutung, dass sowohl die Praktikantin als auch Miss Collister hinter der Tat stecken könnten. Beide kennen sich mit den Gegebenheiten in der Klinik aus."

„Wir müssen herausfinden, wo sich das Mädchen aufhält", pflichtete Natalie ihrem Partner bei. Dann bemerkte sie, wie unnötig der Kommentar war. Den Kollegen musste sie das nicht sagen. Erst einmal war es vonnöten herauszufinden, um wen es sich bei dieser Person handelte.

Alex' Handy klingelte. Die Nummer kannte er nicht. Mit gerunzelter Stirn nahm er das Telefonat entgegen. „Federal Bureau of Investigation. Sie sprechen mit Agent Alexander Johnson."

Im Zimmer herrschte Totenstille. Alle sahen gespannt in die Richtung des Teamleiters. Jeder hoffte auf einen Hinweis zu den Entführungen. Als Alexander aufgelegt hatte, blickte er schweigend aus dem Fenster. Seine Gedanken wirbelten durch den Kopf. Er versuchte, Zusammenhänge zu finden. Dann wandte er sich an das Team.

„Das war Mr. Thompson, der Chefarzt der Kinderklinik. Er erhielt eine beunruhigende Nachricht. Natalie und ich hatten uns vor Ort die Videoüberwachung von der Rettungswagenauffahrt angeschaut. Es war nichts Verdächtiges zu erkennen. Mr. Thompson bekam von der Rettungsleitstelle einen Anruf, dass zwei Sanitäter und das zugeteilte Fahrzeug vermisst werden. Er hat sich die Videos genauer angeschaut. Eins der Rettungsfahrzeuge, das wir auf dem Band gesehen haben, war am Morgen Bryan Coleman und Ray Carter zugeteilt worden. Mr. Thompson erkannte das Nummernschild des Wagens auf dem Video und identifizierte es als den verschwundenen. Die beiden sind heute Morgen gegen zehn Uhr zu einem Unfall in den Patriots Park nach Downers Grove gerufen worden. Seitdem sind sie nicht wieder in der Zentrale eingetroffen und sind auch nicht über Funk zu erreichen. Die zwei Rettungsassistenten, die wir auf der Überwachung gesehen hatten, sind der Rettungsdienstleitstelle nicht bekannt."

„Könnte das mit den Entführungen der Kinder in Zusammenhang stehen?", fragte Natalie unruhig.

„Das liefert uns eventuell die Antwort, wie Chloe unbemerkt aus dem Krankenhaus gebracht werden konnte."

Es begann eine hitzige Diskussion. War das ein erster Hinweis? Natalie rutschte auf dem Stuhl hin und her. Harris wippte mit dem Drehstuhl auf und ab. Das Quietschen nervte, aber er bemerkte es nicht. Jeder versprach sich, nun den Entführern auf die Schliche zu kommen.

„Das Fahrzeug war geklaut. So konnten sie Chloe aus der Klinik holen und niemand hatte Verdacht geschöpft. Wir schicken die State-Police nach Downers Grove an die angegebene Unfallstelle und lassen den Park absuchen."

In Natalies Nacken kribbelte es. Sie wurde das ungute Gefühl nicht los, dass die beiden Sanitäter, die sie in dem Überwachungsvideo beobachten konnten, Chloe Baker entführt hatten. Sie strich mit der Hand über ihren Pferdeschwanz, versuchte, sich an die Sanitäter zu erinnern. Ihr fiel es wie Schuppen von den Augen. Sie hatten alles dafür getan, damit man sie nicht identifizieren konnte. Sie hatten beim Betreten der Klinik auf den Boden geblickt, sodass die Gesichter nicht erkennbar waren. Der Patient, den sie auf der Transportliege heraus brachten, war so zugedeckt, dass man nichts von ihm erkannte. Natalie war sich sicher. Es war Chloe.

Vierzig Minuten später erreichte ein Anruf der State-Police die Sonderermittler. Man teilte mit, dass die zwei Sanitäter im Patriots Park gefunden wurden. Ermordet. Ein Officer hatte sich bei dem Anblick der Leichen kaum noch auf den Beinen halten können. Als sie am Tatort eingetroffen waren, fanden sie zwei bis zur Unkenntlichkeit entstellte Personen, die regelrecht abgeschlachtet wurden. Von den Gesichtern erkannte man nichts mehr. Hautfetzen hingen herunter. Die Schnitte waren so tief, dass die Gesichtsmuskeln hervortraten. Die Toten lagen in einer Lache von Blut, das im Schwall herausgeflossen war, nachdem der Täter den Opfern mit dem Messer quer über den Hals geschnitten hatte. Sie wiesen unzählige Stichwunden im Brustkorb auf. Die zwei wurden auf die gleiche bestialische Art ermordet. Anhand ihrer Personalien wurden sie als Ray Carter und Bryan Coleman identifiziert. Der Rettungswagen wurde nicht gefunden.

20

21. Oktober 2013

Emilias Augen fühlten sich schwer an, ihre Füße brannten. Da sie barfuß lief, bluteten und schmerzten ihre Fußsohlen. Spitze Stöckchen bohrten sich in ihre Füße. Emilia blieb stehen, zog die Äste heraus. Sie musste sich zwingen, weiter zu laufen. Ihr Ziel war das Cheslock-Kinderkrankenhaus in Chicago. Sie hatte genau gehört, wie der Notarzt zu ihrem Vater gesagt hatte, dass sie die Kinder dorthin bringen werden.

Mühsam trabte sie Schritt für Schritt weiter. Ihre Schultern hingen nach unten, jede Bewegung raubte ihr Energie. Emilia verspürte den Drang, sich einfach auf die Straße zu legen und die Augen zu schließen. Nur der Gedanke an ihre verletzten Geschwister hielt sie davon ab. Sie wollte sie retten. Tränen kullerten ihre Wangen hinunter. Warum nur kam sie nicht eher auf den Gedanken, den beiden zu helfen? Es überkam sie eine bittere Wut. Lautlos fluchte sie auf sich, auf ihre Eltern. Wie konnten sie nur ihr eigen Fleisch und Blut so behandeln? Ihre Teufelseltern. Sie versetzte dem Stein, der auf der Straße lag, einen Tritt und ließ einen kurzen Schmerzensschrei los.

Emilia wollte zur Main-Street-Station in der Burlington-Avenue in Downers Grove. Von dort aus wird ein Zug nach Chicago fahren. Es war dreiundzwanzig Uhr und sie wirkte verlassen, so allein auf der Straße. Die Lichter in den Häusern waren fast alle erloschen. Emilia stellte sich ein warmes, kuscheliges Bett in einem der prächtigen Häuser vor, in dem sie gern liegen würde. Eltern, die ihr eine Geschichte zum Einschlafen vorlesen würden und ihr sanft über ihre roten Haare streichen. Sie stellte sich vor, wie sie ihr einen Gutenachtkuss auf die Stirn geben. Ein Gefühl von Geborgenheit hatte Emilia noch nie erfahren. Sie konnte froh sein, wenn sie nach ein paar Tagen etwas zu Essen bekommen hatte. Ihre Eltern hatten sie nie in den Arm genommen oder ihr einen Kuss gegeben. Sie hatten sie nicht getröstet, wenn sie weinte, oder ihr Mut zugesprochen, wenn sie sich fürchtete.

Gedankenverloren lief sie weiter. Sie erschrak, als wie aus dem Nichts eine schwarze Katze aus einem der Gärten sprang. Ihr Herz hämmerte. Sie war erst dreizehn und hatte um diese Uhrzeit nichts mehr allein auf der Straße zu suchen. Aber sie hatte ein Ziel vor Augen und sie ließ sich durch nichts aufhalten.

Gegen halb zwölf in der Nacht kam sie am Bahnhof in Downers Grove an. Der Bahnhof war ein Gebäude aus roten Backsteinen, über einhundert Jahre alt. Dort fuhren die Züge der zweitgrößten Eisenbahngesellschaft des Landes. An den Samstagen gab es einen Markt, auf dem die Farmer Blumen, Backwaren oder frisches Gemüse verkauften. An Weihnachten entstand eine traumhafte

Kulisse, wenn die Bäume komplett in Lichterketten gehüllt leuchteten. Die schwarzen Straßenlaternen richtete man wie eine riesige Kerze her. Den Laternenpfahl umwickelte man mit Tanne und unter dem Laternenkopf hing eine rote Schleife. Emilia hatte das erst einmal gesehen. Aber ihre Mitschüler erzählten davon in der Schule. Ihr Blick verfinsterte sich bei dem Gedanken, dass in zwei Monaten schon das nächste Weihnachtsfest anbrechen wird. Ein Fest der Liebe, das sie noch nie gefeiert hatte. Bei ihnen gab es kein Festessen, keine Geschenke. Es waren Tage wie jeder andere. Die Kinder saßen in ihren kalten Zimmern und beteten, dass ihr Vater nicht kommen würde. Emilia sang ihren Geschwistern ein Weihnachtslied vor. Gerne würde sie ihnen eine Freude machen und einen Wunsch erfüllen. Geschenke konnte sie sich keine leisten. Das Einzige, das sie ihnen schenken konnte, war ihre unbändige Liebe.

Vor dem Bahnhof stand ein runder Springbrunnen. Nachts waren die Düsen ausgeschaltet. Emilia setzte sich auf die Steinplatten und trank das trübe Wasser. Es war egal, wie schmutzig es war. Sie war durstig und hatte noch einen langen Weg vor sich. In etwa kannte sie die Strecke, wusste, wann sie umsteigen musste, da ihr Vater sie vor einem Jahr allein nach Chicago geschickt hatte, um ihm etwas zu besorgen. Das hatte sie alles im Kopf abgespeichert. Sie hatte immer den Gedanken, dass es ihr einmal von Nutzen sein konnte. Nun war es so weit. Sie hatte Angst vor der Fahrt. Ein Ticket konnte sie sich nicht leisten. Sie musste versuchen, sich unbemerkt in den Zug zu schleichen, sich dann zu verstecken. Etwas Geld hatte sie zusammengespart, indem sie auf dem Weg zur Schule Pfandflaschen aus dem Müll gesammelt und im Laden abgegeben hatte. Davon wird sie sich später ein Busticket kaufen. In einen Bus konnte sie nicht unbemerkt einsteigen.

Es war kurz vor Mitternacht, als der Zug in der Main-Street-Station einfuhr. Mittlerweile befanden sich weitere fünf Menschen am Gleis. Emilia war froh darüber, so war ihre Chance größer, unbemerkt in den Zug zu gelangen, da das Augenmerk des Schaffners nicht nur auf sie gerichtet sein wird. Emilia war nass bis auf die Haut, da es die ganze Nacht geregnet hatte. Der Wind hatte sich in der letzten Stunde beruhigt.

Emilia setzte sich auf einen der gepolsterten Sitze und spürte einen dumpfen Schmerz in ihren Händen und Füßen, die langsam warm wurden. Ein paar Minuten wollte sie sich zum Ausruhen genehmigen. Innerlich fröstelte es sie. Sie zog ihre Beine an ihren Körper und umschlang sie mit den Armen. Sie schaute minutenlang aus dem Fenster in die Dunkelheit. Regungslos blieb sie sitzen und betrachtete ihr Spiegelbild in der Scheibe. Nervös blinzelte sie. Ihre Augen wurden schwerer. Sie hatte Mühe, nicht einzuschlafen. Würde sie der Schaffner finden und die Polizei rufen, wäre alles umsonst gewesen. Sie erlaubte sich fünf Minuten, in denen sie ihre Augen schloss, um sich zu stärken. Danach wird sie sich in einer der Toilettenkabinen verstecken. In circa fünfundvierzig Minuten musste sie aussteigen. Es lagen elf Haltestellen zwischen Downers Grove und Chicago, das hatte sie sich genau eingeprägt.

Als Emilia eine Viertelstunde später ihre Augen öffnete, schoss eine glühende Hitze in ihr empor. Hektisch schaute sie sich um, der Hals überzog sich mit roten Flecken. Der Zug hielt. Sie presste ihre Nase an die Fensterscheibe, um in der Dunkelheit zu erkennen, wo sie sich befand. Der Schaffner hatte sie anscheinend noch nicht entdeckt. Sie erkannte den Bahnhof in Western Springs. Das bedeutete, sie musste noch sechs Stationen bis zur Union-Station in Chicago fahren. Sie zögerte nicht lang, sprang auf und verkroch sich in einer Toilettenkabine. Sie ärgerte sich über ihre Dummheit, eingeschlafen zu sein. Kauernd saß sie auf der Toilette und atmete tief durch. Der Schreck saß ihr in den Knochen, doch sie war heilfroh, dass der Schaffner noch nicht in ihren Waggon gekommen war.

Die Kraftlosigkeit hatte gesiegt. Emilia war auf den weichen Sitzen so fest eingeschlafen, dass sie nicht registrierte, was um sie herum geschah. Auch nicht den Schaffner, der ihr nur einen mitleidigen Blick zuwarf, als er ihre Fahrkarte kontrollieren wollte und sich entschieden hatte, sie schlafen zu lassen.

Gegen halb eins kam der Zug in der South-Canal-Street in Chicago an. Emilia rannte aus der Kabine, um unbemerkt aus dem Zug zu gelangen. Sofort spürte sie die Kälte, die durch ihren Körper strömte. Sie war hundemüde und hungrig, aber sie wollte keine Zeit verlieren. Zuerst lief sie in die Haupthalle des großen, grauen

Gebäudes. Emilia blickte sich um. Es waren noch Menschen unterwegs. Einige schliefen auf den braunen Bänken im Wartebereich der Halle. Die Decken ragten hoch. Sie war von den großen Säulen und dem hellen Glanz in der Haupthalle fasziniert. Sie setzte sich auf eine der Bänke, um den Anblick einen Moment zu genießen. In zehn Minuten musste sie mit dem Bus weiterfahren. Bis zur Bushaltestelle am Transit-Center waren es nur zwei Minuten Fußweg. Sie wird mit der Buslinie 151 bis zur Haltestelle Michigan-and-Huron fahren und noch etwa fünf Minuten zum Krankenhaus laufen.

Um ein Uhr kam sie am Cheslock an. Völlig erschöpft versteckte sie sich am Eingang, um einen passenden Moment zu erwischen, in das Gebäude zu gelangen. Sie wollte nicht, dass jemand sie sah. Jeder würde sich bei ihrem Erscheinungsbild und der Uhrzeit fragen, was sie dort zu suchen hatte. Emilia nutzte die Gelegenheit, als eine Schar aufgebrachter Leute die Klinik betrat. Es waren mehrere Frauen und Männer, die alle aufgeregt durcheinander sprachen. Emilia verstand nichts von dem, was gesprochen wurde. Es war eine andere Sprache. Aber es interessierte sie auch nicht. Hauptsache, sie kam unbemerkt hinein. Sie stieg in den Fahrstuhl. Niemanden schien es zu interessieren, als sie im vierten Stock ausstieg. Sie wusste partout nicht, wo sie anfangen sollte, nach ihren Geschwistern zu suchen. Nur ihr Bauchgefühl sagte, dass sie dort aussteigen sollte. Zudem machten sie diese Menschen und ihr wildes Durcheinandergerede nervös. Der Verzweiflung nahe hörte sie hinter sich zwei vertraute Stimmen. Sie blieb starr stehen. Sie legte die Hand an die Lippen, mit der anderen schlug sie ein Kreuz. Sie rannte in ein Patientenzimmer, versteckte sich hinter der Tür. Ein Junge schlief seelenruhig in einem Gitterbett. Sonst befand sich niemand im Raum. Beim Anblick des schlafenden Kindes meldete sich ihre Müdigkeit zurück. Vorsichtig schaute sie zur Tür hinaus und sah, wie ihre Eltern und ein Mann im weißen Kittel das Zimmer gegenüber betraten. Das also war das Zimmer ihrer Geschwister. Nun musste sie nur noch warten, bis sie es wieder verlassen. Sie ließ die Tür einen Spalt offen, damit sie alles hören und sehen konnte. Sie kniete sich auf den Boden und begann zu weinen.

21

Am frühen Abend lagen die fünf Krankenakten der foto-grafierten Kinder auf Alexanders Schreibtisch. Er berief erneut eine Versammlung ein. Bevor er das Büro verließ, beobachtete er Natalie besorgt durch die Glasscheibe. Sie wirkte schwach, zerbrechlich. Man sah ihr an, wie nah ihr der Fall ging. Liebend gern würde er ihr beistehen, doch er konnte nicht über seinen Schatten springen. Zu stark waren die Gefühle für sie. Er mied sie, um den Schmerz zu ertragen. Das funktionierte auf der Arbeit nicht, aber im Privatleben. Es war für beide schmerzhaft, da sie viele Jahre lang Zeit miteinander verbracht hatten. Er vermiss-te sie.

Sein Herz machte einen Aussetzer. Natalie kam auf ihn zu. Ihm wurde heiß. Er spürte, dass ihm die Röte ins Gesicht stieg. Irgendwie fühlte er sich ertappt, obwohl Natalie seine Gedanken unmöglich erahnen konnte. Hatte sie gesehen, wie er sie angestiert hatte? Er räusperte sich kurz, blickte beschämt nach unten auf seine Notizen. Natalie versprühte den Duft heißen Kaffees, den sie sich frisch eingeschenkt hatte. Alex tat, als würde er in den Notizen lesen, hob den Kopf und sah sie fragend an.

„Wir sind bereit", sagte Natalie.

Alexander hüstelte das verlegene Gefühl weg und nickte. Träge erhob er sich aus dem Schreibtischstuhl und griff nach den Akten der Kinder. Während er Natalie in den Besprechungsraum folgte, konnte er den Blick nicht von ihr abwenden. Er liebte ihr Aussehen, ihren Gang und schmunzelte wie ein Schuljunge, als er an ihrem Hinterteil kleben blieb.

„Okay, Leute, das sind die Krankenakten der Kinder." Noch immer hatte Alex das Gefühl, knallrot zu sein. „Wir gehen noch zwei durch, dann machen wir für heute Feierabend und fahren morgen früh fort." Er wusste, dass alle müde waren. Doch sie brauchten einen Erfolg. Der Fall musste gut ausgehen. Auch Lopez wird er nicht nach Hause schicken. Er brauchte jeden Einzelnen vor Ort. Calvin wurde bereits seit über vierundzwanzig Stunden vermisst und ihnen lief die Zeit davon. „Das erste Kind, Stephanie Blackstone. Im März 2011 gestorben. Da war sie zehn Jahre alt. Gestorben ist sie an den Folgen brutalster Gewalt. Dafür waren ihre Eltern verantwortlich. Sie lebte in Westmont."

Im Raum herrschte eine belastende Stimmung. Es ging jedem Ermittler nahe, solche Fälle zu bearbeiten. Niemand konnte sich an Verbrechen gewöhnen, die an Kindern begangen wurden.

„Das Mädchen kam halb totgeschlagen in die Notaufnahme. Ihre Eltern leisteten große Arbeit, als sie auf sie einprügelten. Laut Dokumentation des Pflegepersonals stabilisierte sich ihr Zustand nach vierundzwanzig Stunden. Nach drei Tagen starb sie in der Nacht. Todesursache: schwerwiegende Verletzungen durch massive Gewalteinwirkung." Unter das Foto des Mädchens, das an der Pinnwand hing, schrieb Alex die wichtigsten Punkte. Dann fuhr er mit dem nächsten Opfer fort. „Taylor Melone, aus Downers Grove. Fünf Jahre alt zum Todeszeitpunkt. Gestorben im Januar 2012 an den Folgen der Misshandlungen durch die Eltern." Alexander runzelte beim Vorlesen die Stirn. Natalie schaute ihn fragend an, schon beim zweiten Patienten fiel es ihm auf. „Es gab keine kritische Phase. Es war eher ein Zufallsbefund. Er wurde vom Kindergarten gebracht, weil er vom Klettergerüst gefallen war. Bei den Untersuchungen fielen Hämatome auf. Der Junge verblieb im Krankenhaus, um gründlich untersucht zu werden. Man fand die Misshandlungen heraus und die Eltern gaben alles zu. Sie waren mit der Erziehung überfordert. Als das Jugendamt am nächsten Tag kam, lag der Junge tot im Bett. Man nannte die gleichen Ursachen wie bei Stephanie."

„Das heißt, dass beide plötzlich verstarben, obwohl man zunächst keine lebensbedrohlichen Verletzungen entdeckt hatte?", hakte Natalie nach. Sie trank einen großen Schluck Kaffee. Es fiel ihr schwer, sich zu konzentrieren. Sie war müde, die Entführungen der Kinder schwirrten nonstop in ihrem Kopf herum.

„Ja, so liest es sich in der Akte. In den Dokumentationen steht nichts von einem ernstzunehmenden Zustand. Man liest nirgendwo heraus, dass der Tod der Patienten abzusehen war. Die behandelnde Krankenschwester war übrigens in beiden Fällen Olivia Collister."

Es wurde ruhig im Raum. Alle gaben sich ihren Gedanken hin. Irgendetwas stimmte nicht. Und jedes Mal tauchte Miss Collister auf.

Es klopfte an der Tür. Ein kleinerer Herr mit kreisrunder Halbglatze betrat den Raum. „Das Rettungsfahrzeug wurde gefunden. In Downers Grove, in der Blodgett-Avenue. Das Fahrzeug stand offen, der Schlüssel steckte noch im Zündschloss. Man hat rote Haare auf der Transportliege gefunden. Wir haben sie zur DNA-Analyse gegeben, aber es sind vermutlich die Haare von Chloe Baker."

„Sonst keine Hinweise?" Alexander konnte sich die Frage bereits selbst beantworten.

Der Mann blickte betroffen zu Boden und schüttelte mit dem Kopf. Die Blodgett-Avenue war nur fünf Autominuten vom Patriots Park entfernt, in dem die beiden Sanitäter ermordet aufgefunden wurden.

„Das heißt, die Täter könnten aus den umliegenden Gebieten um Downers Grove stammen. Warum sonst ermorden sie in Downers Grove zwei Menschen, klauen den Rettungswagen, entführen Chloe Baker und stellen ihn dann wieder in Downers Grove ab?" Natalie war selbst nicht von ihrer Theorie überzeugt. Es gab keine Anhaltspunkte. Und auch, wenn die Entführer aus der Gegend stammen, wo sollten sie anfangen zu suchen?

Die Ermittler entschieden, auch die restlichen Akten durchzugehen. Keiner wollte jetzt nach Hause fahren. Man suchte krampfhaft nach Zusammenhängen der Todesopfer mit dem aktuellen Fall.

Die anderen drei Fälle verhielten sich ähnlich wie die ersten beiden. Kinder, die von ihren Eltern misshandelt wurden und an den Folgen der Verletzungen starben. Im Jahr 2013 waren es Geschwister, im letzten Jahr ein kleines Mädchen. An allen Fällen fiel auf, dass die Kinder verstorben waren, obwohl sie in der Dokumentation zu keiner Zeit als lebensgefährlich verletzt eingestuft worden waren. Und in allen Fällen hatte Olivia Collister die Kinder betreut.

„Verdammt, diese Miss Collister stinkt zum Himmel, sage ich euch", warf King in den Raum.

„Der King hat gesprochen", witzelte Herb.

Doch alle stimmten Aiden King zu.

„Wir betrachten Miss Collister als dringend tatverdächtig", sagte Alexander. „Die Beweislage reicht aber für eine Verhaftung nicht aus. Natalie, wir fahren vor dem Feierabend noch einmal hin. Ich hätte da noch ein paar Fragen."

Es war halb sieben und Natalie sehnte sich nach ihrem Bett. Aber auch sie suchte nach Antworten. Sie würde nicht schlafen können. „Also gut, fahren wir."

Alexander und Natalie saßen zum zweiten Mal in Olivia Collisters Wohnung. Sie befand sich in einem weitaus schlimmeren Zustand, als es am Nachmittag der Fall war. Sie wirkte noch nervöser. Ihre Augen waren geschwollen und rot gerändert. Sie war blass. Ihre Haare rutschten fast alle aus dem kleinen Pferdeschwanz und wirbelten wild im Gesicht umher. Im Wohnzimmer verbreitete sich ein miefiger Geruch.

Miss Collister schien sich in ihrer Wohnung zu verbarrikadieren. „Haben Sie Neuigkeiten von Calvin und Chloe?"

„Nein. Wir sind noch einmal gekommen, um über die Fotos zu reden, die wir heute an Ihrer Wand gefunden haben."

Olivia senkte beschämt ihren Blick und schluckte. Sie nestelte nervös mit ihren Fingern.

„Wir sind die Krankenakten der Kinder durchgegangen. Alle fünf starben an den Folgen schwerster Misshandlungen. Haben wir das soweit richtig verstanden?"

Olivia nickte, ohne den Blick vom Boden zu nehmen. Ihre Augen füllten sich mit Tränen.

„Doch in den Pflegeberichten kann man nirgendwo herauslesen, dass die Kinder kritisch verletzt waren. Ist es korrekt, dass die fünf völlig unerwartet verstarben?"

Olivia runzelte die Stirn und sah Alexander verständnislos an. „Was wollen Sie damit sagen?"

„Sie haben die Kinder unmittelbar vor deren Tod betreut. Ist das richtig?"

Olivia nickte vorsichtig.

„Sie hatten keinerlei Werte oder Notizen eingetragen, die darauf hindeuteten, dass sich die Kinder in einem schlechten Zustand befunden hätten. Drei der Kinder starben während ihrer Dienstzeit. Haben Sie nichts bemerkt?" Alexander sah ihr tief in die Augen. Er erhoffte sich irgendeine Regung, die ihm etwas verraten würde.

Olivia regte sich kaum. Ihr Ausdruck war starr. Man hatte das Gefühl, dass sie nicht anwesend war. „Das ist richtig, Agent Johnson", erläuterte sie in spitzzüngigem Ton. „Die Kinder zeigten bis zu ihrem Tod keine Hinweise, dass sie gleich sterben werden."

„Wie kann das sein?", fuhr Alexander unbeirrt fort und ignorierte den forschen Tonfall.

„Was fragen Sie mich das? Das kann der diensthabende Arzt beantworten. Er hat den Tod festgestellt und die Todesursache diagnostiziert. Ich habe meine Arbeit getan. Es ist eine korrekte Dokumentation. Genau so, wie ich es dokumentiert habe, ist es passiert." Olivia wandte sich von den Sonderermittlern ab und machte den Anschein, als wäre das Thema für sie damit erledigt.

„Keine Sorge, das werden wir tun. Im Moment aber würden wir gern die Fragen von Ihnen beantwortet haben. Sie müssen verstehen, dass wir uns darüber wundern, dass all diese Kinder von Ihnen betreut wurden. Sie starben unter gleichen Umständen, um nicht zu sagen unter mysteriösen Umständen, und hingen daraufhin als Großaufnahme an ihrer Wand?"

Olivia sah Alexander mit funkelnden Augen an. Ihr vorher zerbrechlich aussehender Gesichtsausdruck verwandelte sich in Zorn. „Was wollen Sie mir vorwerfen? Dass ich die Kinder getötet habe? Und was hat das mit den Entführungen zu tun?"

„Das, Miss Collister, würden wir gern herausfinden." Natalie hatte Olivia genau beobachtet. Sie konnte nicht sagen, ob die Frau etwas mit den Entführungen zu tun haben könnte. Die Todesfälle waren das eine. Aber selbst wenn sie für den Tod der Kinder verantwortlich war, sie starben im Krankenhaus. Calvin und Chloe wurden entführt. Genauso war es möglich, dass ein Täter von einer Vorgehensweise abweicht. „Miss Collister, wie kommen Sie darauf, dass wir glauben, die Kinder wurden getötet?"

Olivia blickte verdutzt drein. „Sie ... Sie hinterfragen meine Dokumentation. Es hörte sich danach an ... Die ... die Kinder starben alle an inneren Verletzungen, die ihnen von ihren leiblichen Eltern zugefügt wurden. Das haben die beiden Kinderärzte und der Gerichtsmediziner, die im Komitee für Kindesmisshandlungen arbeiteten, schriftlich festgehalten. Verstehen Sie mich nicht falsch, es werden nicht immer alle Untersuchungen veranlasst, wenn es keine Begründung gibt. Die Kinder waren stabil, als sie in die Klinik kamen. Man hat die Misshandlungen sofort erkannt. Aber sie waren in keinem Zustand, in dem man einen Verdacht auf innere Verletzungen gehegt hätte. Die Blutwerte sprachen nicht dafür. Die Ärzte hatten sich gegen bildgebende Untersuchungen entschieden. Es konnte ja keiner ahnen, dass die Kinder sterben." Nun wirkte Olivia aufrichtig und gefasst. Fast schon kam etwas Farbe in ihr blasses Gesicht zurück. „Auch ich war geschockt. Hinterfragte mich, was ich übersehen haben könnte. Aber so ist es nun einmal. Es gibt Todesfälle, die kann man nicht verhindern. Sprechen Sie mit Dr. Bennett. Und nun entschuldigen Sie mich bitte. Wenn Sie keinen dringenden Tatverdacht gegen mich haben, und den können Sie nicht haben, bitte ich Sie, zu gehen. Die Kinder starben zwar durch Gewalt, was für mich einem Mord gleichzustellen ist, aber sie sind nicht durch mich gestorben."

Alexander schaute Olivia eindringlich an. Sie erwiderte den Blick standhaft. Es wirkte fast trotzig. Dann erhob er sich. „In Ordnung. Ich bedanke mich für Ihre Zeit. Ich bitte Sie, für weitere Fragen zur Verfügung zu stehen. Wir melden uns bei Ihnen."

Alexander und Natalie verließen die Wohnung. Schweigend fuhren sie zurück in die West-Roosevelt-Road. Ohne noch einmal ins Büro zu gehen, stieg jeder in sein Auto und fuhr nach Hause.

22

Es war halb acht, als Alexander an seinem Haus in West Springs ankam. Ein rotes Backsteinhaus in der Woodland-Avenue. Er hatte es von seinen Eltern übernommen, die es ihm zu seiner Hochzeit geschenkt hatten. Als seine Eltern in Rente gegangen waren, erfüllten sie sich ihren großen Traum und brachen zu einer Weltreise auf. In der Karibik hatte es ihnen so gut gefallen, dass sie sich ihre letzten Lebensjahre nur noch dort vorstellen konnten. Von heute auf morgen hatten sie ihr Hab und Gut gepackt und waren in die Karibik ausgewandert. Alex freute sich für sie, auch wenn er sie dadurch nur selten sehen konnte. Er pflegte ein inniges Verhältnis zu ihnen. Einmal pro Woche telefonierten sie miteinander. Seine Ehe war an der Untreue seiner Frau gescheitert, seitdem lebte er allein in dem Haus. Alexander hatte nie um die Ehe getrauert. Eigentlich war er selbst fremdgegangen. Nicht körperlich, aber emotional. Er hatte Natalie kennengelernt und es dauerte nicht lange, da war er Feuer und Flamme. Er träumte von ihr, malte sich eine Zukunft mit ihr aus. Natalie bemerkte nichts. Es hatte sich ein dumpfer Schmerz in seine Brust gebohrt, als er erfuhr, dass sie Jacob heiraten wird. Er verstand sich mit ihm, aber im Geheimen sah er in ihm einen Konkurrenten. Er begriff nicht, was Natalie an Jacob fand. Er war attraktiv. Aber er benahm sich merkwürdig. Hatte

Jacob einen Entschluss gefasst, musste er sofort in die Tat umgesetzt werden. Alexander spürte, wie unglücklich Natalie bei ihrer Hochzeit war. Alles ging schnell und absolut lieblos über die Bühne. Man hätte meinen können, Jacob wollte sie schnell dingfest machen, damit kein anderer mehr kommen konnte, um sie ihm wegzuschnappen. Er erinnerte sich genau an ihren Gesichtsausdruck, als Natalie am Altar gestanden hatte. Voller Traurigkeit. Ihm schmerzte noch heute das Herz, wenn er an ihre Miene dachte. Sie verdiente etwas Besseres. Aber sie hatte ihn sich ausgesucht und liebte ihn. Obwohl er ihr nie gegeben hatte, was sie sich wünschte. Als Natalie mit Liam schwanger wurde, hatte sich Alexander aufrichtig gefreut. Er las ihr Glück in den Augen. Sie strahlte, als sie ihm von der Schwangerschaft erzählte. Alexander liebte es, Natalie glücklich zu sehen. Sie war bildschön, wenn ihre Augen vor Freude funkelten. Das Glück währte leider nur kurz. Jacob zeigte bald sein wahres Gesicht. Er war nicht für seine Ehefrau da, trauerte nicht um den gemeinsamen Sohn und schaute zu, wie Natalies Leben aus den Fugen geriet. Jacob Bennett hatte sie in ihrer schwersten Zeit allein gelassen. Alex hätte so etwas der Frau, die er liebte, niemals angetan. Wütend schlug er auf den ovalen Küchentisch. Dabei schwappte der kalte Kaffee, der noch vom Morgen dort stand, aus der weiß-blauen Tasse. Die Tasse, die er morgens immer für den Kaffee nahm. Ein Geschenk von Natalie und Liam. Es war ein Bild von Liam darauf und der Schriftzug „Bester Patenonkel". Alexanders Augen glänzten. Auch er verhielt sich nicht korrekt. Er liebte Natalie. Aber er hatte sie genauso im Stich gelassen. Gerade dann, als sie ihn am Allermeisten brauchte. Er war zu feige und verkroch sich in Mitleid. „Du sturer alter Bock", murmelte er.

Knäuel, der Perserkater von Alexander, kam zur Küche herein und setzte sich miauend neben sein rechtes Bein, auf die weißen Küchenfliesen. Er schaute zu ihm auf, als wollte er ihm sagen, dass es Zeit zum Fressen wäre. Knäuel war ein Erbstück seiner Eltern, die dem alten Kater die lange Reise nicht mehr zumuten wollten. Alexander hatte versprochen, sich gut um ihn zu kümmern. Dabei konnte er Katzen nicht sonderlich leiden. Den Namen Knäuel hatte der Kater bekommen, weil er sich immer zusammenrollte und durch die langen weißen Haare wie ein Wollknäuel aussah.

„Du hast Hunger, du kleiner Fresssack, nicht wahr?" Alexander erhob sich schleppend vom Küchenstuhl, füllte den Futternapf mit Trockenfutter und stellte noch eine Schüssel frisches Wasser daneben. Gedankenverloren kraulte er den Nacken des Katers. Er fragte sich, wie es mit Natalie weitergehen sollte. Er konnte so nicht länger leben. Es brach ihm das Herz. Er musste sich endlich zusammenreißen. Sie war seine Freundin und er musste für sie da sein. Den Schmerz und das Verlangen musste er aushalten. Alexander beschloss, mit ihr zu sprechen, sobald der Fall aufgeklärt wäre. Im Moment brauchten alle ihre Nerven für die Suche nach den vermissten Kindern.

Alexander ging zum Kühlschrank und schaute in eine trostlose Leere. Außer ein paar Flaschen Wasser und altem Käse war nichts zu holen. Er steckte sich zwei

Scheiben Toast in den Toaster und belegte sie mit Käse. Er musste dringend einkaufen, aber das musste bis Montag warten. Während des Essens bemerkte er, wie hungrig er mittlerweile war. Er sehnte sich nach einem saftigen Steak. Eigentlich konnte er es nicht leiden, wenn er nicht wenigstens eine warme Mahlzeit am Tag gegessen hatte. Er legte viel Wert auf eine gesunde und ausgewogene Ernährung. Aber bei Fällen wie diesem vergaß er es oft. Nach dem Essen ließ er sich ein heißes Bad ein. Er zog die Kleidung aus und schmiss sie über den Badhocker, auf dem sich bereits ein großer Berg alter Wäsche angesammelt hatte. *Ich habe nicht nur Nichts zu essen im Haus, bald habe ich auch nichts mehr zum Anziehen im Schrank*, dachte er. *Überhaupt müsste das Haus mal in Ordnung gebracht werden.*

Er dachte über eine Haushälterin nach. Das tat er oft, aber bei dem Gedanken, dass eine fremde Person in seinen vier Wänden schnüffeln könnte, verwarf er die Idee sofort wieder. Er nahm sich oft vor, das Chaos am nächsten Tag zu beseitigen. Es blieb meistens nur bei dem Vorhaben.

Er lag in der Wanne und schaute den glitzernden Schaumblasen zu, wie sie platzten. Der Duft von Lavendel und Zitrone entspannten ihn. Er schmunzelte, als er an das Chaos im Haus dachte.

Herrgott, Alexander Johnson, wann wirst du endlich erwachsen?, hörte er seine Mutter sagen. Sie hatte immer den Haushalt übernommen und ihm das Essen vorbereitet, wenn sie zu Besuch kam. Das Essen hatte sie in Plastikboxen aufgeteilt und es eingefroren. Seit sie in der Karibik lebte, musste er allein zurechtkommen.

Nach dem heißen Bad legte er sich auf das schwarze Ledersofa und schaute ein Automagazin im Fernsehen. Es dauerte nicht lange, bis sich Knäuel zu ihm gesellte, sich an ihn kuschelte und leise schnurrte. „Hey Dicker, du nimmst mir den Platz weg." Binnen weniger Minuten schlief Alexander ein.

Natalie fuhr in ihre Hofeinfahrt und starrte zu ihrem Haus. Sofort kamen Erinnerungen an die glückliche Zeit, die sie und ihre Familie einmal hatten. Es kostete sie Überwindung, in das leere Haus zurückzukehren. Als Liam ein Jahr alt war, hatte sie wieder zu arbeiten begonnen und hatte eine Tagesmutter engagiert. Sie war liebevoll im Umgang mit ihrem Sohn gewesen, aber die Entscheidung hatte einen bitteren Nachgeschmack hinterlassen. Vier Monate später starb Liam. Sie könnte sich dafür ohrfeigen, dass sie ihn so früh allein gelassen hatte. Dass sie die Zeit, die ihr mit ihrem Liebling geblieben war, nicht richtig genutzt hatte. Sie hatte unbedingt wieder arbeiten wollen. Sie musste ab und zu raus aus dem Haus.

Nach der Geburt ihres Sohnes hatte sich Jacob verändert. Er war kälter als sonst, oft gereizt. Auf der Arbeit lenkte sie sich von der negativen Stimmung daheim ab. Sie konzentrierte sich auf die Fälle und vergaß für einen Moment, dass ihre Ehe bereits nach kurzer Zeit zu zerbrechen drohte. Sie hatte ein schlechtes Gewissen, weil sie an manchen Tagen regelrecht zur Arbeit flüchtete, um dem Kindergeschrei zu entkommen. Liam brüllte manchmal stundenlang, ohne Grund.

Heute bereute sie, dass sie nicht genug Nerven besessen hatte, um ihn zu trösten. Heute würde sie alles dafür tun, um noch einmal sein Geschrei zu hören. Natalies Augen füllten sich mit Tränen. Sie wollte nicht allein in diesem Haus leben. Warum war Jacob so geworden? Warum hatte er sie im Stich gelassen?

Natalie betrat ihr Haus. Sie wankte geradewegs ins Bad, um ihre Joggingkleidung anzuziehen. Ein Sprint wird ihr helfen, die grausigen Gedanken abzuschütteln. Sie machte niemals einen Unterschied, ob es regnete oder die Sonne schien.

Sie begann im Schritttempo, um sich warmzulaufen. Vorbei an den Häusern in ihrer Straße, an den glücklichen Familien, die zu dieser Zeit gemeinsam im Wohnzimmer saßen und von ihrem Tag erzählten. Sie lief an der Schule vorbei, die Liam eines Tages besuchen sollte. Nur ein paar Minuten Fußweg von ihrem Haus entfernt.

Am Spielplatz in der South-Spring-Avenue drosselte sie das Tempo. Dort hatte sie fast jeden Nachmittag mit ihrem Sohn gespielt. Er hatte es geliebt, auf dem eichenfarbenen, teils grün gestrichenen Holzklettergerüst zu turnen. Zur Straße hin wurden die Kinder von einem grünen Maschendrahtzaun geschützt. Natalie hatte sich immer auf eine der beiden Schaukeln gesetzt und Liam auf den Schoß gehoben. Sein fröhliches Jauchzen, wenn sie mit ihm geschaukelt hatte, ertönte in ihren Ohren. Wenn sie aufgehört hatte, wackelte Liam so lange auf ihrem Schoß, bis sie wieder anfing.

An der ersten Straße bog sie nach rechts, in die West-54th-Street. Sie erhöhte ihr Tempo und bog nach einem kurzen Sprint erneut nach rechts, in die South-Waiola-Avenue. An der ersten Straßenlaterne musste sie halten. Mit einem Arm hielt sie sich an der Laterne fest und beugte sich nach vorne. Ihr stieg Magensäure nach oben, es brannte in der Kehle. Sie fühlte sich nicht fit genug, um zu sprinten. Sie atmete tief durch und lief nach einer kurzen Pause langsam weiter. Über die West-52nd-Street joggte sie zur South-Brainard-Avenue. Sie schaute nach rechts und links, lief dabei auf der Stelle, um in Bewegung zu bleiben. Als ein roter Pick-up vorbei gefahren war, überquerte sie die Straße und lief in den Park. Dort wollte sie erneut versuchen zu sprinten, wollte ihre bisherige Zeit toppen. Ihre Bestzeit lag bei zwölf Sekunden für einhundert Meter. Die ersten hundert Meter lief sie in achtzehn Sekunden. Sie ärgerte sich über ihre schlechte Zeit und schwor, in Zukunft mehr zu trainieren. Den zweiten Sprint schaffte die Sonderermittlerin in dreizehn Sekunden und gab auf. Heute machte es keinen Sinn. Sie war müde, die letzte schlaflose Nacht steckte ihr in den Knochen.

Im Schritttempo lief sie nach Hause. Als sie zur Tür hereinkam, überfiel sie ein kalter Schauer. Sie schaute in den Spiegel der Flurgarderobe und glaubte, einen weißen Geist zu erkennen. Die braunen Haare hingen strähnig nach unten, feucht vom Nebel klebten sie an dem blassen Gesicht. Natalie erschrak vor ihrem Spiegelbild. Kein Wunder, dass sie sich nicht in Form halten konnte.

Ihr fiel ein, dass sie seit Tagen nichts mehr gegessen hatte, sich zwischenzeitlich nur etwas Obst genehmigte. Sie musste anfangen, auf sich zu achten. Sie wollte gesund werden. Sie lief in die Küche, drehte die Heizung auf und ging zum Kühlschrank. Er war gut gefüllt, das war er immer. Aber Natalie ließ meistens alles verkommen und warf es in den Müll. Es war nicht so, dass sie nicht essen wollte. Sie konnte es nicht. Und sie vergaß es. Sie war den ganzen Tag so sehr damit beschäftigt zu putzen oder zu sprinten, dass sie nie an Essen dachte.

Als sie wieder zu arbeiten begonnen hatte, wurde sie gleich am ersten Tag mit einem Entführungsfall konfrontiert. Kein guter Start für ihre verletzte Seele. Aber sie wollte weiter arbeiten. Sie hatte sich zur Aufgabe gemacht, die Kinder zu finden. Obwohl sie sich im Klaren darüber war, dass die Chance, sie lebend zu finden, gering war. In Fällen von Kindesentführung sterben circa vierzig Prozent der Kinder in den ersten drei Stunden. Die restlichen, bis auf wenige Fälle, sterben innerhalb von vierundzwanzig Stunden. Entführungen, die länger anhalten, sind eher selten der Fall. Das waren die Erfahrungen, die Natalie in der Zeit als Agent gemacht hatte. Calvin könnte bereits tot sein. Er galt seit über vierundzwanzig Stunden als vermisst. Und auch bei Chloe Baker war die Überlebenschance gering. Die Ermittler hatten keine Tatverdächtigen, keine einzige heiße Spur. Nur das Verhalten der Kinderkrankenschwester war aufgefallen.

Natalie nahm sich einen Erdbeerjoghurt und setzte sich auf das breite Fensterbrett in der Küche. Während ihrer Überlegungen löffelte sie den Joghurt und öffnete eine kalte Cola. Sie war überzeugt, dass Miss Collister mit dem Tod der fünf Kinder in Zusammenhang stand. Ein weiterer Fall, der aufgerollt werden musste. Doch gab es eine Verbindung mit dem der entführten Kinder? Es gab keine Gemeinsamkeiten. Calvin und Chloe wurden nicht misshandelt und starben nicht im Cheslock. Und wer war die Praktikantin? Warum schlich sie sich unter falschen Angaben in das Krankenhaus ein? Natalie beobachtete ihr Spiegelbild im Fenster. Ihre Gedanken irrten im Kopf umher, doch sie fand nichts Greifbares. Da sie wusste, dass sie auch heute Nacht nicht in den Schlaf finden wird, beschloss sie, nochmals die Akten der verstorbenen Kinder zu studieren. Sie entzündete ein Feuer in ihrem Kamin und ging duschen. Als sie in das Wohnzimmer zurückkam, war es mit einer wohligen Wärme gefüllt. Sie setzte sich, nur mit Bademantel bekleidet, mit den Akten auf den weißen Kunstfellteppich, deckte sich mit ihrer Kuscheldecke zu und begann die Berichte erneut zu lesen. Irgendetwas sagte ihr, dass etwas an den Fällen mit den Entführungen zu tun haben musste. Sie musste nur noch herausfinden, was es war.

Nach einer Stunde fiel ihr eine kleine Parallele auf. Sie wurde hektisch. Ihr Magen zog sich zusammen, ihr Herz klopfte wie wild. Sie sprang auf und flitzte zum Telefon. „Verfluchter Mist! Bitte, geh ran!"

23

Chloe Baker saß auf dem Bett mit dem rostigen Drahtge-
stell und streichelte die Stirn von Calvin. Er glühte, hatte
die ganze Nacht erbrochen. Er lag erschöpft auf ihrem
Schoß und wimmerte vor sich hin. Seine Lunge rasselte
beim Einatmen, die Lippen schimmerten blau. Der Zustand bereitete ihr Sorgen. Auch wenn sie erst acht war,
merkte sie, dass der Junge in Not war. Sie wusste, wie
Menschen aussahen, die bald sterben. Ein Cousin von ihr
war vor einem Jahr nach langer Krankheit gestorben. Sie
erinnerte sich an das Aussehen, als sie ihn ein letztes Mal
besucht hatte. Er sah genauso krank aus wie Calvin. Chloe
zitterte und umschlang ihn. Tränen der Wut brannten in
ihren Augen. Immer wieder versuchte sie, an das Fenster
zu kommen, um dort irgendwie herauszuschlüpfen. Aber
sie kam nicht heran. Es war auch zwecklos. Sie hätte nicht
hindurch gepasst.

Die Frau war am Morgen kurz hereingekommen,
hatte frisches Wasser und trockenes Brot gebracht. Von
dem Mann hatten sie nichts gehört. Die Frau hatte Calvin
mit angewiderter Miene beäugt und verschwand aus dem
Zimmer. Nach fünf Minuten war sie mit zwei Eimern

Wasser zurückgekommen. Sie schüttete einen davon über Calvin und stellte den anderen neben Chloe. „Sieh zu, dass du das Zimmer sauber machst. Und sorg dafür, dass dieser kleine Bastard seine Kotze nicht auf meinem Boden verbreitet."

Chloe stand sofort auf und wischte das Erbrochene auf. Sie wollte die Frau nicht noch mehr verärgern, denn sie wusste, wenn sie ihren Mann rief, würde es schmerzhaft werden. Er wird Calvin bestrafen. Nachdem die Frau das Zimmer verlassen hatte, zog Chloe dem weinenden Calvin die nassen Sachen aus und breitete sie unter dem Fenster aus, um sie zu trocknen. Sie kuschelte ihn in die Decke und hielt ihn fest. „Beruhige dich. Es wird alles wieder gut." Ihr schossen die Tränen in die Augen, weil sie selbst nicht daran glaubte. Sie sehnte sich nach ihren Eltern und ihren Tieren. Warum wurde sie an diesen Ort gebracht? Sie war müde. Sie kämpfte dagegen an einzuschlafen. Sie wollte keine Zeit damit vergeuden. Sie musste sich etwas einfallen lassen, um aus dem Raum zu kommen. Sie durfte keine Angst zeigen. Sie war die Ältere und sie wird sich um Calvin kümmern. Sie fühlte sich für ihn verantwortlich. In den Stunden, in denen sie dort gefangen war, schloss sie ihn in ihr Herz. Ihr gefiel die Vorstellung, dass er ihr kleiner Bruder wäre. Und sie wollte stark für ihn sein. Er war schwach und konnte sich nicht helfen. „Ich werde dich beschützen. Versprochen."

Calvins Zustand verschlechterte sich zunehmend. Er fieberte und wirkte benommen. In den letzten Stunden hatten seine Kräfte nachgelassen. Die Geschichten, die

Chloe ihm über ihre Tiere auf dem Bauernhof erzählte, hörte er nicht. Der schlaffe Körper war weiß. Kalte Schweißperlen bildeten sich auf seiner Haut. Er hustete und übergab sich dabei. Das Wasser, das Chloe ihm anbot, verweigerte er. Überfallartig fing Calvin an, seltsam zu zucken. Der Körper versteifte sich, die Arme und Beine verkrampften. Dabei atmete er stoßartig. Chloe geriet in Panik, sprang auf und rannte zur Tür. „Hilfe, Hilfe!", kreischte sie und hämmerte gegen die Tür. „Bitte, du musst kommen. Benjamin! Er ist krank." Verzweifelt schrie sie sich die Lunge aus dem Leib. Vor der Tür blieb es ruhig. Niemand kam. Sie fasste den Entschluss, so lange zu schreien und gegen die Tür zu treten, bis einer der beiden kommen käme. Egal, welchen Ärger sie kassieren wird. Sie konnte nicht zuschauen, wie Calvin litt. Regelmäßig schaute sie zu ihm.

Von einer Sekunde zur anderen hörten die Zuckungen auf. Regungslos blieb er auf dem Bett liegen. Aus seinem Mund lief Speichel.

„Calvin?"

Er zeigte keine Reaktion.

Sie rannte zu ihm, rüttelte an ihm und flehte ihn an aufzuwachen. Er atmete schwach, das Gesicht lief blau an. Chloe weinte, geriet immer mehr in Panik. Wieder rannte sie zur Tür und brüllte mit aller Kraft. „Hilfe! Ich brauche Hilfe. Benjamin stirbt!"

24

Am Sonntagmorgen brach Alexander Johnson auf, um Natalie abzuholen. Wenn sie an einem Fall arbeiteten, bei dem es um Leben und Tod ging, gab es keine Wochenenden und Feiertage für die Sonderermittler. Bevor er losfuhr, informierte er sich im Cheslock, ob Dr. Bennett oder Dr. Smith Dienst hatten. Am Telefon erfuhr er, dass Dr. Smith vor einem Jahr bei einem Autounfall ums Leben gekommen war. Dr. Bennett war anwesend. Sie wollten ihn hinsichtlich der unerwarteten Todesfälle der fünf Kinder befragen.

Gegen dreiundzwanzig Uhr der letzten Nacht war er vom penetranten Klingeln seines Handys aufgewacht. Erst wollte er nicht abnehmen. Dachte, dass es Zeit bis zum Morgen haben wird. Er war zu müde, um aufzustehen. Der Kopf hämmerte gewaltig, nachdem er jäh aus dem Schlaf gerissen wurde. Der Anrufer gab nicht auf und wählte die Nummer sofort neu, sobald der Anrufbeantworter ansprang. Er stand wütend auf, bereit den nervenden Anrufer in die Schranken zu weisen. Als er Natalies Namen auf dem Display gelesen hatte, verflog die Wut augenblicklich und die Kopfschmerzen lösten sich in Luft auf. Einzig und allein das Herz schlug ihm bis zum Hals. Mit feuchten Händen nahm er ab. Von der Wut spürte man in seinen Worten nichts mehr.

Nach dem Anruf schlief er nicht mehr ein. Er wartete ungeduldig auf den Morgen, wälzte sich im Bett hin und her. Die Gedanken brachten ihn zum Wahnsinn. Wenn es nach ihm gegangen wäre, wäre er sofort nach dem Telefonat losgefahren. Natalie hatte sich den Abend mit den Akten der zu Tode gekommenen Kinder um die Ohren geschlagen. Hatte sie tatsächlich einen möglichen Zusammenhang zu den Entführungen von Calvin und Chloe gefunden? Eine Gemeinsamkeit, die eine Spur sein konnte? Oder aber eine Nichtigkeit, die überhaupt nichts mit dem jetzigen Fall zu tun hatte? Sie hielten sich an einem Strohhalm fest, wussten nicht, ob es zu einem Erfolg führen wird. Doch sie mussten jeder Kleinigkeit nachgehen. Alex hoffte, durch die Befragung von Jacob Bennett ein paar Parallelen zu finden.

Natalie und Alexander holten sich an der Tankstelle Kaffee und mit Schinken belegte Sesambagel. Sie aßen während der Fahrt. Alexander freute sich, Natalie essen zu sehen. Beim Anblick ihres knochigen Körpers war er erschrocken, als er sie vor zwei Tagen wiedergesehen hatte. Als sie auf dem Parkplatz vor der Klinik standen, schaute er sie an und schmunzelte.

„Lachst du mich aus?", fragte Natalie irritiert. Es war das erste Mal seit Langem, dass Alexander ihr sein herzliches Lächeln schenkte.

„Darf ich?" Ohne eine Antwort abzuwarten, strich er Remoulade von ihrer linken Wange. „Hast du das Essen in den letzten Jahren verlernt oder benutzt du die Remoulade gegen die Falten?"

Man hörte die Ironie in seiner Stimme, die Natalie an ihm liebte. Sie lachte. Sie klappte die Sonnenblende nach unten, um in den Spiegel zu schauen. Es war ihr peinlich, aber es gab ihm einen Grund zu lachen. Ihre angespannte Haltung, die sie seit dem Telefonat verfolgte, ließ nach. Ihr war mulmig zumute, als er sie am Morgen vor ihrem Haus abgeholt hatte. Sie hatte damit gerechnet, dass es solch eine schweigsame und gereizte Stimmung werden wird wie die Stunden zuvor. Es war nur ein Plausch, doch die wenigen Worte und das Lächeln fühlten sich an wie damals, als die Freundschaft sie verbunden hatte. In Natalie keimte Hoffnung, dass sich alles zum Positiven wenden wird.

„Schaffst du das mit Jacob?"

Natalie nickte und blinzelte. Der Kopf hing nach unten. Zugeben würde sie nicht, wie belastend diese Treffen waren. „Ja. Es ist mein Job. Und mit Jacob habe ich abgeschlossen. Ich habe ihn bereits seit Liams Geburt verloren. Diesen Jacob Bennett kenne ich nicht." Dabei nickte sie in Richtung des Krankenhauses.

Alexander wunderte sich über die Worte. Meinte sie es wirklich ernst? Im Inneren würde er sich freuen, aber er war unsicher, glaubte nicht, dass es für Natalie einfach war. Sie hatte ihn geliebt und sie waren, ohne darüber zu reden, auseinandergegangen. Die Ehe war von heute auf morgen gescheitert. Keiner der beiden hatte es jemals ausgesprochen. Jacob war in Arbeit versunken, Natalie im Alkohol. Nach der Therapie hatten sie die Scheidungspapiere unterschrieben. Genauso schnell wie ihre Ehe begonnen hatte, wurde sie geschieden.

„Dann lass uns schauen, was uns der liebe Herr Doktor zu den Fällen sagen kann." Natalie stieg aus. Sie hoffte, Alexander würde ihre Nervosität nicht bemerken.

Als sie den Eingang der Notaufnahme betraten, stieß ihnen der Geruch von Alkohol und Zigarettenrauch entgegen. Es herrschte ein heilloses Durcheinander. Mehrere Teenager brüllten herum, schmissen mit obszönen Beleidigungen um sich. Einige hatten blutige Nasen, Kratzwunden oder blaue Veilchen und wankten beim Laufen. Es roch, als hätten sie in Alkohol gebadet. Die Krankenschwester der Patientenaufnahme ermahnte sie zur Ruhe. Die johlende Bande ignorierte die Ermahnungen und benahm sich wie wildgewordene Ochsen. Einer lehnte an der Wand und, ehe man sich versah, schoss sein Erbrochenes über den Flurboden. Die Schwester fluchte, doch bei der Lautstärke fanden die Worte kein Gehör. Die Wangen der Frau leuchteten rot und ihre Haare wirbelten wild durcheinander. Sie versuchte, sich auf ihre Arbeit zu konzentrieren.

Als die Ermittler auf sie zukamen, rollte sie genervt mit den Augen. „Was kann ich für Sie tun?", fragte sie, ohne die beiden anzusehen. Ihr Tonfall klang genauso genervt, wie ihr Gesichtsausdruck es vermuten ließ. Sie schrieb etwas in eine Akte und ließ den Stempel auf das Papier krachen.

„Agent Johnson und Agent Bennett, FBI Chicago."

Augenblicklich unterbrach die Krankenschwester ihre Arbeit und blickte zu den Ermittlern. Beschämt entschuldigte sie sich. „Verzeihen Sie bitte. Es ist der Teufel los und ich weiß nicht, wo mir der Kopf steht. Die Jungs haben wohl etwas heftig gefeiert und zu viel Alkohol getrunken. Dann kam es zu einer Schlägerei. Seit eineinhalb Stunden sind meine Kollegin und ich nun schon damit beschäftigt, die Wehwehchen der Chaoten zu behandeln."

„Wie alt sind die Jungs?", fragte Alexander.

„Das kann ich nicht beantworten. Sie lassen nicht mit sich reden. Ich wollte jetzt die Polizei rufen. Ich vermute, sie sind alle minderjährig."

Alexander lief auf die Gruppe Jugendlicher zu und versuchte, sich Gehör zu verschaffen. Einer der Typen torkelte in seine Richtung, stolperte dabei fast über die eigenen Beine und spuckte ihm vor die Füße. Er fragte, was Alexander zu melden hätte. Ohne Vorwarnung boxte er dem Ermittler gegen die Brust.

Flink schnappte sich dieser den linken Arm des Jungen, drehte ihn auf den Rücken und beugte ihn nach vorn. „Agent Johnson vom FBI. Ihr hört mir jetzt verdammt gut zu."

Abrupt beruhigte es sich in der Aufnahme.

Alle starrten ihn an.

Alexander ermahnte die Teenager und gab die Anweisung, auf die Krankenschwester zu hören. Dann lief er zurück zum Schreibtisch der Pflegerin und rief einen Streifenwagen der State-Police hinzu. Die Jugendlichen rührten sich nicht. Nur einen hörte man fluchen. Er hatte Angst vor der Reaktion seiner Eltern.

„Danke, Agent Johnson", sagte die Krankenschwester erleichtert.

„Wir sind mit Dr. Bennett verabredet. Ich hatte uns heute Morgen angemeldet."

Die Krankenschwester führte ein kurzes Telefonat und schickte die Agents nach oben.

Dr. Bennett saß am Schreibtisch in seinem Büro. „Kommt rein! Was kann ich für euch tun? Man sagte mir, es geht um frühere Fälle von Kindesmisshandlung?"

Natalie starrte Jacob entsetzt an. Er sah aus, als wäre er aus dem Bett gefallen, hätte sich blind ein paar Sachen zusammen gesucht und wäre so zur Arbeit gefahren. Vielleicht hatte er aber auch dort geschlafen. Auch in ihrer Ehe hatte er häufig in der Klinik übernachtet. Früher hatte Bennett auf sein Äußeres geachtet. An diesem Morgen sah er schlimmer aus als am vorherigen Tag. Er wirkte wie ein gehetztes Tier. Die Haare lagen wild durcheinander, er hatte seinen Bart seit Tagen nicht mehr rasiert und wenn man ihm in die Augen sah, schaute man in eine Leere. Sie wirkten völlig ausdruckslos. Als wäre er in einer anderen Welt.

„Stimmt etwas nicht?", fragte er Natalie, als er bemerkte, dass sie ihn intensiv musterte.

Natalie räusperte sich und drehte sich hilfesuchend zu Alexander. Ihr brach der Schweiß aus und sie hoffte, dass Alex begreifen wird.

Er übernahm das Gespräch. „Danke, dass du dir die Zeit genommen hast. Wir haben gestern in der Wohnung von Olivia Collister Fotos von fünf Kindern gefunden. Sie hingen bei ihr an der Schlafzimmerwand. Es handelt sich dabei um Todesopfer häuslicher Gewalt, die im Cheslock urplötzlich verstorben waren. Du hast damals die Kinder betreut. Wir würden gern etwas mehr über die Todesursache erfahren."

Natalie legte die Fotos der Kinder auf den Schreibtisch und trat sogleich ein paar Schritte zurück.

Jacob betrachtete die Bilder. Man erkannte keinerlei Regung in seinen Gesichtszügen. „Entschuldigt bitte, ich habe euch gar keinen Kaffee angeboten." Er erhob sich vom Schreibtisch und ging in eine kleine Nische, die er sich zu einer Kaffee-und-Tee-Ecke hergerichtet hatte. Erst als er den Ermittlern den Rücken zuwandte, fuhr er fort. „Die Patienten sind aufgrund schwerster Misshandlungen gestorben."

Alexander unterbrach den Arzt. „Das wissen wir bereits. Was uns interessiert, ist die Art, wie sie gestorben sind. Es sah zunächst nicht danach aus, dass sich die Kinder in Lebensgefahr befunden hätten. Schwester Olivia, die bei allen fünf Patienten eine der versorgenden Kinderkrankenschwestern war, konnte oder wollte sich nicht dazu äußern. Sie selbst sagt, dass sie überrascht war, als die Kinder plötzlich gestorben waren."

Jacob senkte den Blick und trank einen Schluck seines Kaffees. „Nun, was soll ich sagen? Manche Dinge kann man nicht voraussehen. Es war ein furchtbarer Anblick, als die Kinder in die Notaufnahme gebracht wurden. Aber sie hatten sich in keinem alarmierenden Zustand befunden. Wir nahmen sie zunächst nur stationär auf, um sie vor ihren Eltern zu schützen. Nur das Geschwisterpaar war eine Ausnahme. Sie wurden nach einem schweren Unfall eingeliefert. Bei ihnen wurde eine Bildgebung veranlasst. Dabei fiel auf, dass sie unzählige alte Verletzungen aufwiesen, die sich nach den Untersuchungen als Misshandlungen herausstellten. Nach dem Tod der beiden waren wir uns nicht einig, ob der Unfall oder die am selben Tag vorausgegangenen Misshandlungen Schuld am Tod waren."

Natalie versuchte, den Kloß in ihrem Hals hinunter zu schlucken. Sie konnte nicht verstehen, wie Eltern fähig sein konnten, ihren Kindern so etwas anzutun. Jacob hatte während ihrer Ehe oft erzählt, was er als Arzt erlebt hatte. Aber er war nie ins Detail gegangen. Als sie Mutter geworden war, wollte sie diese Erlebnisse nicht mehr hören. Natalie fasste ihren Mut zusammen und fuhr mit der Befragung fort. „Kannst du dir erklären, warum sich Miss Collister diese Fotos an die Wand gehangen hat?"

Dr. Bennett runzelte die Stirn und zupfte an seinem ungepflegten Bart. Man bekam das Gefühl, er wollte etwas sagen, wusste aber nicht, wie er es formulieren sollte. „Ich weiß nicht, wie ich es erklären soll." Man verstand ihn kaum, weil er nun leiser sprach. „Dr. Smith und ich haben sie vor knapp sechs Jahren im Komitee für Kindesmisshandlungen aufgenommen. Wir konnten nicht ahnen, dass sie für den Job zu emotional ist, um nicht zu sagen zu schwach. Sie hat schrecklich gelitten, wenn ein misshandeltes Kind kam. Na ja, sie hatte sich seit vielen Jahren ein eigenes Kind gewünscht. Sie liebt jeden einzelnen Knirps, der auf der Station liegt. Manchmal hatte ich das Gefühl, dass sie die Fünf retten wollte. Das Geschwisterpaar, zum Beispiel. Sie waren so schwer misshandelt worden, dass auf keinen Fall in Betracht gezogen wurde, sie wieder zu ihren Eltern zurückzuschicken. Da waren sich das Jugendamt und wir einig. Olivia bot während des Gespräches an, die Kinder bei sich aufzunehmen. Und ihre Chancen standen gut. Man suchte möglichst schnell nach einer passenden Unterkunft. Sie nahm sich frei und kümmerte sich um den Papierkrieg. Als sie wiederkam, waren beide Kinder verstorben. Es war hart für sie. Sie stand wochenlang unter Schock. Seitdem haben wir sie aus dem Komitee ausgeschlossen. Sie ist nicht tragbar. Wenn ihr meine Meinung hören wollt. Ich denke, dass sie ein krankhaftes Verhalten zeigt. Ich wusste nicht, dass es so schlimm ist, dass sie sich sogar Fotos von Kindern, die sie kaum kennt, an ihre Wand hängt. Das ist besorgniserregend."

Natalie und Alex schauten sich an. In Natalie zog sich alles zusammen, Übelkeit stieg in ihr auf. Sie hatten es eilig, die Klinik zu verlassen. Sie verstanden sich ohne Worte. Jeder dachte das Gleiche. Es konnte kein Zufall sein. Sie erhoben sich und verabschiedeten sich von Dr. Bennett. Hastig eilten sie aus dem Büro.

Dr. Bennett blieb auf seinem Stuhl sitzen. Auf seinem Rücken hatte sich ein riesiger Schweißfleck gebildet. Er starrte auf die Tür, aus der die Sonderermittler herausgeeilt waren. Er verstand nicht, warum das Gespräch so abrupt geendet hatte, und ging in Gedanken durch, was er Falsches gesagt haben könnte.

Das Gespräch wühlte ihn auf. Beim Thema Kindesmisshandlung war er nicht so professionell, wie es nach
außen hin schien. Er selbst hatte die Kindheit in der
Hölle verbracht. Er hatte mit seinen Eltern in New York
in einem Vorstadthaus gelebt. Sein Vater unterrichtete an
einer Universität und war ein liebevoller Mann. Er hatte
ihn geliebt. An den Wochenenden waren sie oft zusammen auf Wandertouren gegangen. Sie waren stundenlang
durch die Gegend gelaufen, ohne müde zu werden. Seine
Mutter hatte sie nie begleitet. Sie war froh gewesen, wenn
die Männer außer Haus waren und sie sich ungestört
ihrem Hobby widmen konnte: Mit einer Flasche Whis-
key auf dem Sofa Daily Soaps schauen. Als Jacob neun
Jahre alt war, wurde sein Vater auf dem Heimweg von
der Uni in einen tödlichen Autounfall verwickelt. Es
war Freitagnachmittag. Jacob erinnerte sich, wie er am
Fenster gestanden hatte und auf ihn wartete. Sie waren
verabredet und wollten gemeinsam zum Footballspiel
gehen. Jacob hatte in der Football-Schulmannschaft gespielt und sein Vater hatte bei jedem Spiel auf der Bank
gesessen, um ihn stolz anzufeuern. Seit diesem Freitag,
dem schwärzesten seines Lebens, spielte Jacob nie wieder
Football. Er hatte vergebens auf seinen Vater gewartet.
Als das Spiel angepfiffen wurde, hatte Jacob regungslos
am Fenster gestanden. Er konnte sich vor Fassungslo-
sigkeit nicht fortbewegen. Nie zuvor hatte sein Vater
ihn im Stich gelassen. Um 16:30 Uhr hatte es an der Tür
geklingelt, um 16:40 Uhr hörte er den hysterischen Aufschrei seiner Mutter, der ihm durch den ganzen Körper

fuhr. Sie hatte von einem Officer vom Tod ihres Mannes erfahren. Seit jenem Tag trank sie immer häufiger Alkohol. Mit zwölf Jahren hatte Jacob angefangen, Zeitungen auszutragen, um Geld zu verdienen und sich Nahrung zu kaufen. Seine Mutter hatte sich nicht um den Haushalt oder die Wäsche gekümmert. Seit diesem Zeitpunkt war er zum Erwachsensein gezwungen. Das Schlimme aber war, dass er sich nichts sehnlicher wünschte, als sich geliebt zu fühlen. Seine Mutter verhielt sich eiskalt, hasste ihren Sohn, machte ihn für alles verantwortlich, was in ihrem Leben schief ging. Und den Hass spürte er täglich auf seinem Körper. Sie war so voller Zorn, dass sie jeden Tag wie eine Wahnsinnige auf ihn einschlug. Manchmal wünschte er sich, sie würde endlich so fest zuschlagen, dass er tot umfallen wird. Dann wäre er frei von diesen Qualen und wieder bei seinem Vater. Er vermisste ihn. Mit vierzehn Jahren kam er in ein Jugendheim. Eine aufmerksame Nachbarin informierte eines Tages das NYPD. Die schickten einen Police-Officer vorbei, der ihn aus dem Elend befreite und in ein Heim brachte. Dort ging es ihm gut. Er konzentrierte sich auf die Schule und entschied, dass er Kinderarzt werden wollte. Zum Studium ging er nach Chicago, über eintausendzweihundert Kilometer weit weg von New York. Er wollte mit diesem Teil seines Lebens abschließen. Nie wieder wird er dorthin zurückkehren, wollte die Erinnerungen an die Kindheit abschütteln. Und er schwor sich, er würde nicht wegschauen! Er würde Kinder, die misshandelt werden, von ihren Qualen befreien.

Und das tat er nun seit zehn Jahren. Zusammen mit Dr. Smith hatte er das Komitee gegründet, um sich für die Kinder einzusetzen, die den Gewalttaten ihrer Eltern ausgesetzt waren. Oft war es sehr frustrierend für ihn. Nicht selten wurden die gequälten Seelen zurück zu ihren Eltern gegeben. Es reichte aus, dass sie ein paar Auflagen erfüllten und sie bekamen die Kinder zurück. Er dachte an die angsterfüllten Augen der Kinder, wenn sie zu ihren Eltern zurück mussten. Und er stand machtlos da und konnte es nicht verhindern. Er bildete sich immer ein, dass die Kinder ihn stumm anflehten, sie nicht zurückzuschicken. Jedes Mal schwor er sich, härter für die Kinder zu kämpfen.

Er selbst wurde befreit, aber seine Mutter wollte ihn sowieso nicht zurück. Sie nahm noch nicht einmal wahr, dass man ihr den Sohn weggenommen hatte. Vor einem halben Jahr hatte er Post von einem ehemaligen Schulkameraden aus New York erhalten. Den einzigen Kontakt aus der Vergangenheit, den er über die Jahre hinweg aufrecht erhalten hatte. Er hatte ihm mitgeteilt, dass seine Mutter verstorben war. Sie war letztendlich sturzbetrunken die Treppe hinabgestürzt und hatte sich das Genick gebrochen. Das Einzige, das Jacob empfunden hatte, war Gerechtigkeit. Genau so einen Tod hatte er sich für sie gewünscht. Er selbst hätte sie am liebsten höchstpersönlich die Treppe hinuntergestoßen. Als er Natalie kennengelernt hatte, schloss er endgültig mit seinem Leben Frieden. Er liebte sie. Und sie gab ihm genau die Liebe, nach der er sich immer sehnte. Aber auch sie zerbrach.

Jacob stand kopfschüttelnd auf und verließ das Büro. Ohne weiter an die Vergangenheit zu denken, begann er mit der Visite der Patienten.

25

„Das kann kein Zufall sein!" Mit quietschenden Reifen bog Alexander in die North-Hudson-Avenue ein. Natalie telefonierte derweil mit den Kollegen und klärte sie über die neuen Entwicklungen auf. Sie rutschte unruhig auf dem Beifahrersitz hin und her. Die Ermittler wirkten angespannt. Alexander trommelte ungeduldig mit den Fingern auf dem Lenkrad. Sie fuhren zu Olivia Collister, die immer weiter in den Fokus der Ermittlungen rückte. Diesmal hatten sie vor, die Krankenschwester mit zur Dienststelle zu nehmen. Zwar reichten die Beweise nicht aus, um sie festzunehmen, aber sie versprachen sich, den Druck auf sie zu erhöhen, um ihr ein Geständnis zu entlocken.

Als Dr. Bennett erzählt hatte, dass Miss Collister das Geschwisterpaar in Pflege bei sich aufnehmen wollte, wurde den Sonderermittlern klar, dass die Todesfälle der Kinder mit den Entführungen zusammenhängen mussten.

Während Natalie die Akten der Kinder durchgegangen war, erkannte sie Parallelen zwischen den verstorbenen Geschwistern sowie Calvin und Chloe. Benjamin Dearing war dreieinhalb Jahre alt, als er an den Folgen der Misshandlungen starb. Er war schlank, hatte blonde lockige Haare und blaue Augen. Damit passte er haargenau auf die Beschreibung von Calvin. Elizabeth Dearing starb mit acht Jahren an ihren Verletzungen. Ihr Haar war rot und hing glatt nach unten. Im Gesicht hatte sie Sommersprossen. Genau wie Chloe Baker. Als Natalie am vergangenen Abend auf diese Ähnlichkeiten gestoßen war, dachte sie erst an einen Zufall. Doch irgendetwas hielt sie davon ab, es als bloßen Zufall abzutun. Eine leichte innere Unruhe durchströmte ihren Körper, sie wollte ihre vage Vermutung Alexander mitteilen.

Von Dr. Bennett hatten sie von der Tragödie erfahren. Eine Krankenschwester, die jahrelang versucht hatte, ein Kind zu bekommen. Die kurz davor gestanden hatte, einen Jungen und ein Mädchen bei sich aufzunehmen, die dann unglücklicherweise gestorben waren. Und drei Jahre später entführt jemand zwei Kinder, die auf die Beschreibung der toten Geschwister passte. Sie glaubten nicht mehr daran, dass es ein Zufall war. Olivia war besessen von den Kindern. Hatte sie sich mit Calvin und Chloe Ersatz geholt?

„Collister wollte die Dearing-Kinder zur Pflege bei sich aufnehmen", begann Alexander. „Sie sah eine Chance, sich endlich ihren heißersehnten Wunsch zu erfüllen. Dann macht ihr der liebe Gott einen Strich durch die Rechnung. Wieder ein herber Verlust, den sie einstecken musste. Das hat sie krank gemacht. Nun hat sie sich Ersatz für die beiden geholt. Kinder, die so aussehen wie die Dearings und im gleichen Alter sind."

Natalie antwortete nicht. Sie wollte nicht verstehen, dass jemand fähig war, Eltern ihr Kind zu stehlen, als wäre es ein Gegenstand.

Alexander parkte den schwarzen SUV direkt auf der Straße. Den Yukon hatte er im letzten Jahr gekauft. Es war immer ein Traum von ihm gewesen, einen Monster-SUV zu fahren. Er hatte klare Vorstellungen. Groß, schwarz und dunkel getönte Scheiben. Natalie fand den Wagen protzig, aber sie freute sich, dass er sich diesen Wunsch erfüllt hatte. Oft ließ er seine Wünsche nur Träume bleiben. Meist kümmerte er sich nur um andere Menschen. Natalie errötete, als ihr klar wurde, dass er auch ihr beigestanden hatte, vor allem nach Liams Tod.

Alexander war nicht mehr zu bremsen. Hastig stieg er aus dem Wagen, knallte die Tür zu und lief, ohne einen Blick auf die Straße zu werfen, zum Haus von Olivia Collister. Binnen Sekunden begann ein ohrenbetäubendes Hupkonzert. Alexander blockierte einen Fahrstreifen, die ausgebremsten Autofahrer zeigten ihren Zorn. Alexander ignorierte die schimpfende Meute und lief zur Wohnungstür von Miss Collister. Er ließ den Finger so lang auf der gedrückten Klingel, bis sie die Tür öffnete.

Man bekam nicht den Eindruck, dass sie von dem Besuch der Ermittler überrascht war. „Agent Johnson, Agent Bennett. Wie schön, dass Sie mich wieder beehren. Starker Auftritt, den Sie da draußen hingelegt haben." Olivia schaute Alexander grinsend an. Um das Gesagte zu bestärken, klatschte sie provokativ in die Hände.

Natalie überraschte dieses Verhalten. Gestern war sie eine gebrochen wirkende Frau. An diesem Tag sah sie gut aus, hatte sich adrett gekleidet und ihren blassen Teint mit Make-up aufgefrischt. Ihre dunklen Augenränder konnte man bei genauem Hinsehen noch erkennen. Für Natalie spielte sie eine Show. Innerlich schien sie genauso nervös wie am Tag zuvor.

„Miss Collister." Alexander blieb ohne jegliche Reaktion auf Olivias Kommentar. „Ich möchte Sie bitten, uns zur Dienststelle zu begleiten. Wir haben noch Fragen an Sie."

„Warum soll ich Sie begleiten? Kann ich Ihre Fragen nicht hier beantworten? Oder bin ich nun die Hauptverdächtige?" Olivia strotzte nur so vor Arroganz. Sie fühlte sich ihrer Sache sicher. Sie verschränkte ihre Arme und lehnte sich mit der rechten Schulter gegen den Türrahmen. Aus ihrer Wohnung kam der Geruch verbrannten Essens.

Natalie sah zu Alexander und bemerkte an seinem Gesichtsausdruck, dass er gleich aus der Haut fahren wird.

Mit gepresster Stimme fuhr er fort. „Sie begleiten uns jetzt zur Dienststelle. Sie sind nicht verhaftet, jedoch gibt es Ungereimtheiten, die uns während der Ermittlungen aufgefallen sind. Die müssen wir mit Ihnen klären. Sie müssten doch auch Interesse daran haben, dass wir die Kinder schnellstmöglich finden, oder? Es sei denn, Sie haben etwas mit dem Verschwinden der Kinder zu tun."

Olivia atmete tief ein.

Noch ehe sie loslegen konnte, übernahm Natalie das Wort. „Miss Collister. Ich bitte Sie, sich eine Jacke überzuziehen und uns zu begleiten. Es wird nicht lange dauern, dann können Sie wieder nach Hause."

Die freundliche Aufforderung von Natalie schien zu fruchten. Olivia seufzte theatralisch und zog sich ihren gelben Mantel über. Mit gehobenem Kinn und verschränkten Armen trat sie aus der Wohnung. Sie sah aus wie ein trotziger Teenager. „Gut, wenn es sein muss. Gehen wir!"

Schweigend fuhren sie in die West-Roosevelt-Road.

Dreißig Minuten später saß Olivia, sichtlich angespannt, in einem der Verhörräume. Sie drehte ein gefülltes Wasserglas in ihren Händen, sodass ein Schluck Wasser überschwappte. Geistesabwesend leckte sie die Tropfen von ihrer linken Hand und wischte den Tisch mit ihrem Pullover trocken. Als Alexander und Natalie den Raum betraten, erschrak sie und schaute zu ihnen auf. Sie rutschte auf dem Stuhl nach oben und setzte sich kerzengerade hin, noch immer darauf bedacht, die Fassung zu bewahren. „Können wir endlich anfangen? Ich kann nicht jeden Tag meine freie Zeit mit Ihnen verbringen. Ab morgen muss ich wieder arbeiten. Dort können Sie mich nicht permanent stören. Also fragen Sie bitte gleich alles, was Sie von mir wissen müssen. Damit Ihnen morgen nicht wieder etwas Neues einfällt."

Die Ermittler ignorierten die Worte.

„Wir haben erfahren, dass Sie die Dearing-Geschwister vor drei Jahren als Pflegekinder bei sich aufnehmen wollten. Doch bevor es dazu kommen konnte, sind die Kinder gestorben."

Schnippisch fiel Olivia Natalie ins Wort. „Ja, und? Was hat das mit den Entführungen zu tun?" Olivia reagierte zunehmend nervöser. Sie nestelte an ihren Fingern. Man sah ihr an, dass die Frage sie erschrocken hatte.

Alexander blieb stumm und überließ Natalie das Reden. Er hatte das Gefühl, dass sie einen besseren Draht zu Miss Collister hatte.

„Uns sind die äußerlichen Ähnlichkeiten zwischen Calvin und Chloe mit den Geschwistern aufgefallen. Ebenso sind sie im gleichen Alter wie die Dearings, als sie starben. Sind Ihnen diese Gemeinsamkeiten ebenfalls aufgefallen?"

Olivia sagte nichts und schaute die Ermittler abwechselnd mit offenem Mund an. Plötzlich veränderte sie ihre Haltung und ihre hochgezogenen Schultern sackten nach unten. „Ich verstehe. Sie verdächtigen mich also doch. Sie glauben, ich habe Calvin und Chloe entführt, um sie mir als Ersatz für Benjamin und Elizabeth zu holen?"

Natalie fuhr fort. „Bitte beantworten Sie die Frage!"

„Ähnlichkeiten? Sie haben die gleiche Haarfarbe und das gleiche Alter. Sonst waren sie grundverschieden. Benjamin und Elizabeth waren verlorene Seelen, die in ihrem kurzen Leben nur gequält wurden. Sie mussten die schlimmste Folter über sich ergehen lassen. Ihre ausgehungerten Körper waren aufs Schrecklichste malträtiert. Die Körper waren übersät mit Narben, Hämatomen und Wunden. Calvin und Chloe sind Kinder, die geliebt werden. Sie haben niemals solch ein Leid erfahren. Mir taten die Sprösslinge leid. Ich wollte ihnen ein besseres Leben bieten. So viele Opfer kommen zu ihren Eltern zurück, wenn die zeigen, dass sie an sich arbeiten. Aber bei den Dearings sah niemand eine Chance. Die Eltern waren hochgradig aggressiv und haben nicht eingesehen, was sie falsch gemacht haben. Nur weil der Autounfall passiert war, wurden ihre Qualen aufgedeckt." Olivia begann zu weinen. Die Erinnerung schmerzte. Mit einem Taschentuch tupfte sie die Tränen trocken. „Ich hätte ihnen gern ein unbeschwertes Leben geschenkt. Aber es war zu spät. Sie konnten nicht mehr gerettet werden."

Natalie schluckte. Sie versuchte, neutral zu wirken. Olivias Worte ließen sie nicht kalt. Sie wollte sich nicht ausmalen, wie schlimm die Kinder gelitten hatten. Der Gerichtsmediziner, der Liam obduziert hatte, sagte ihr, dass er schnell gestorben war und nicht leiden musste. Keiner verstand, warum er auf dem Spielplatz entführt wurde, um dann kurze Zeit später getötet zu werden. Es war ihr unbegreiflich, dass es Menschen gab, die ein unschuldiges Baby aus Lust töteten. „Einige Ihrer Kollegen berichteten uns über das innige Verhältnis, das Sie zu den Kindern auf der Station pflegen. Sie bauen zu jedem Kind, das Sie betreuen, eine Nähe auf, die ungewöhnlich ist. Ihre Kollegen finden es teilweise übertrieben, um nicht zu sagen krankhaft."

Unvermittelt sprang Olivia auf. Mit einem Satz schmiss sie ihr Glas vom Tisch und schrie hysterisch. „Ja, verdammt, ich habe einen Kinderwunsch. Ich wünsche mir nichts mehr auf der Welt, als ein Kind zu haben. Ich liebe Kinder. Aber ich entführe sie doch nicht." Sie sackte schreiend auf den Boden, schlug mit ihrem Kopf immer wieder auf den Fußboden.

Natalie lief zu ihr und versuchte, sie zu beruhigen. Doch Olivia schlug nur um sich. Sie schrie unverständliche

Worte, ihr Gesicht lief hochrot an. An ihrem Hals sah man die Hauptschlagader hervortreten. Natalie versuchte, sie an den Armen zu packen, um sie festzuhalten. Alexander rannte hinaus und rief nach einem Arzt. Die Krankenschwester ließ sich nicht beruhigen. Wie im Wahn verlangte sie nach Benjamin und Elizabeth. Sie brüllte so laut, dass ihre Stimme kratzte.

Der Arzt spritzte ihr ein Beruhigungsmittel. Nach ein paar Minuten legte sie ihren Kopf auf den Boden und fing an, laut zu schnaufen. Ihr Körper entspannte sich, aber man merkte, dass sie innerlich bebte. Ihre rechte Stirnseite blutete und schwoll an. Der Arzt ließ sich kurz aufklären, was vorgefallen war, und entschied, Olivia Collister in die Psychiatrie bringen zu lassen.

„Wann können wir die Vernehmung fortsetzen?"

Der Arzt schaute Alexander ungläubig an. „Sie haben gesehen, in welchem Zustand die Dame ist. Sie werden sie vorerst nicht vernehmen können. Sie braucht Ruhe und darf sich nicht aufregen."

„Aber ..."

„Nichts aber!", sagte der Arzt streng. „Die Frau leidet an einer schweren Psychose. Sie bekommen nach der Medikamentendosis, die ich ihr verabreicht habe, sowieso kein Wort aus ihr heraus. Ich als Arzt lasse nicht zu, dass Sie die Frau gesundheitlich gefährden." Damit verließ er den Raum kopfschüttelnd, verständnislos über die gestellte Frage.

Alexander hatte das Gefühl, in ihm würden Flammen aufsteigen. Er trat so heftig gegen den Holzstuhl, dass dieser in eine Zimmerecke flog und in mehrere Einzelteile zerbrach. Die Ermittler wussten, dass ihnen die Zeit davonlief. „Wenn Miss Collister etwas mit den Entführungen zu tun hat und die beiden noch leben, dann war das ihr Todesurteil. Denn niemand wird sich nun um die Kinder kümmern." Alexander hob seine Jacke vom Boden auf und verließ wütend den Raum.

Natalie blieb mit ihren stummen und hilflosen Kollegen zurück. „Er hat recht. Die Chance die Kinder zu finden, ist jetzt wieder bei Null. Wir haben nichts aus ihr herausbekommen."

Jayden Nelson, der Neue im Team, fragte: „Was ist, wenn sie doch eine Komplizin hatte? Was ist mit der Praktikantin, die merkwürdigerweise verschwand? Wir wissen, dass die Collister zumindest Hilfe dabei hatte, die Kinder aus der Klinik zu bringen. Wenn sie es war, dann war sie es definitiv nicht alleine."

Natalie nickte. „Los, wir müssen diese Kimberly ausfindig machen."

26

Emilia saß auf dem kalten, feuchten Betonboden in ihrem Zimmer und hörte ihre Lieblingsmusik. Sie hatte heimlich Geld gespart und sich davon einen MP3-Player gekauft. Die Lieder hatte ihr ein flüchtiger Bekannter heruntergeladen, den sie letztes Jahr kennengelernt hatte. Sie liebte es, sich zu den Rhythmen zu bewegen. An schlechten Tagen setzte sie die hellgrünen Kopfhörer auf, drehte die Musik laut, sodass sie nichts um sich herum wahrnahm. Sie tauchte in eine ihrer Wunschwelten ab. Dort sang und tanzte sie zusammen mit ihren Geschwistern. Sie träumte davon, mit ihnen glücklich zu sein, zu lachen und zu leben. Ihr Bruder sprang in die Lüfte, an seinem Mund klebte Schokolade. An diesem Ort durften sie so viele Süßigkeiten essen, wie sie wollten. Emilia liebte es, sich vorzustellen, wie glücklich sie in der imaginären Welt waren.

Als sie in die reale Welt zurückkehrte, glänzten ihre Augen. Sie kam auf den Boden der Tatsachen zurück. Niemals mehr wird sie ihre Geschwister fröhlich erleben. Sie hatte sie auch nie zuvor glücklich gesehen. Es hatte für ihre Seelen nichts zu lachen gegeben. Sie hatte eingesperrt in ihrem dunklen Zimmer gelebt, ihren Teufelseltern hilflos ausgeliefert. Benjamin und Elizabeth Dearing waren tot. Seit drei Jahren vermisste sie die beiden schmerzlich. Beim Gedanken an sie verkrampfte sich ihr Magen. Sie gab sich die Schuld, dass Benjamin und Elizabeth gestorben waren. Sie, als ihre Schwester, hätte sie retten müssen. Viel zu lang hatte sie über die Zustände zu Hause geschwiegen. Hatte zugeschaut, wie ihre Eltern sie quälten, und hatte nicht gehandelt. Das wäre ihre Aufgabe gewesen. Ihr leises Schluchzen ging in einen bitteren Weinkrampf über. Was würde sie alles tun, um es ungeschehen zu machen. Ihre Geschwister waren traurige Wesen, als sie starben. Aber Emilia bildete sich ein, dass sie sich nun an einem besseren Ort befinden würden. Sie war in dem Horrorhaus zurückgeblieben. Aber die Schmerzen, die ihr ihre Eltern zufügten, interessierten sie nicht. Die Monster konnten sie nicht mehr quälen. Nur ihre Trauer versetzte ihr solch einen Schmerz, dass sie daran zu zerbrechen drohte. Sie überlegte an manchen Tagen, Benjamin und Elizabeth zu folgen. Damit sie wieder vereint waren. Aber sie hatte in einer Zeitschrift gelesen, dass man nicht in den Himmel käme, wenn man sich selbst tötete. Und sie wollte zu den beiden Engeln. Auch wenn daran nichts Wahres sein mochte, wollte sie es nicht riskieren.

Als Emilia ihre Kopfhörer abnahm, hörte sie einen hysterischen Schrei aus dem Zimmer ihrer Geschwister. Wie ein Echo hallte es in ihren Ohren nach. Regungslos saß sie da und lauschte.

„Benjamin stirbt."

Ihr Herz hämmerte. Sie versuchte, sich zu beruhigen. Glaubte nicht, was sie da hörte. Sie erklärte sich, dass ihr

Verstand ihr einen Streich spiele, weil sie unentwegt an ihre Geschwister dachte. Benjamin war schon tot. Aber ihr Herz schlug stärker gegen ihre Brust. Sie täuschte sich nicht. Das Mädchen schrie panisch um Hilfe. *Was, um Himmels Willen, ist da los? Wer schreit da? Und wer ist Benjamin?* Emilia rutschte auf dem Boden zu ihrer Zimmertür. Ihre Knie schlotterten, sie konnte nicht aufstehen. Behutsam öffnete sie die Tür und sah in den dunklen Gang. Niemand war zu sehen.

Ein Jahr nach dem Tod ihrer Geschwister hatten ihre Eltern sie weitestgehend in Ruhe gelassen. Nur selten hatte ihr Vater seine Wut bei ihr abgelassen. Vergewaltigt hatte er sie nur noch einmal. Dann hatte er gesagt, dass sie ihm zu langweilig wäre und er sich nach etwas Besserem umschauen wird. Seitdem konnte sie sich frei im Keller bewegen und durfte das Haus verlassen, wann sie wollte. Versorgen musste sie sich selbst. Aber das war sie gewohnt. Eine neu gewonnene Freiheit, die sie jede Minute nutzte. Sie verbrachte die meiste Zeit außerhalb des Hauses. Nur nachts kehrte sie zurück zum Schlafen. Aber sie plante, dass auch das bald ein Ende nehmen wird. Sie wollte einen Beruf erlernen und Geld verdienen, um sich eine eigene Wohnung zu suchen.

Sie schlich an die Tür des Zimmers ihrer Geschwister und presste ihr Ohr dagegen. Die Schreie waren verstummt. Aber sie hörte ein leises Winseln. Vorsichtig drückte sie die Klinke nach unten. Die Tür war verschlossen. Sie klopfte. „Hallo? Ist da jemand?", fragte sie flüsternd, damit ihre Eltern sie nicht hörten.

Ein Mädchen antwortete. „Ich brauche Hilfe. Bitte. Calvin, ähm, ich meine Benjamin, er atmet komisch. Ich glaube, er ist tot."

Emilia verlor ihre Gesichtsfarbe. Wie angewurzelt stand sie vor der Tür. Die Gedanken rasten durch ihren Kopf. Das Blut rauschte in ihren Ohren. *Calvin? Calvin Brown? War das gerade Chloe Bakers Stimme?*

„Chloe? Bist du das? Chloe Baker?", fragte sie mit zitternder Stimme. Hinter der Tür blieb es stumm. Emilia wiederholte ihren Namen, dann antwortete das Mädchen.

„Ich bin Elizabeth."

Emilia runzelte die Stirn. Sie konnte nicht glauben, was sie da hörte. Wollten sich ihre Eltern über sie lustig machen? Nein, sie konnte sich nicht so täuschen. Das war die Stimme von Chloe. Sie hatte sie sofort erkannt. Fassungslos rutschte sie mit dem Rücken die Wand herunter und ließ sich auf den Boden fallen. Ihr wurde schwarz vor Augen und sie hatte Mühe, nicht das Bewusstsein zu verlieren. Emilia zählte eins und eins zusammen. Calvin und Chloe. Beide aus dem Cheslock-Kinderkrankenhaus entführt. Ihre Eltern hatten sie entführt. Die Monster hatten Benjamin und Elizabeth ersetzt, um weiter zu quälen. Ruckartig beugte sie sich nach vorn und übergab sich. Sie fühlte sich in die Zeit vor drei Jahren zurückversetzt, als sie auf ihrem Bett saß und die Schreie ihrer Geschwister ertragen musste. Stoßartig atmete sie aus, um sich zu beruhigen. Sie versuchte, ihre Gedanken zu sortieren. Dieses Mal wird sie nicht wegschauen, sie wird die Kinder retten. Sie wird kein zweites Mal zulassen, dass ihre

Eltern zwei kleine Kinder umbringen. Davon abgesehen würde sie nicht ertragen, mit einer weiteren Schuld leben zu müssen. Der drückende Schmerz in der Magengrube verstärkte sich und sie konnte es nicht verhindern, erneut zu erbrechen. Sie überlegte, sich in ihr Zimmer zu verkriechen, ihre Musik laut aufzudrehen und von alldem nichts mitzubekommen. Sie hielt sich die Hand vor den Mund, als könne sie so die aufsteigende Übelkeit aufhalten. Sie rang nach Luft. Schwarze Blitze rasten durch ihren Kopf und sie dachte, er würde explodieren. Auf dem Boden sitzend wirbelten ihre Gedanken durcheinander.

Sie sah die Gesichter von Benjamin und Elizabeth. Dann verschwammen sie und formten sich zu den Gesichtern von Calvin und Chloe. Im Krankenhaus hatte sie die Ähnlichkeiten erkannt und unweigerlich an ihre Geschwister gedacht, wenn sie Calvin oder Chloe sah. Hatten ihre Eltern sie deswegen entführt? Waren ihnen die Ähnlichkeiten auch aufgefallen? Aber wie konnten sie von den beiden erfahren?

Langsam ließ der Druck im Magen nach. Das magere Mädchen atmete tief ein und aus, um sich zu beruhigen. Sie dachte darüber nach, wie sie die beiden aus dem Zimmer befreien konnte. Sie musste es schlauer anstellen, als damals bei ihren Geschwistern.

Im Zimmer hinter der Tür hörte sie Chloe mit weinerlicher Stimme sprechen. „Bitte, Calvin, wach wieder auf. Du musst aufwachen."

Mit Schrecken erinnerte sich Emilia an den Zustand des Jungen, als er aus dem Krankenhaus entführt wurde.

Es ging ihm schlecht. Ohne medizinische Versorgung wird sich der Zustand dramatisch verschlimmern. Er war bereits zwei Tage in dem feuchten Raum eingesperrt. Was hatten ihre Eltern ihm angetan? Dann dachte sie an die Worte ihres Vaters. Dass er sich Ersatz holen wird, weil sie ihm zu langweilig geworden war. Emilia schluckte und versuchte, den Gedanken aufzuhalten. Doch er schoss in ihren Kopf und war fest verankert. Hatte er Chloe als Ersatz genommen?

Emilia war auf einmal todmüde. Ihre Kraft ließ nach und ihr fiel nicht ein, was sie als Nächstes tun sollte. Als sie sich erhob, um in ihr Zimmer zu gehen, fiel ihr das Klopfzeichen ein, das sie mit Chloe in der Klinik vereinbart hatte. Das Mädchen hatte sie nicht erkannt, ihr nicht vertraut. Sie drehte sich um und klopfte dreimal lang an die Tür und danach zweimal kurz hintereinander. „Hörst du, Chloe? Ich bin es. Erinnerst du dich an unser Zeichen?" Sie wiederholte das Klopfen und wartete.

„Kimberly?", fragte die zaghafte Stimme.

An der Lautstärke erkannte Emilia, dass sich Chloe direkt hinter der Tür befand. Irritiert fiel Emilia ein, dass sie in der Klinik unter falschem Namen gearbeitet hatte und empfand einen Anflug von Scham, weil sie das Mädchen angelogen hatte. Sie bemerkte, wie Hitze in ihre Wangen stieg. „Ja, Chloe, ja! Ich bin es. Hab keine Angst, ich werde euch da herausholen. Bleib stark! Und kümmere dich um Calvin!"

Sie wollte gerade aufstehen, als sie Chloe weinen hörte. „Kimberly, haben dich die Monster auch gefangen?"

Emilia schloss ihre Augen und schluckte. Sofort traten ihr Tränen in die Augen. Monster. So nannte Elizabeth sie auch. Das trifft es. Es waren Monster. Sie nickte zaghaft und antwortete. „Ja. Aber ich komme hier raus. Versprochen. Euch passiert nichts. Wie geht es Calvin?"

„Er ist ganz weiß und seine Haut ist heiß. Wenn er atmet, dann macht er komische Geräusche. Wie eine Rassel klingt das. Du musst dich beeilen. Bitte, hol uns raus!"

Emilia stand auf. Sie durfte keine Zeit verlieren. Calvin wird nicht mehr lange überleben.

27

22. Oktober 2013

Es dauerte, bis Emilias Eltern das Krankenzimmer ihrer Geschwister verließen. Der Junge in dem Zimmer, in dem sie sich versteckte, wachte einmal kurz auf. Damit er niemanden auf sich aufmerksam machen würde, erzählte sie ihm eine Geschichte. Damit gab er sich zufrieden und schlief wieder ein. Sie setzte sich zurück an den Türspalt und lugte hinaus. Ihre Augen fielen zu, aber Emilia kämpfte gegen ihre Müdigkeit. Auf keinen Fall durfte sie einschlafen. Sie wird sonst nicht bemerken, wenn jemand ins Zimmer kam oder wenn ihre Eltern weggingen. Sie hoffte, dass es in dem Krankenzimmer von Benjamin und Elizabeth etwas gab, wo sie sich verstecken konnte. Die Angst schnürte ihr die Kehle zu. Sie fürchtete sich davor, ihre Geschwister zu sehen. *Was war passiert? Wie schlimm waren sie verletzt?* In ihrem Kopf formte sich ein Plan. Sie wollte ihre Geschwister aus der Klinik fortbringen, sie irgendwo verstecken und die Polizei informieren. Allein würde sie die beiden nicht im Krankenhaus zurücklassen.

Es vergingen Stunden, die sie hinter der Krankenzimmertür kauerte, als sie plötzlich das Geschrei ihres aufgebrachten Vaters hörte. Unweigerlich zuckte sie zusammen. Er schrie den Arzt an, er solle sich nicht in die Angelegenheiten seiner Erziehung einmischen und dass es ihn einen Scheiß anginge, wie er seine Kinder bestrafe. Emilia saß zitternd auf dem Boden und kniff ihre Augen zusammen. Sie hoffte, dass der Junge von dem Gebrüll nicht wach werden würde. Sie wusste, wie sehr die drohende Stimme des Monsters einem Kind Angst einjagte. Er würde auf der Stelle anfangen zu weinen, und sie wäre ertappt. Emilia lauschte dem Gespräch. Der Arzt blieb freundlich und ermahnte ihre Eltern zur Ruhe.

Ihr Vater schnaubte vor Wut, packte ihre Mutter am rechten Arm und zog sie den Gang entlang in Richtung der Fahrstühle. Im Weggehen wandte er sich noch einmal an den Arzt. „Morgen holen wir die Bastarde ab. Tun Sie das, was Sie tun müssen, um sie zusammenzuflicken, Herr Doktor. Alles andere geht Sie nichts an."

Abigail Dearing grinste. Sie stiegen in einen der Fahrstühle. Der säuerliche Gestank, der bis zu Emilia ins Zimmer reichte, verursachte bei ihr einen Würgereiz. So stank ihr Vater immer nach den Kneipentouren. Ein Gemisch aus Alkohol, Zigarettenrauch und Schweiß. Der Versuch, den Geruch mit einem süßlich riechenden Parfüm zu verbergen, machte den Gestank noch unerträglicher. Alles zusammen roch nach Kotze, die an seiner Kleidung klebte. Emilia verzog verächtlich die Mundwinkel und hielt sich die Hand vor Nase und Mund. Nachdem sie ein paarmal geschluckt hatte, verlor sich die Übelkeit.

Das schwache Mädchen atmete erleichtert auf. Sie wollten erst morgen wiederkommen. Ihr blieb ein Tag

Zeit, ihre Geschwister wegzubringen. Sie könnte sich auch in der Klinik Hilfe holen. Aber ihre Angst, dass ihr niemand glauben würde, nahm Oberhand. In der Schule hatte man gesehen, welche Verletzungen sie hatte. Dort hatte ihr niemand geholfen.

Als der Doktor aus dem Zimmer gegangen war, schlich sie zu ihren Geschwistern. Zitternd öffnete sie die Tür und blieb entsetzt stehen, als sie die beiden in ihren Betten liegen sah. Überall hingen Kabel. Keiner der beiden war wach. Zuerst lief Emilia zu ihrem Bruder. Das Gesicht war aufgequollen. Die Augen waren so zugeschwollen, dass er sie hätte nicht öffnen können. Sie leuchteten in Dunkellila. Beide Arme und Beine waren in Gips gebunden. Den Oberkörper zierten runde, dunkelrote Flecken. Emilia hielt sich den Mund zu und fing an zu schluchzen. Sie wusste, was das Monster getan hatte. Er hatte Zigaretten auf dem wehrlosen Körper ausgedrückt. Elizabeth sah genauso misshandelt aus. Sie trug eine Halskrause und hatte einen Verband um den Kopf. Auch ihr Körper war mit Brandmalen übersät. Sie hatte sie sogar im Gesicht. Während Emilia in ihrem Zimmer gesessen hatte und den Hilfeschreien ihrer Geschwister lauschte, hatte ihr Vater die gesamte Wut auf den beiden abgeladen. So heftig hatten sie noch nie zuvor ausgesehen.

Von draußen hörte sie Schritte den Flur entlangkommen. Sie erkannte die freundliche Stimme des Arztes und eine Krankenschwester. Sie versteckte sich in dem Schrank, der im Zimmer stand. Leise betraten die beiden das Zimmer.

Der Arzt schaute sich Benjamin und Elizabeth an. Sein Blick senkte sich. Am Tonfall erkannte Emilia Sorge. „Die Vitalzeichen sind stabil. Aber die Verletzungen sind schwerwiegend. Gleich kommt das Jugendamt, Olivia. Dann kannst du den Vorschlag machen, die Kinder bei dir aufzunehmen. Und dann gehst du nach Hause schlafen. Die Nacht war lang und stressig."

Die Frau nickte. Als der Arzt das Zimmer verließ, stellte sie sich zu den Kindern, streichelte beiden über die Wange und verabschiedete sich. „Ihr werdet es bei mir gut haben. Ihr müsst nicht zurück zu euren Eltern." Dann verließ auch sie den Raum.

Einen Moment blieb Emilia erstarrt im Schrank hocken. Fassungslos über das, was sie gehört hatte. Die Ärzte wussten von den Misshandlungen und hatten das Jugendamt informiert. Sie wird nicht zulassen, dass man ihr die Geschwister wegnahm. Gleichzeitig verspürte sie Erleichterung bei dem Gedanken, dass die beiden bei der netten Frau sicher sein werden. Damit wären sie gerettet und könnten ein besseres Leben haben. Die Frau versprach es. Aber was wird aus ihr werden? Sie wollte ihre Geschwister nicht verlieren. Müdigkeit übermannte sie. Ihre letzten Kräfte verloren sich. Kaum noch trugen ihre Beine ihr Gewicht. Sie legte sich zu Calvin ins Bett, umschlang seinen Körper und weinte sich in einen leichten Schlaf. Es war ihr egal, was passieren würde. Ob man sie finden wird. Sie konnte nicht mehr. Sie wollte nicht mehr.

Nach zwei Stunden wachte Emilia auf und schaute sich irritiert im Zimmer um. Nichts hatte sich verändert.

Elizabeth und Benjamin rührten sich nicht. Ihr Verstand funktionierte wieder klarer. „Ich lasse euch nicht allein. Jetzt wird alles gut."

Sie stand auf und torkelte in das Badezimmer. Es war mickrig, besaß jedoch alles, was vonnöten war. Ein Waschbecken mit Spiegel, eine Dusche und eine Toilette. Sie knipste das Licht an. Es flackerte einige Sekunden, bevor es den Raum beleuchtete. Das Badezimmer hatte kein Fenster und so erstrahlte es in einem künstlichen, grellen Licht. Gleichzeitig sprang die Lüftung an. Der Geruch beißenden Reinigungsmittels schlug ihr entgegen. Es war eines der Badezimmer, das man so oft reinigen konnte, wie man wollte. Es roch immer muffig. Emilia aber war dankbar für das Bad und eine heiße Dusche. Anschließend stellte sie sich vor den beschlagenen Spiegel und wischte einen Kreis frei. Sie kämmte sich ihr nachwachsendes, rotes Haar.

Sie fühlte sich besser und der Hunger meldete sich. Mittlerweile war es Mittag. Sie lief zur Tür, um nachzuschauen, ob sie etwas Essbares finden möge, als sie zwei Männerstimmen vor der Tür hörte. Die Türklinke wurde nach unten gedrückt. Emilia rannte zurück in das Badezimmer und versteckte sich hinter der Tür. Ihr wurde heiß. Zwei Männer betraten den Raum und stellten sich neben Benjamins Bett.

„Es sind zwei arme Wesen", sagte einer der Männer. „Die Verletzungen beschreiben die Brutalität der Eltern."

Der andere stand daneben, hielt die rechte Hand an sein Kinn und nickte nachdenklich. „Es gibt nur die eine Lösung für die beiden."

Im selben Moment betrat eine Krankenschwester das Zimmer. „Oh, verzeihen Sie bitte. Ich wusste nicht, dass Sie da sind."

„Alles gut, Karen. Wir haben den weiteren Weg besprochen. Das Jugendamt wird sich ab sofort um den Fall kümmern. Wir geben den beiden jetzt ein Schmerzmittel, damit sie sich nicht quälen, falls sie aufwachen. Wir können nur hoffen, dass ihre Seelen gerettet werden können."

Der größere Arzt spritzte das Medikament und sie verließen traurig dreinblickend das Zimmer.

Emilia atmete aus. Der Schreck saß ihr in den Knochen. Beinahe hätte man das Mädchen erwischt. Ihr Hunger war wie weggeflogen. Sie setzte sich zu Elizabeth und dachte darüber nach, was sie tun sollte. Verzweiflung umklammerte ihr Herz, als würde eine eiserne Faust danach greifen. Benjamin und Elizabeth wachten einfach nicht auf. Sie wollte ihnen so gern sagen, dass sie die beiden retten wird.

Ein schriller Alarm riss sie unsanft aus ihren Gedanken. Der Monitor, der über Benjamins Bett hing, schrillte und blinkte rot auf. Emilias Herz blieb für kurze Zeit stehen. Ehe sie verstanden hatte, was passierte, standen viele Leute im Zimmer. Alle riefen durcheinander. Sie rannten zum Bett von Benjamin und zogen ihm die Decke vom Körper. Der Arzt, der ihm das Schmerzmittel gespritzt hatte, legte die Hände auf dem Brustkorb übereinander und begann zu drücken. Er rief den Kollegen Anweisungen zu. Er drückte den Brustkorb nach unten und zählte bis fünfzehn. Ein anderer Arzt hielt eine Maske auf

Benjamins Gesicht und beutelte Luft über die Nase und den Mund. Alle arbeiteten hochkonzentriert und wirkten nervös und erschrocken.

Die Krankenschwester schaute unglaubwürdig auf die Szene und schüttelte den Kopf. „Es war eben noch alles in Ordnung. Wir waren doch gerade erst drinnen und haben nach ihm geschaut."

Emilia stand in der Ecke des Zimmers, zitterte am ganzen Leib. Sie verstand nicht, was passierte, bemerkte aber, dass es nichts Gutes bedeuten konnte. Das aufgeregte Personal machte sie nervös. Niemand nahm sie in der Ecke wahr. Im Zimmer verbreitete sich der Duft von Schweiß. Einer der Ärzte bat die Krankenschwester, Adrenalin aufzuziehen.

Wie in einem Albtraum fing auch der Monitor von Elizabeth an zu alarmieren. Das Personal teilte sich auf. Ein Teil blieb bei Benjamin, die andere rannte zu Elizabeth. Auch bei ihr begannen sie, auf der Brust herumzudrücken. Emilia sah alles in Zeitlupe ablaufen. Sie hörte die durcheinander sprechenden Stimmen nur noch gedämpft. Dann kehrte eine unerträgliche Stille ein. Wie auf ein ungehörtes Kommando stellten alle ihre ausgeübten Tätigkeiten ein und standen stumm neben den Betten der Kinder. Ein Arzt schaltete die Überwachungsmonitore aus. Der Gesichtsausdruck der Menschen und die Worte des Arztes würden sie ein Leben lang begleiten.

„Benjamin Dearing. Zeitpunkt des Todes: 14:03 Uhr."
„Elizabeth Dearing. Zeitpunkt des Todes: 14:06 Uhr."

Emilia glaubte nicht, was sie gehört hatte. Ihre Beine verloren die Kräfte und sie sackte in der Ecke zu Boden. Sie sah, wie einer der Ärzte die Decke über Elizabeth legte.

Sie stürmte aus dem Zimmer und schrie. Sie kreischte einfach nur. Vor der Eingangshalle ließ sie sich auf die Knie fallen und beugte ihren Kopf auf den nassen Boden. Die Menschen vor dem Krankenhaus schauten verwundert zu dem mageren Mädchen. Eine ältere Dame kam zu ihr, legte eine Hand auf ihren Rücken und fragte, ob sie ihr helfen könne. Doch Emilia schrie weiter. Ihren gesamten Schmerz brüllte sie aus sich heraus. Benjamin und Elizabeth waren tot. Beide hatten sich zur gleichen Zeit verabschiedet und ließen sie allein zurück. Die Frau verzweifelte, wollte Emilia beruhigen und spürte sogleich, dass es sinnlos war. Man konnte den Schmerz anhand ihrer Schreie förmlich spüren. Sie hob Emilia vom Boden und setzte sich mit ihr auf eine Parkbank. Dann legte sie einen Arm um sie und hielt sie einfach nur fest. Sie ließ sie schreien. Ohne sie anzusprechen oder anzuschauen. Man sah, wie ihr eine Träne die Wangen herunterkullerte.

Nach vierzig Minuten hatte sich Emilia beruhigt. Die Dame sagte, dass sie ihr einen heißen Kakao holen wird und sie dann gemeinsam ihre Eltern suchen werden. Emilia wollte auf keinen Fall zu ihren Eltern. Sie schlich zurück in das Zimmer ihrer Geschwister. Sie lagen, bis über den Kopf zugedeckt, auf den Betten. Emilia hastete zu ihnen und zog die Decke von den Gesichtern, so als wollte sie verhindern, dass sie ersticken. Sie begriff nicht, was passiert war. Es war unmöglich, dass ihre Geschwister tot waren. Sie wollte sie retten. Und nun lagen ihre Körper leblos in den Betten, kalt, die Haut schimmerte gelblich. An einigen Stellen verfärbte sich die Haut rotviolett. Sie werden nie wieder aufwachen. Emilia wurde bewusst, dass ihr Versuch, sie zu befreien, zu spät kam. Vorsichtig und etwas zurückhaltend, als wären die Körper zerbrechlich, gab sie ihnen einen Kuss auf die kalte Stirn und verließ mit tränengefüllten Augen das Horrorzimmer.

Als sie am Schwesternzimmer vorbeilief, konnte sie die zwei Ärzte miteinander sprechen hören, die zuvor in dem Zimmer das Schmerzmittel gespritzt hatten.

„Ich kann das nicht mehr. Es frisst mich einfach auf. Wir müssen damit aufhören!"

„Nun beruhige dich. Denke doch nur daran, was aus den Kindern geworden wäre. Man hat aus ihnen seelische Krüppel gemacht. Nie wieder könnten sie einem Menschen vertrauen, wenn sie noch nicht einmal ihren eigenen Eltern trauen konnten. Es war das einzig Richtige."

Emilia stieß gegen einen Bauklotz, der auf dem Boden lag. Abrupt beendeten die Ärzte das Gespräch und schauten sich um. Emilia lief weg. Nach einer Weile drehte sie sich unauffällig um und schaute, ob ihr jemand gefolgt war. Aber es war niemand zu sehen.

Was meinten die Ärzte mit: „Es war das einzig Richtige"? Emilia irrte durch die Straßen von Chicago, über den nassen, kalten Asphalt. Sie dachte über die Worte der

Ärzte nach. Vor ihrem Auge wiederholte sich das Unfassbare. Wie die Ärzte das Zimmer betraten und den beiden Kindern eine Spritze gaben. Der Trubel, als die Monitore Alarm schlugen. Und der unerwartete Tod der beiden.

„Es war das einzig Richtige!", wiederholten sich die Worte in ihrem Kopf. Ihre Gedanken rasten. Fast wäre sie gegen eine Straßenlaterne gelaufen, als ihr bewusst wurde, was die Ärzte meinten. Sie hatten die Kinder gerettet, indem sie ihr Leben nicht retteten. Sie haben sie mit Absicht sterben lassen, damit sie sich nie wieder quälen mussten.

Emilia war abgekämpft und wurde immer schwächer. Die Tatsache, dass Benjamin und Elizabeth tot waren, machte alles nebensächlich, was um sie herum geschah und geschehen wird. Es war mittlerweile später Nachmittag und der Himmel begann sich zu verdunkeln. Sie verspürte das Gefühl, nach Hause gehen zu wollen. Zurück zu den Monstern. Sie wusste, dass sie sich in große Gefahr bringen wird. Ihr Vater wird sie wahrscheinlich totprügeln. Aber das war bedeutungslos. Sie hatte das Liebste verloren, was sie je besessen hatte. Und nun wartete sie nur noch darauf, ihnen zu folgen.

Es war bereits dunkel, als sie in Downers Grove ankam. Der Wind wehte und das kleine rostige Gartentor quietschte, als es durch den Wind hin und her gestoßen wurde. Emilia blieb stehen und sah das Licht in der Küche brennen. Ihr Herz hämmerte, als sie zum Haus trabte. Sie lief durch den verwilderten Garten und legte die Hand auf die Türklinke. Der Ort wirkte im Dunkeln gespenstisch.

Die Tatsache, dass Emilia da rein musste, machte das Gefühl nicht besser. Sie schloss die Augen und trat ein.

Ihre Eltern saßen auf dem Sofa und kippten sich Wodka ein. „Schau an, da ist unsere verlorengegangene Tochter. Dass du kleines Miststück dich überhaupt noch wagst, das Haus zu betreten." Emilia war darauf gefasst, gleich die erste Schelle von ihrem Vater zu bekommen. Er erhob sich aus dem Sofa, trat zu ihr und bäumte sich vor ihr auf. Mit dem Gesicht kam er nah an ihres, sodass ihr der Geruch des getrunkenen Wodkas in ihrer Nase biss. „Weißt du kleine Schlampe, dass du deine Geschwister getötet hast?"

Ihr spritzten ein paar Tropfen Speichel ins Gesicht. Emilia antwortete nicht. Sie blieb regungslos vor ihm stehen und wartete darauf, dass er ihr ins Gesicht schlagen würde. Doch ihr Vater grinste nur. Er schubste sie, als sie ihm nicht antwortete.

„Ach, Miss Oberschlau weiß Bescheid, was? Kannst du damit leben? Du hast sie umgebracht. Wegen dir Bastard hatte ich den Unfall. Sie sind daran gestorben. Wärst du nicht weggelaufen, hätte ich mich nicht in das beschissene Auto setzen müssen. Du Schlampe. Du bist so blöd. Jetzt bist du ganz allein."

Ihre Mutter lachte ein abartig gehässiges Lachen.

Wut stieg in dem zerbrechlichen Mädchen auf. Jetzt bäumte sie sich auf. Sie schaute ihrem Vater tief in die Augen und spuckte ihm die Worte entgegen. „Ihr seid schuld. Ihr wart furchtbare Eltern. Ich wollte sie vor euch beschützen. Und die Ärzte haben sie gerettet. Sie ließen sie sterben, damit ihr Monster sie nie wieder quälen könnt." Emilias Kopf verfärbte sich rot. Raue Wut kochte in ihr. Sie rannte an ihrem Vater vorbei, rammte ihn dabei an seinem Arm und ließ ihre Eltern mit offenem Mund und verwirrt dreinblickend stehen.

28

Alexander lief vor die Eingangstür und sog einen Hauch frische Luft ein. Seine Wut wuchs von Minute zu Minute. Er war sich sicher, dass Olivia Collister mit dem Verschwinden der Kinder zu tun hatte. Doch ihm waren die Hände gebunden. Die Ärzte der Psychiatrie, in die man die Frau eingewiesen hatte, ließen ihn nicht zu ihr. Der Druck auf die Ermittler wuchs ins Enorme und noch immer tappten sie im Dunkeln, was den Aufenthaltsort der Kinder betraf. Calvins Zustand war besorgniserregend gewesen, als man ihn aus der Klinik entführt hatte. Und ohne die medizinische Betreuung, die für ihn notwendig war, wird es dramatische Folgen haben. Die Eltern der Kinder saßen ihm im Nacken, wollten Antworten, wollten ihre Kinder zurück. Aber genau das konnte niemand mehr versprechen. Der letzte Fall hatte das FBI in kein gutes Licht manövriert. Was wird die Presse erst schreiben, wenn sie die Opfer nicht bald fanden?

Der athletisch gebaute Ermittler strich sich mit der Hand durch das rabenschwarze Haar. Normalerweise trug er es nach hinten gegelt, aber an diesem Morgen hatte er darauf verzichtet. Er wollte keine Zeit verlieren.

Gebracht hatte es ihm nichts. Die Ermittlungen blieben erfolglos. Aufgebracht lief er vor dem Gebäude auf und ab. Der sonst tough wirkende Agent fühlte Verzweiflung in sich aufsteigen. Wütend trat er vor einen dunkelgrauen Mülleimer, der an der Straßenlaterne hing. Als er das Bein erneut anhob, um zuzutreten, kam Natalie heraus. Unsicher schaute sie erst zu ihm, dann auf sein Bein und auf den Abfalleimer.

„Du dämlicher, blöder, hässlicher Mülleimer", witzelte sie in Richtung des Eimers. „Was hängst du so blöd herum?"

Alexander grinste und widerstand der Versuchung, ein zweites Mal zuzutreten. „Entschuldige bitte! Ich benehme mich unmöglich. Ich bin durch. Was sollen wir jetzt tun?"

Natalie zuckte mit den Schultern, ohne ihn anzuschauen. „Abfallbehälter zertreten?" Nun hob sie ein Bein und trat gegen die Abfalltonne. Sie wackelte.

„Nicht schlecht, Agent Bennett."

„Spaß beiseite, Alex. Wir müssen herausfinden, wer die Praktikantin ist. Lass uns erneut in die Klinik fahren. Wir befragen noch einmal jeden. Die Verwaltung, die Krankenschwestern. Und, wenn es sein muss, den Hausmeister. Irgendjemand muss doch wissen, wer das Mädchen ist."

Alexander knöpfte den oberen Knopf an seinem Pullover auf. Er hatte das Gefühl zu ersticken. Im Moment blieb keine andere Wahl. Er lief nach oben und wies das Team an, weiter nach Informationen zu der Praktikantin zu suchen. Ein Kollege hatte anhand Alexanders Beschreibung ein Phantombild angefertigt.

„Jagt das Bild durch den Computer. Gebt es an die Öffentlichkeit. Wir brauchen jeden Hinweis. Beeilt euch, dann drucken sie es in einer Stunde!" Er warf sich die Jacke über und ging zu seinem Yukon.

Dort wartete Natalie. Sie betrachtete den Wagen, sodass sie nicht bemerkte, als Alex näherkam.

„Neidisch?", fragte er grinsend. Er wusste, dass sie nichts von solchen Protzkarren hielt.

Auf dem Weg zur Klinik wischte sie mit der flachen Hand den Staub von der Armatur des SUV. Alexander sagte nichts, schmunzelte jedoch. Alles, was Natalie machte, wie sie sich bewegte, ihre Ironie und ihre herzensgute Art, liebte er an ihr. Es gab nichts, was ihn störte. Es freute ihn, dass er sie wieder um sich hatte, auch wenn er das nicht zugeben würde. Lang hoffte er darauf, eines Tages mehr als nur ein Freund für sie zu sein. Nun begriff er, dass Natalie die Gefühle nicht teilte. Und sie durfte niemals erfahren, was er für sie empfand. Zuviel hatte sie in den letzten Jahren durchgemacht. Er wollte sie nicht noch mehr aufregen. Was sie brauchte, war ein Freund, der ihr beistand. Und daran wollte er arbeiten. „Wenn der Scheiß vorbei ist, was hältst du davon, ins PRISON zu gehen?"

Natalie war erstaunt über die Frage. Das PRISON war eine Art Club, in dem vorwiegend Polizisten verkehrten. Das hatte sich so eingespielt. Ursprünglich waren dort alle möglichen Zielgruppen vertreten. Als sich dort immer mehr Polizisten jeden Ranges versammelten, blieben die Leute weg. Sehr zum Missfallen des Besitzers. Heute profitierte er davon und zauberte aus einem schäbigen Club eine gemütliche Tanzlounge. Natürlich hob er die Preise an, die hohen Tiere zahlten gut. Das tat dem Ganzen aber keinen Abbruch. Das PRISON war heute Kult unter den Kollegen. Ab und zu verirrten sich auch noch andere Gäste dort hin. Das blieb aber bei diesem einen Mal, wenn sie herausgefunden hatten, wer sich dort überwiegend aufhielt. Es ging gesittet zu und man traf neue Kollegen. Wenn man doch mal ordentlich über die Stränge geschlagen hatte, dann blieb das in dem Raum. Früher hatten Alexander und Natalie dort ihr Feierabendbier getrunken.

„Klar. Ich bin dabei. Sei mir aber nicht böse, wenn ich die alkoholfreien Cocktails wähle." Sie zwinkerte ihm zu. Solche Eskapaden wie damals konnte sie sich nicht mehr erlauben. Zu groß war die Gefahr, rückfällig zu werden.

Als die beiden in der Klinik eintrafen, konnte sich Natalie eine spitze Bemerkung über ihren Exmann nicht verkneifen. „In den letzten Tagen habe ich den Mann häufiger gesehen als während der gesamten Ehe." Ganz spurlos war es nicht an ihr vorbeigegangen, ihm immer wieder zu begegnen. Liam war seinem Vater sehr ähnlich und sie wurde daran erinnert, dass sie beide einen Jungen hatten, der nicht mehr am Leben war. Und dass Jacob so kalt reagiert hatte. Es kam ihr vor, als hatte er ihn längst aus seiner Erinnerung verbannt. Wahrscheinlich war es seine Art, mit der Trauer umzugehen, aber es verletzte Natalie.

Sie liefen zum Büro von Jacob.

Der Chefarzt Mr. Thompson und einige Kinderkrankenschwestern der Station warteten bereits. Eine Mitarbeiterin der Personalverwaltung kam ein paar Minuten später hinzu.

„Vielen Dank, dass Sie sich die Zeit genommen haben, um uns bei den Ermittlungen zu unterstützen. Wie Sie sicher bereits erfahren haben, wird Miss Collister eine Zeit lang nicht arbeiten können."

Alexander wurde unfreundlich von einer der Krankenschwestern unterbrochen. „Ist es wahr, dass Sie Olivia verdächtigen, die Kinder entführt zu haben?"

„Das stimmt nicht. Wir gehen lediglich jeder Möglichkeit nach. Was uns im Moment aber brennend interessiert, ist die Praktikantin. Sie hatte sich als Kimberly Ownsen vorgestellt. Als wir sie zu den beiden Kindern befragen wollten, ist aufgefallen, dass die Angaben nicht stimmten, die sie gemacht hatte. Adresse und Telefonnummer, Krankenversicherung und Name waren falsch. Wir wissen nicht einmal, ob das Alter stimmt. Weiß irgendjemand, wer diese Person ist? Konnte jemand einen Kontakt zu ihr aufbauen?"

Alle schüttelten den Kopf. Jeder sagte das Gleiche. Sie war unscheinbar. Tat das, was man ihr aufgetragen hatte. Sonst gab sie nichts von sich preis.

Die Dame von der Personalverwaltung senkte ihren Kopf. Man sah ihr an, dass ihr die Sache unangenehm aufstieß. Sie hatte sich von einem Teenager täuschen lassen und die Daten des Mädchens nicht überprüft.

„Haben Sie nie daran gedacht, die Daten des Mädchens zu prüfen?", fragte Natalie.

„Nein, ehrlich gesagt nicht. Sie wollte nur ein Praktikum absolvieren und in den Beruf der Krankenschwester hineinschnuppern. Natürlich überprüfe ich die Personen, die ich einstelle. Sie benötigen ein Führungszeugnis und eine Wohnadresse, an der sie gemeldet sind. Aber bei einem Praktikum von Schülern ist das nicht wichtig. Sie sammeln nur ein paar Erfahrungen, die bei ihrer Berufswahl helfen sollen. Sie haben keinerlei Verpflichtungen. Wir benötigen die Daten nur, wenn etwas passiert. Ein Arbeitsunfall zum Beispiel, um es der Versicherung zu melden. Ich bin davon ausgegangen, dass ihre Angaben korrekt sind. Adresse, Krankenversicherung. Das reicht. Warum sollte mir jemand falsche Angaben machen? Sie können sich nicht vorstellen, wie viel Aufwand so eine Überprüfung macht."

„Vielleicht, um Kinder aus der Klinik zu entführen?", stellte Alexander sarkastisch die Gegenfrage. Er reagierte gereizt.

Die Frau lief hochrot an. Ihr war bewusst, dass sie einen Fehler begangen hatte, als sie die Daten nicht überprüft hatte. Mr. Thompson betrachtete sie mit einem ernsten Blick. Das würde Konsequenzen haben. Niedergeschlagen versuchte die Frau, ihren Kopf aus der Schlinge zu ziehen. „Aber es ist nicht bewiesen, dass sie die Kinder entführt hat. Sie ist ein Teenager, wie soll sie das gemacht haben?" Sie merkte, dass sie nicht einmal sich selbst davon überzeugen konnte.

„Wir reden nicht von Verdächtigen. Wir suchen nach Hinweisen. Und Sie müssen zugeben, dass es mehr als merkwürdig ist, dass die junge Frau unter falschen Angaben arbeitete und nach dem Verschwinden der Kinder alles hinschmeißt. Wir wissen noch nicht einmal, ob es sich hierbei überhaupt um einen Teenager handelt."

Darüber waren sich alle einig. Sie nickten zustimmend, keiner sagte etwas.

Mit einem lauten Krachen stieß die Tür zum Büro auf. Erschrocken drehten sich alle um. Die Eltern von Chloe und Calvin stürzten in das Zimmer. Aufgebracht knallte Mr. Baker eine Zeitschrift auf den Schreibtisch. Auf der Titelseite sah man ein Foto von Kimberly Ownsen. In großen Buchstaben stand darüber: WER KENNT DIESES MÄDCHEN?

So hatte es Alexander angewiesen. Doch als er den Rest las, verstand er die verärgerten Eltern. Das Schmierblatt BARNEY schrieb, dass die Hauptverdächtige nach der Vernehmung durch das FBI einen Zusammenbruch erlitten hatte und man sie in die Psychiatrie eingesperrt hatte. Eine verdächtige Komplizin der Krankenschwester sei spurlos verschwunden. Die Ermittler suchen verzweifelt nach der Person auf dem Foto. Alexanders Halsschlagader pulsierte, doch er blieb ruhig.

„Was soll das, Agent Johnson? Warum teilen Sie uns nicht mit, wenn Sie eine Spur verfolgen? Warum müssen wir aus der Presse erfahren, dass Sie keinerlei Anhaltspunkte zum Verschwinden unserer Kinder haben? Sie haben versprochen, alles zu tun!"

Mrs. Baker hielt die Hände vors Gesicht und weinte. Auch die anderen Eltern waren von den letzten Tagen gezeichnet.

„Bitte beruhigen Sie sich. Was dort steht, ist eine absolute Lüge. Wir haben keinerlei Hinweise, ob die beiden Personen für das Verschwinden von Chloe und Calvin verantwortlich sind. Wir haben keine Indizien dafür. Von Tätern zu sprechen, ist zu früh. Wir wollten Ihnen keine unnötige Hoffnung machen. Wir versuchen lediglich herauszufinden, was passiert ist. Die Journalisten haben sich das aus den Fingern gesogen."

„Sie brauchen ziemlich lange, um das rauszufinden, finden Sie nicht?", brüllte nun Mr. Brown dazwischen. „Ist es nicht so, dass Kinder nach so langer Zeit nicht mehr lebend gefunden werden? Und warum haben Sie sich in dieser Runde zusammen gefunden? Bestimmt nicht, um Kaffee zu trinken?"

„Wir versuchen, in Erfahrung zu bringen, wer als Letzter Kontakt zu Ihren Kindern hatte. Was ist davor aufgefallen? Wir sind verpflichtet, allen Hinweisen nachzugehen. Glauben Sie mir. Wenn wir etwas wüssten, hätten wir Sie benachrichtigt. Bisher sind es alles nur Vernehmungen. Wenn Sie möchten, fahren wir gleich gemeinsam zur Dienststelle und wir erklären Ihnen in aller Ruhe, wie der Ermittlungsstand ist."

Damit hatte Alexander die Eltern besänftigt. Sie verließen den Raum. Auch das Krankenhauspersonal ging. Jacob Bennett blieb zurück. Die Versammlung brachte keine neuen Anhaltspunkte.

Die Situation mit den Eltern setzte die Sonderermittler weiter unter Druck. Nun ließ Alexander die Wut über das Geschmiere im BARNEY heraus. Aggressiv nahm er die Zeitung in die Hand und wollte sie gegen die Wand werfen. Dabei riss er etliche Akten vom Schreibtisch. Sie fielen zu Boden, einzelne Blätter verteilten sich im Zimmer.

Jacob, der bis dahin kein einziges Wort gesprochen hatte, kniete nieder, um hastig die Papiere aufzuheben. Als sich Natalie ebenfalls auf den Boden hockte, um beim Aufsammeln zu helfen, wehrte er ab. „Ist schon gut, Natalie. Ich mach das. Ihr habt wichtigere Sachen zu tun. Ihr könnt gehen." Er schwitzte stark, reagierte fahrig. Zitternd schob er die Papiere zu einem Haufen zusammen, ohne darauf zu achten, ob etwas zerknitterte.

Natalie wunderte sich über sein Verhalten. Als sie aufstand, erkannte sie auf mehreren Blättern Buchstaben, die aus Zeitungspapier ausgeschnitten waren. Alexander musste es auch erkannt haben. Er fragte Jacob, was das bedeutete.

„Ach, das ist nichts. Manchmal sind Eltern wütend. Und dann lassen sie sich einiges einfallen, um ihren Unmut loszuwerden."

Alexander blieb skeptisch. Er hob ein paar Blätter auf und las. SIE SIND EIN MÖRDER. SIE HABEN MIR DAS LIEBSTE GENOMMEN. SIE SOLLEN IN DER HÖLLE SCHMOREN. „Das sind Drohbriefe Jacob. Von wem hast du die erhalten? Gibt es mehr davon?"

Hastig schüttelte Dr. Bennett den Kopf. „Das ist doch nicht weiter schlimm. Ihr solltet euch um die

Entführungsopfer kümmern. Vielleicht war das nur ein schlechter Scherz?"

„Ziemlich geschmacklos für einen Scherz, findest du nicht?"

Jacob wischte sich durch das Gesicht. Er begann zu stottern. Als er keine logische Erklärung fand, ließ er sich erschöpft auf den Stuhl fallen und seufzte. „Die Briefe sind aller Wahrscheinlichkeit nach von der Schwester der Dearing-Kinder. Ihr wisst schon, das Geschwisterpaar, das vor drei Jahren verstorben ist."

„Schwester?", riefen Natalie und Alexander synchron.

„Ja. Ich wusste davon auch nichts. Von einer Schwester war damals keine Rede. Sie muss älter sein als die beiden. Jedenfalls bekam ich die Briefe und sie behauptete darin, dass ich ihre Geschwister umgebracht hätte. Sie wüsste das, weil sie mich dabei beobachtet hätte. Ich nehme das nicht sonderlich ernst. Sie war verzweifelt, hatte ihre Geschwister verloren. Hätten wir von ihr gewusst, hätten wir sie auch aus der Familie nehmen lassen."

„Jacob, warum verdammt noch mal erzählst du uns erst jetzt davon? Kennst du das Mädchen? Seit wann bekommst du diese Briefe?" Alexander war nun ganz Ohr. Er hoffte, dass dies eine neue Spur sein könnte.

„Ich bekomme sie seit etwa einem halben Jahr. Alle paar Wochen. Dann haben sie wieder aufgehört. Es hat sicherlich nichts mit den Entführungen zu tun. Es war die Frustration eines Mädchens, das seine geliebten Familienangehörigen verloren hatte. Ich kenne sie nicht, nein. Habe sie nie gesehen."

„Lass das bitte unsere Entscheidung sein", sagte Alexander genervt und nahm sein Handy. „Johnson hier, such mir bitte alles zu den Dearings raus. Die Eltern, Geschwister. Alles was du finden kannst. Es eilt." Damit legte er auf und verließ das Büro ohne ein Wort.

Jacob saß wie ein Häufchen Elend in seinem Bürostuhl und wagte nicht, Natalie in die Augen zu schauen. Ihr entging nicht, wie mühsam er versuchte, gelassen zu wirken. *Machte ihm etwas Angst? Steckte mehr hinter den Briefen?* „Du solltest uns sagen, wenn da noch mehr dahinter steckt."

Er sah nicht auf. Ungehalten antwortete er: „Es sind nur leere Drohungen, verdammt noch mal. Nichts Ernstzunehmendes."

„Sammle bitte alle Briefe zusammen und gib sie bei uns in der Dienststelle ab. Wir untersuchen sie auf Fingerabdrücke." Natalie verabschiedete sich höflich.

Draußen sah sie Alexander nervös hin und her laufen. Er telefonierte angeregt. Als er auflegte, winkte er sie heran, mit der Aufforderung sich zu beeilen. „Das Mädchen heißt Emilia Dearing, müsste jetzt sechzehn Jahre alt sein. Laut Computer ist sie momentan unter der Adresse ihres Elternhauses gemeldet, in Downers Grove."

„Downers Grove?", hakte Natalie nach.

„Ganz genau. Zwei ermordete Sanitäter in Downers Grove, der gestohlene Rettungswagen wurde in Downers Grove gefunden, die Ähnlichkeiten der Kinder zu den Dearing-Geschwistern aus Downers Grove. Ich wette, unsere Praktikantin ist keine andere als Emilia Dearing!"

„Aber wie soll ein sechzehnjähriges Mädchen das alles schaffen?"

„Das hat sie sicher nicht allein getan. Komm schon! Wir machen einen Ausflug nach Downers Grove."

29

Emilia wartete in ihrem Kinderzimmer, dass es Abend werden würde. Sobald ihre Eltern sturzbetrunken auf dem Sofa eingeschlafen wären, wird sie nach oben schleichen und die Schlüssel für das Zimmer ihrer Geschwister suchen. Sie zitterte am ganzen Körper. Die Übelkeit schaffte sie. Und die Angst, es zu versauen, ließ Zweifel an ihrem Vorhaben aufkeimen. Wie bei Benjamin und Elizabeth. Sie waren gestorben bei dem Versuch, sie zu retten. Ihre Schuld belastete sie seit drei Jahren und drohte sie zu zerbrechen. Diesmal wird sie die Kinder nicht zurücklassen. Alle paar Minuten erkundigte sie sich bei Chloe nach Calvin. Emilia verstand Chloe kaum, weil sie vor Angst jämmerlich weinte und nach Worten rang. Sie hoffte, dass ihre Eltern nicht noch einmal hinunter kommen. Sie wusste nicht, ob sie es schaffen würde, so zu tun, als wäre alles so wie immer.

Wie konnte sie es nur überhört haben? Zwei Tage lang, hatte sie nicht bemerkt, was nebenan passiert war. Sie hatte ihre Musik so laut gedreht, dass sie nicht gehört hatte, was um sie herum geschehen war. Ihre Eltern interessierten sie nicht, ihre Eltern scherten sich auch nicht um sie. Seit geraumer Zeit hatte sie es nicht mehr gekümmert, was Emilia trieb. Die Schule hatte sie mit fünfzehn abgebrochen. An eine glückliche Zukunft glaubte sie nicht mehr. Im Grunde wartete sie nur auf ihren Tod.

Gerade als sie zum Zimmer nebenan aufbrach, hörte sie die Türklingel. Regungslos blieb sie stehen. Sie konnte sich nicht erinnern, wann zuletzt einmal jemand vorbei gekommen war. Die Menschen aus Downers Grove kannten die Dearings kaum. Es wollte sie auch niemand kennenlernen. Vorsichtig schlich sie die Treppe hinauf, um zu lauschen, wer an der Tür stand. Nach dem fünften Schellen ging Mr. Dearing schimpfend und schwankend zur Tür.

„Guten Tag. Agent Johnson. Das ist meine Partnerin, Agent Bennett", hörte Emilia den Besuch sagen. „Wir sind vom FBI und würden Ihnen gern ein paar Fragen stellen."

Ein Kribbeln durchströmte ihren Magen. Sollte sie nach Hilfe rufen? Es waren die Ermittler aus dem Krankenhaus. Waren sie ihren Eltern auf die Spur gekommen? Sie war aufgeregt. In ihr keimte die Hoffnung, dass sie nicht mehr abhauen musste. Kamen die Ermittler, um sie zu retten? Ihr fiel kein anderer Grund ein. Emilia beschloss, sich leise zu verhalten. Sie wusste, dass ihr Vater dazu fähig war, Menschen zu töten. Auch die Sonderermittler würden ihn nicht aufhalten. Den Kindern hätte sie so nicht geholfen, wenn sie auf sich aufmerksam machen würde. Und nicht nur das. Sie werden als Ventil herhalten müssen. Emilia würde damit ihr Todesurteil unterschreiben. Ohne die beiden rausgeholt zu haben.

„Was wollen Sie?", lallte Mr. Dearing. „Kann man nicht mal in Ruhe ein Feierabendbier trinken?"

„Entschuldigen Sie bitte die Störung. Wir möchten uns nicht lange aufhalten. Dürfen wir eintreten?"

„Nein. Das ist ein unpassender Moment. Meine Frau liegt mit starken Kopfschmerzen auf dem Sofa."

Wie auf Kommando stöhnte Mrs. Dearing auf.

„Wir würden gern mit Ihrer Tochter Emilia Dearing sprechen. Ist sie zu Hause?"

Emilia horchte auf. *Mit ihr sprechen? Warum mit ihr?*

„Emilia?", hakte der Vater skeptisch nach. „Dieses undankbare Gör wohnt hier nicht mehr. Sie ist abgehauen. Vor etwa einem Jahr hat sie alles hingeschmissen und ist spurlos verschwunden. Sie braucht nie wieder aufzutauchen." Er stand schwankend in der Tür und hielt sich am Türrahmen fest, um nicht umzukippen.

Emilia schluckte. Er erzählte Lügen. *Nein, nein, nein. Glauben Sie ihm nicht. Ich bin hier unten und die Kinder auch!*, schallte es in ihren Gedanken. Aber sie traute sich nicht, etwas zu rufen. Emilias Nerven lagen blank. Sie rieb sich das Gesicht und verwischte die aufsteigenden Tränen. Panik schnürte ihr die Kehle zu. Hilflos suchte sie nach einem Weg, um auf sich aufmerksam zu machen.

„Mr. Dearing. Eine Frage noch. Kennen Sie dieses Mädchen?" Natalie zeigte das Phantombild von Kimberly Ownsen.

„Klar. Das ist unsere missratene Tochter Emilia." Der Vater zog Schleim aus dem Rachen hoch und spuckte es neben die Füße von Natalie.

Angeekelt, was sie sich aber nicht anmerken ließ, fuhr Natalie fort. „Und Sie können uns nicht sagen, wo wir Ihre Tochter finden?"

„Nein, kann ich nicht. Aber wenn Sie sie finden, dann bestellen Sie ihr einen schönen Gruß von mir." Er lachte höhnisch und knallte die Tür zu.

Emilia rannte in ihr Zimmer und setzte sich ihre Kopfhörer auf. Dann wartete sie darauf, dass ihr Vater nach unten kommen wird.

Es dauerte eine Weile, bis er es in seinem Zustand schaffte, die Treppe unversehrt hinabzusteigen. Er stürmte in ihr Zimmer, riss ihr die Kopfhörer vom Kopf, warf den MP3-Player gegen die Wand und schlug ihr unvermittelt die Faust ins Gesicht. Sofort sah sie Sternchen, doch sie rührte sich nicht.

„Was hast du angestellt, du dämliche Schlampe? Ich möchte nicht, dass die beschissenen FBI-Leute noch einmal vor der Tür stehen." Er holte mit dem Bein aus und trat ihr mit voller Wucht in den Bauch.

Aus Nase und Mund schoss Blut. Sie legte sich auf die Seite und krümmte sich. Der Vater verließ das Zimmer und Emilia schloss die Augen. Sie hielt den Atem an, betete, dass er nach oben gehen würde und nicht in das Zimmer der beiden Kinder. Sie atmete erleichtert auf, als sie hörte, dass er oben die Tür öffnete. Sie wischte sich das Blut weg und ging zu Chloe. Alles war unverändert. Calvin regte sich nicht. Wachte nicht mehr auf. Emilia musste sie schnellstmöglich aus dem Horrorhaus holen. Sie hielt sich den Magen und schleppte sich zurück auf ihr Bett. Die Schmerzen ertrug sie. Sie bestärkten sie darin, an diesem Abend das Haus für immer zu verlassen.

„Verdammte Scheiße!", fluchte Alexander und schlug ein paar Mal hintereinander auf das Lenkrad. „Wo sollen wir sie suchen? Sie hatte keinerlei Freunde, keinerlei Kontakte. Nirgendwo taucht sie auf. Als gäbe es sie nicht. Wir haben nur ihre Meldeadresse. Wo fangen wir an? Wir müssen versuchen, etwas aus Olivia Collister rauszubekommen."

Natalie schaute starr auf die Straße. Es schienen sich immer mehr Puzzleteile zusammenzusetzen, aber es fehlten zu viele Teile, um es zu einem Bild zusammenzufügen. Fakt war, dass Emilia Dearing nicht allein gearbeitet hatte. Sie hatte Hilfe. Nur wer hatte ihr geholfen? Auch der Vater gab ihr zu denken. Was war das nur für ein Mensch? Er interessierte sich nicht im Geringsten für den Teenager. Er war sternhagelvoll. Normalerweise würden sich Eltern um ihre Kinder sorgen, wenn sie verschwunden waren.

Alexander telefonierte mit der Psychiatrie, in der Olivia Collister lag. „Hören Sie, ich würde Sie nicht darum bitten, wenn es nicht wichtig wäre. Wir ermitteln in einem Entführungsfall. Zwei Kinder schweben in Lebensgefahr." Sekunden später flog das Handy auf den Rücksitz. „Keine Chance. Die Collister ist nicht vernehmungsfähig. Sie ist mit Psychopharmaka vollgepumpt und wird uns in keiner Weise antworten können."

Die Ermittler waren ratlos.

„Fahren wir zurück ins Büro. Wir schauen uns noch einmal die Videoaufnahmen an. Vielleicht haben wir etwas übersehen. Die Sanitäter, die aus dem geklauten

Wagen stiegen. Das waren weder Miss Collister noch Emilia. Sie passen nicht ins Bild. Wer waren sie?"

Die Ermittler waren erschöpft. Doch jeder wusste, dass sie alle an dem Fall arbeiten werden, bis sie die Kinder gefunden hatten. In dieser Nacht wird niemand nach Hause fahren. Natalie bestellte zwei Familienpizzen und ließ sie ins Büro liefern. Als die Ermittler dort ankamen, saß das Team bereits im Besprechungsraum. In der Mitte des Tisches stand eine Salami-Schinken-Pizza und eine mit Thunfisch. Der Duft der frischgebackenen Pizzen verbreitete sich im Raum. Natalies Magen zog sich zusammen. Es wurde Zeit, dass er etwas Essbares bekam.

„Lasst es euch schmecken, stärkt euch, es wird eine lange Nacht", begrüßte Alexander die Kollegen. Er selbst verließ das Zimmer und aß nichts. Er setzte sich eine Weile in sein Büro und ging in sich. Er schaute aus dem Fenster. Am Himmel zogen dunkle Wolken auf. Es waren Unwetterwarnungen herausgegeben worden. Alexander hoffte, dass die beiden Kinder, wenn sie noch lebten, gut untergebracht waren. Er schloss einen Moment die Augen. Das Brüllen auf dem Flur holte ihn in die Gegenwart zurück. Er verdrehte die Augen und setzte sich kerzengerade auf den Drehstuhl.

„Wo ist Johnson?", hörte er den Special-Agent-in-Charge rufen. An der Tonlage erkannte er, dass es nichts Gutes bedeuten konnte. Er wusste, um was es ging und machte sich gar nicht erst die Mühe, eine passende Antwort zurechtzulegen. In diesem Moment stieß die Tür auf. Der Leiter der Sondereinheit warf Alexander wütend den Zeitungsartikel auf den Schreibtisch, der Alexander Stunden zuvor ebenfalls aus der Haut hatte fahren lassen.

„Was in Herrgottsnamen soll das? Wie kommen diese Schmierfinken auf solche Theorien?" Bevor Alex antworten konnte, fuhr der Leiter mit seinem Vortrag fort. „Johnson, ich habe Sie gewarnt. Wir stehen schon wieder in der Kritik. Man glaubt, dass die verdammten Journalisten mehr über den Fall wissen als wir! Ich sage es wirklich ungern, aber Sie stecken bis zu den Knien in der Scheiße. Wenn Sie die Kinder nicht lebend finden, haben Sie eine Menge Probleme am Hals. Klären Sie verdammt noch mal auf, wer von Ihrem Team der Presse interne Informationen zukommen lässt. Haben Sie Beweise dafür, dass die zwei Frauen mit dem Verschwinden der Kinder zu tun haben?"

Alexander schüttelte resigniert den Kopf. „Wir haben Grund zur Annahme, dass die beiden in den ..."

„Haben Sie Beweise, Johnson?"

„Nein, wir haben keine eindeutigen Beweise. Wir können derzeit nur Vermutungen anstellen."

„Wissen Sie, was es bedeutet, wenn die beiden unschuldig sind? Und die Presse sie so dargestellt hat?"

Alex nickte. Auch wenn er nicht von der Unschuld überzeugt war, wusste er, dass dies, im Falle der Unschuld, Ärger nach sich ziehen könnte. Mittlerweile war klar, dass der BARNEY einen Informanten hatte, der unmittelbar an den Ermittlungen beteiligt war. Nur sein Team wusste von den Verdächtigungen.

„Sorgen Sie für Ordnung! Und sehen Sie zu, dass Sie die Kinder finden!" Damit verließ der Leiter der Einheit das Zimmer.

Alexander zeigte Verständnis für die Wut, auch wenn er sicher war, in den Ermittlungen korrekt vorgegangen zu sein. Der Special-Agent-in-Charge stand kurz vor einer Beförderung zum Assistenten des Director im Hauptquartier in Washington DC. Er konnte sich nach dem Fiasko im Bandenkrieg keine Fehler mehr erlauben.

Alexander fühlte sich auf einmal entkräftet. Das lag nicht am Schlafmangel oder dem Arbeitspensum. Seit geraumer Zeit dachte er über einen Wechsel nach. Er fragte sich häufig, ob er beim FBI fehl am Platz war. Er wird nie eine Familie gründen können, da er mehr arbeitete, als dass er zu Hause war. Er konnte sich noch nicht einmal um sich selbst kümmern. Und die Fälle schafften ihn zum Teil. Der Aktuelle ging allen an die Substanz. Es bestand kaum noch Hoffnung für die Opfer. Er hinterfragte sich und seine Qualitäten als leitender Agent. Dann aber dachte er wieder an die unzähligen Fälle, die er und das Team aufgeklärt hatten. Er liebte seine Kollegen. Sie waren eine Einheit. Keine Quertreiber, alle arbeiteten Hand in Hand. Er wollte nicht glauben, dass es einer von ihnen gewesen war, der die Informationen an die Presse gegeben hatte. Langsam erhob er sich vom Schreibtischstuhl. Er musste es herausfinden.

30

Draußen war es stockdunkel. Emilia lauschte an der Treppe, ob sie etwas von ihren Eltern hörte. Ihr Vater hatte noch lange durchs Haus gebrüllt, wütend darüber, dass Emilia das FBI angeschleppt hatte. Sie fragte sich, warum die beiden Ermittler nach ihr suchten. *Hatten sie herausgefunden, dass Kimberly Ownsen in Wahrheit Emilia Dearing war?*

Ein lautes Donnern riss sie aus ihren Gedanken. Die Kellerräume blitzten kurz hell auf. Chloe schrie. Emilia rannte zur Zimmertür.

„Chloe? Chloe? Hörst Du mich?"

„Ich habe solche Angst", weinte Chloe.

„Ich weiß, dass du Angst hast. Aber du musst leise sein. Die Monster schlafen und ich gehe gleich nach oben, um die Schlüssel zu holen, okay? Ich hole euch da raus. Das verspreche ich dir. Hab Geduld und verhalte dich ruhig, damit sie nicht aufwachen."

Chloe bejahte und Emilia lief wieder zur Treppe. Ihr Magen zog sich zusammen und Panik ließ sie wie erstarrt vor der Tür stehen, die zu den Wohnräumen führte. Panik, erwischt zu werden. Eisige Kälte erfüllte ihren Körper. Sie selbst hatte nichts mehr zu verlieren. Es war ihr egal, was mit ihr passieren wird. Ihr einziges Ziel war, die Kinder zu retten. Sie nach Hause zurückzubringen. Als sie die

Tür öffnete, atmete sie tief ein. Jetzt gab es kein Zurück mehr. Auf Zehenspitzen schlich sie zum Wohnzimmer. Ihr Vater lag schnarchend, mit offenem Hosenstall, auf dem Sofa. Sein mit Essensresten beschmierter Pullover war nach oben gerutscht. Der behaarte, gewichtige Bauch bewegte sich im regelmäßigen Rhythmus auf und ab. Ihre Mutter lag nackt auf dem Boden vor der Couch. Der Kopf hing in einer Lache aus Erbrochenem. Der ganze Raum stank nach Alkohol und Kotze. Emilia würgte und konnte ihren Ekel nicht verbergen. Ihre Eltern widerten sie an. Regungslos blieb sie stehen, als erneut ein Donner durch das Haus krachte. Es regnete in Strömen. Die Regentropfen trommelten auf das Welldach, das über der Haustür hing. Emilia erinnerte sich an die Nacht vor drei Jahren, als sie abgehauen war, um Hilfe zu holen. Auch in dieser Nacht hatte sie das Wetter nicht davon abgehalten, das Leben der Kinder zu retten. Ihre Eltern regten sich nicht. Sie waren sturzbetrunken, sodass sie das Unwetter nicht wahrnahmen. Das könnte für die drei von Vorteil sein. Emilia schlich zur Garderobe, wo die Mutter die Schlüssel in einer dunklen Holzkommode aufbewahrte. Vorsichtig öffnete sie die obere Schublade. Dort fand sie nur kleine Flaschen mit Alkohol. In der zweiten stand eine Schale mit verschiedenen Schlüsseln. Sie griff nach der Schale und lief zurück nach unten.

Beruhigt und erleichtert, dass sie nicht erwischt wurde, probierte sie die Schlüssel durch. Der fünfte passte ins Schlüsselloch zu dem Zimmer, in dem die Kinder gefangen gehalten wurden. Als sie die Tür öffnete, bot sich ihr ein Bild des Schreckens. Der beißende Geruch von Fäkalien schlug ihr entgegen. Das Zimmer war nass. Chloe saß ängstlich auf dem Bett. Das schäbige, alte Holzbett, das sich ihre Geschwister früher geteilt hatten. Auf Chloes Schoß lag Calvin. Bei seinem Anblick stockte Emilia der Atem. Er sah aus, als würde er nicht mehr leben. Seine Lippen hatten sich blau verfärbt. Die Hautfarbe war leichenblass und wirkte grau. Nur das Rasseln beim Atmen zeigte, dass er noch lebte. Hastig stürzte sie zum Bett und strich ihm übers Haar. „Ich hole euch raus. Ich bringe euch zu euren Eltern nach Hause!"

Calvin reagierte nicht.

Emilia stiegen die Tränen in die Augen, als sie die Striemen und Wunden sah. Die Monster hatten sie so gefoltert, wie sie es mit ihren Geschwistern getan hatten. Sie umarmte Chloe. „Es tut mir so unendlich leid."

Chloe klammerte sich an Emilia.

„Wir müssen jetzt ganz leise sein. Sie schlafen. Du musst hinter mir laufen. Ich trage Calvin. Sobald wir draußen sind, rennst du los. Du rennst, so schnell du kannst. Schau dich nicht um, hast du gehört?"

Chloe weinte und schüttelte den Kopf. Sie hatte panische Angst.

„Doch, Chloe! Nur so können wir es schaffen. Sei mutig. Du bist bald zu Hause!"

Nun nickte Chloe schluchzend.

Emilia holte ein paarmal tief Luft und schluckte trocken. Sie hob Calvin vom Bett und nahm ihn huckepack. Sie hielt ihn an den Armen fest. Seine Beine hingen schlapp nach unten. Es wird schwer werden. Aber einen anderen Weg gab es nicht. Sie wird ihn auf keinen Fall zurücklassen.

Zusammen schlichen sie die Treppe hinauf. Chloe hielt sich an Emilias Hosenbund fest. Sie huschten zur Küche, Emilia öffnete die Terrassentür. Ohne Worte forderte sie Chloe auf loszurennen. Als sie nicht loslief, nickte Emilia ihr zu und gab ihr einen leichten Schubs. Chloe rannte. Emilia wusste, dass es jetzt gefährlich werden wird. Die Tür wird quietschen und wenn sie ins Schloss fiel, wird es ein lautes Knacken geben. Sie hatte keine Wahl, als alles zu riskieren. Sie schaute Chloe hinterher, wie sie den Matschweg nach unten rannte, raus aus dem rostigen Gartentor. Es donnerte, der Himmel hellte kurz auf und dann hastete Emilia los. Sie kam fast an Chloe ran, als die Terrassentür ins Schloss knallte.

Kurze Zeit später hörte sie ihren Vater brüllen. „Du verdammtes Miststück. Ich schlage dich tot!"

Emilia drehte sich nicht um. „Chloe lauf!" Ihr Herz blieb fast stehen, als sie sah, dass Chloe am Ende des Trampelpfades nicht nach rechts abbog, in Richtung der Häuser. Sie bog links ab. Ins Nirgendwo. Dort kam nur der Wald. „Ich verdammter Vollidiot!" In der Eile hatte sie vor lauter Aufregung vergessen, Chloe zu sagen, in welche Richtung sie laufen sollte. Entsetzt schrie sie nach ihr, doch sie vernahm ihre Rufe nicht. Wie im Wahn rannte sie nach links, steuerte dem Wald von Downers Grove zu. Emilia wusste, dass sie dort verloren wären. Dort wird sich um diese Uhrzeit, im Dunkeln und bei diesem Unwetter niemand aufhalten. Keine Wanderer oder Spaziergänger. Ein lautes Dröhnen breitete sich in ihrem Schädel aus. Sie durfte sich nicht von der Angst beeinflussen lassen. „Denk nach, Emilia!"

Nicht weit entfernt liefen Mr. und Mrs. Dearing hinterher. Die verzweifelten Rufe von Emilia, Chloe davon abzuhalten in den Wald zu rennen, zeigten ihnen den Weg.

31

Es war früh am Abend, als die Sonderermittler um den Besprechungstisch saßen. Sie schauten sich zum wiederholten Male die Videoüberwachungsbänder der Kinderklinik an. Zuvor hatte Alexander das Team über das Gespräch mit dem Special-Agent-in-Charge informiert. Sein Gesichtsausdruck verriet, wie elend er sich fühlte. Er kam sich vor, als falle er den Kollegen in den Rücken. Es durfte nicht wahr sein, dass es einen Maulwurf unter ihnen gab.

„Einer von uns wird verdächtigt, interne Informationen an die Presse zu geben. Insbesondere an das Schmierblatt BARNEY. Schon im Fall mit dem Bandenkrieg hatten sie als Erste darüber geschrieben. Ich muss ja nicht erwähnen, in welch katastrophale Lage uns das gebracht hat. Ich habe vorhin einen Anruf vom leitenden Klinikdirektor der Psychiatrie erhalten. Sie werden von Journalisten belagert. Die wollen Auskunft über Olivia Collister. Dieser verdammte Hernandez hat einen Kontaktmann bei uns. Mittlerweile gehe ich auch nicht mehr von einem Zufall aus. Und ich schwöre euch, ich werde herausfinden, wer es ist.“

Alexander achtete bei der Androhung auf die Reaktionen der Kollegen. Er konnte die Körpersprache anderer gut lesen und deuten. Wenn der Maulwurf im Raum gesessen hätte, dann konnte er gut schauspielern. Er traute es niemandem zu. Abgesehen davon wäre er menschlich sehr enttäuscht. Sie alle pflegten ein freundschaftliches Verhältnis. Er kannte von jedem Einzelnen das private Leben. Und er würde keinen entlassen wollen.

Nun konzentrierten sich die Ermittler auf das Video, auf dem zu sehen war, wie Sanitäter einen Patienten abholten.

„Wir müssen davon ausgehen, dass sie es waren, die Chloe aus der Klinik holten. Wir wissen, dass es das gestohlene Fahrzeug der ermordeten Sanitäter ist. Es ist kein Zufall, dass die Männer in Downers Grove getötet wurden und der Rettungswagen im Anschluss nahe des Tatorts gefunden wurde. Mitchell! Vergrößere bitte die Aufnahme, damit man die Verdächtigen besser sieht."

Man erkannte wenig. Klar war, dass es sich um eine Frau und einen Mann handelte.

Harris drehte sich zum Team. „Ich vermute, dass mehr Leute in den Fall verstrickt sind, als uns lieb ist. Auf dem Foto sieht man definitiv nicht die Collister oder das Mädchen. Die beiden auf dem Band wissen von der Überwachungskamera. Sie schauen absichtlich weg und lassen auch nicht zu, dass man den Patienten darauf erkennt."

Natalie starrte auf das Bild. Irgendetwas wollte ihr etwas sagen. Unruhig wippte sie mit den Beinen. „Mitchell, bitte zoome den Mann näher heran."

Mitchell tat, was man ihm befohlen hatte.

„Was? Siehst du was?" Alexander beugte sich nach vorn und stützte seine Ellenbogen auf den Tisch. Seine Augen fixierten den Mann auf dem Video. Um ihn besser erkennen zu können, kniff er sie zusammen.

Natalie war im Team bekannt dafür, die beste Spürnase zu besitzen. Sie hatte ihre Augen überall und fand die kleinsten Details, die dann zum erwünschten Erfolg führten. „Seht ihr das am Hals des Typen? Da lugt doch etwas hervor?"

Der Mann drehte den Kopf seitlich weg, sodass der Hals zu erkennen war. Er hatte den Kragen der geklauten Jacke des Sanitäters zwar nach oben geschlagen, aber am Rand sah man etwas herausblitzen. Das Bild war in der Nahaufnahme unscharf.

„Sieht aus wie ein Stück von einem Tattoo." Alexander riss die Augen auf, sprang auf und ging näher an den Bildschirm. Als wollte die Natur die Szenerie untermauern, krachte ein heftiger Donnerschlag über dem Gebäude.

„Der Bart, das Tattoo!", entwich es Natalie entsetzt.

Keine zwei Minuten später sprangen alle auf. Alexander beauftragte beim Rausstürmen den New-Agent Nelson damit, einen Durchsuchungsbefehl für das Haus der Dearings zu besorgen. Nelson würde nicht mit zum Einsatz fahren, dafür reichte seine Erfahrung beim FBI noch nicht aus. Er bettelte, mit zu dürfen, aber es war zu gefährlich. In solch einem Fall wollte Alex nichts riskieren.

Als Natalie und Alexander am Nachmittag mit Mr. Dearing gesprochen hatten, sahen sie das Tattoo an seinem Hals. Es war eine Schlange, die von unten nach oben kroch, mit ausgestreckter Zunge. Und genau diese Spitze der Zunge hatte ihn verraten. Natalie war überzeugt, dass sie das Tattoo von Mr. Dearing erkannt hatte. Und auch Alexander fiel es sofort auf.

Mitchell und Anna fuhren mit nach Downers Grove. Normalerweise blieben sie in der Dienststelle, um erreichbar zu sein, falls die Ermittler Daten zu Personen benötigen. In diesem Fall brauchten sie alle Hände. Es war manchmal vonnöten, sie in einem Außeneinsatz mit einzuplanen.

Natalie fuhr bei Alexander im SUV mit. Innerlich betete sie, lebend anzukommen. Alexander schoss aus der West-Roosevelt-Road auf den South-Sacramento-Boulevard. Natalie hatte nicht den Eindruck, dass er auf andere Autofahrer Rücksicht nahm. Kurz vor dem Durchbruch eines Falles raste Alex über die Straßen, dass man meinen könnte, er würde drei Zentimeter vom Boden abheben. Er wollte keine Zeit mehr verlieren. Außerdem plagte ihn das schlechte Gewissen. Die beiden Ermittler ließen sich nur einige Stunden zuvor von einem besoffenen Vater abwimmeln. Wahrscheinlich hatte sich Emilia im Haus befunden, hatte alles mit angehört und sich versteckt.

„Jetzt wissen wir auch, warum sie ein Praktikum in der Klinik gemacht hat. Ihre Eltern haben sie dort als Informantin hingeschickt. So haben sie von Chloe und Calvin erfahren. Emilia konnte ihnen von den Ähnlichkeiten berichten. Ob sie gezielt danach gesucht haben? Oder war es nur Zufall?" Ohne den Blinker zu setzen, bog Alexander links auf die Interstate-290-E-Auffahrt.

Die Straßen waren klitschnass und das Heck des Autos scherte aus. Alex hatte Mühe, es in der Spur zu halten. Natalie klammerte sich am Dachgriff fest. Sie spannte ihre Muskeln an, um sich auf dem Sitz halten zu können.

Unbewusst trat sie auf eine imaginäre Bremse. Die Sicht war von dem starken Regen erschwert. Die Scheibenwischer hatten alle Mühe, die Scheiben frei zu wischen. Auf der Interstate verdichtete sich der Verkehr aufgrund des Unwetters. Alexander funkte Harris an, um ihn nach vorn zu lotsen und das Blaulicht einzuschalten. Wegen des Verkehrs brauchten die Agents eine dreiviertel Stunde, bis sie in Downers Grove ankamen.

Eine Traube von Autos versammelte sich vor dem Trampelpfad, der zum Haus führte. Es war stockdunkel, an dem Weg standen keine Lampen. Hastig stieg Alexander aus dem Wagen, knallte die Tür zu und rannte den Weg nach oben, ohne auf die anderen zu achten. An der Tür klingelte Alexander einmal, wartete aber nicht ab, ob sie jemand öffnete. Mit der Hand an seiner Waffe, die an seinem Hosenbund im Holster steckte, lief er ins Haus. Die anderen Ermittler taten es ihm gleich.

Das Haus war ebenso dunkel. Nur die Blitze, die im Minutentakt durch das Haus zogen, erhellten es für Sekunden. Am Eingang teilte Alexander die Ermittler wortlos auf. Im Inneren waren einige Bauarbeiten fällig. Der Boden im Flur bestand aus breiten, dunklen Holzbrettern, die sich zu wölben begannen. Die braune Mustertapete löste sich von den Wänden. Es roch modrig. Die Wände waren vom Schimmel befallen. Als sich die Ermittler fortbewegten, knarrte der Boden. Keiner nahm Rücksicht, ob sie sich mit den Geräuschen verraten könnten. Niemand hatte mehr Hoffnung, jemanden im Haus anzutreffen. Zwei der Ermittler gingen nach draußen, um die Umgebung abzusuchen. Alexander durchkämmte den Flur und zeigte Natalie mit den Fingern, dass sie die Treppe nach unten nehmen würden. Die anderen blieben auf der Etage und durchsuchten die restlichen Zimmer. Unten angekommen schlug Natalie und Alex ein unangenehmer Geruch entgegen. Natalie hatte Mühe, nicht zu würgen. Mit gezogener Waffe schlichen sie an der Wand entlang. An der ersten Tür verharrten sie. Alexander schaute vorsichtig in das Zimmer. Es stand leer. Sie sicherten das zweite Zimmer und begannen, sich genauer umzuschauen. Im größeren Zimmer verstärkte sich der Geruch. Natalie stockte der Atem, als sie in den Raum sah. Es war eiskalt. Der Wind pfiff durch das Fenster mit dem dunkelbraunen Holzrahmen. Eine vergilbte Gardine hing in Fetzen herunter. Das Fenster war mit einem dunklen Tuch abgedeckt. An den Wänden sah man feuchte Flecken. Man machte sich keine Mühe, sie mit Tapete zu verschönern. Sie waren mit Fäkalien beschmiert und von Moos bewachsen. Ein Bett mit dunkelbraunem Holzrahmen stand im Zimmer. Es sah alt aus. Auf ihm lag eine blutverschmierte, nasse Matratze. Natalie hielt die Luft an, solange es ging, und atmete nur durch den Mund wieder ein. Es stank bestialisch. Man sah, dass jemand die Ecken benutzt hatte, um seine Notdurft zu verrichten. In einer Zimmerecke fanden die Agents einen Berg klammfeuchter Wäsche. Natalie zog sich Gummihandschuhe über und hob die Sachen auf. Beide brauchten nur Bruchteile von Sekunden, um zu erkennen, dass es die Sachen von Calvin und Chloe waren, die sie am Tag ihres Verschwindens getragen hatten.

„In dem Verlies wurden sie festgehalten", sagte Natalie traurig. Ihr Herz krampfte sich zusammen und sie fing an, erschrocken zu keuchen. „Oh, mein Gott. Bitte lass das nicht wahr sein." Ihre Augen füllten sich mit Tränen. Sie wollte sich nicht ausmalen, was in dem Zimmer geschehen war. Aber an dem Zustand des Hauses und der Räumlichkeiten erkannte man, dass es den Kindern nicht gut ergangen war. Calvin war schwer krank, dort konnte er nicht genesen.

„Es sieht so aus, als wären sie bis vor Kurzem noch da gewesen", sagte Alex.

Sie betraten das andere Zimmer, das sich im gleichen verwahrlosten Zustand befand. Auf dem Boden entdeckten sie Blutstropfen.

Alex steckte einen Finger hinein. „Es ist frisch. Es könnte von heftigem Nasenbluten stammen. Das könnte das Zimmer von Emilia sein."

Natalie schaute sich um, fassungslos über die Verhältnisse, in denen die Kinder gehaust hatten. „Emilia war genauso ein Opfer wie ihre Geschwister. Meinst du, sie hatte etwas mit dem Verschwinden der beiden zu tun?"

„Wahrscheinlich hatte sie keine andere Wahl. Wir müssen es herausfinden. Vor allem müssen wir die Kinder finden." Alexander bestellte die Spurensicherung zum Haus der Dearings.

Im oberen Wohnbereich versammelten sich die Kollegen. Das Haus stand leer und verlassen. In der Mitte des Wohnzimmers stand ein wuchtiges Sofa, das fast den ganzen Raum ausfüllte. In seinen besten Zeiten war es beige. Nun war es mit dunklen Flecken und Brandspuren übersät. Man sah genau, auf welcher Stelle die Eltern immer gesessen hatten. Es zeichnete sich die Umrandung der Körper ab und das Polster löste sich auf. Auf dem sechseckigen, dunkelbraunen Holztisch stapelten sich mehrere leere Flaschen Wodka und Bier. Der Aschenbecher quoll über und die Asche verteilte sich auf dem bordeauxroten Teppich. Die Sonderermittler hatten den Ort gefunden, an dem man Chloe und Calvin festgehalten hatte. Aber mit ihrem Besuch am Nachmittag hatten sie verraten, dass sie ihnen auf die Schliche gekommen waren. Sie standen in dem ungepflegten Wohnzimmer, in dem heruntergekommenen Haus, in dem jahrelang Kinder gequält wurden und hatten wieder keine Spur.

Alle schwiegen, als Harris und Lopez von draußen hereinkamen. „Alex, wir hätten da eine Spur."

Alexander drehte sich um. Sein Herz hämmerte. Sein Adrenalinspiegel schoss in die Höhe. Gänsehaut bildete sich auf seiner Haut. „Sprich!" Er wirkte ungehalten.

„Wir sind mit der Taschenlampe den Weg abgelaufen. Natürlich sind da jede Menge Schuhabdrücke durch uns. Aber bei genauerem Hinsehen fanden wir kleine Abdrücke, die unmöglich von einem Erwachsenen stammen können. Ich würde sie einem etwa fünf- bis neunjährigen Kind zuordnen."

Alexander und die Kollegen liefen hinaus. Sie versuchten, die Abdrücke zu verfolgen. Durch den starken Regen war der Weg matschig und die Schuhabdrücke drohten, im Matsch zu versinken. Als das Team der

Spurensicherung eintraf, bat Alexander sie, sich die Fuß-abdrücke anzuschauen.

„Also zu hundert Prozent kann ich nichts sagen. Ich müsste jeden Abdruck abgleichen, um herauszufinden, wie viele Abdrücke das sind. Und ich müsste sie mit denen von Ihnen vergleichen. Mit den kleinen stimme ich mit Ihnen überein. Das ist ein Kinderfuß. Und dank des Matsches kann man sehen, wie er nach hinten langgezogen wurde. Das bedeutet, dass das Kind mit neunzigprozentiger Sicherheit gerannt ist. Auch einige der großen Abdrücke sehen aus, als sei jemand gerannt."

Natalie wurde es trotz des kalten Regens heiß. *War Chloe entkommen? Wo war Calvin? Und wo war sie hingerannt?* „Können sie an den Spuren erkennen, in welche Richtung sie gelaufen sind?"

„Tut mir leid. Auf der Asphaltstraße kann ich es nicht nachverfolgen. Sie können genauso gut in ein Auto gestiegen sein."

Alexander stellte sich mitten auf die Straße und schaute sich um. Plötzlich ertönte ein lauter Knall. Erschrocken fuhr er zusammen, als ein zweiter durch die Nacht hallte. Sein Atem stockte. Es waren Schüsse aus einer Waffe.

32

Emilia rannte in den Wald, hinter Chloe her. Der Wald in Downers Grove war bei den Menschen beliebt. Im Herbst leuchtete er in den prächtigsten Farben. Sie nutzten die Waldwege zum Wandern und Spazierengehen. Touristen kamen, um sich die traumhafte Kulisse anzuschauen. Besonders gefragt war der Fluss mit dem legendären Wasserfall. Es war nur ein kleiner, der über helle Steinplatten fiel. Die Leute liebten es, sich auf eine der Platten zu stellen und das Gefühl zu genießen, mitten im Wasserfall zu stehen. Bei Unwetter war es dort gefährlich.

Umkehren konnten die Kinder nicht mehr. Dicht hinter ihnen folgten Emilias Eltern. Sie hörte ihren Vater brüllen. Der Tonfall verhieß nichts Gutes. Wenn er sie in die Hände bekäme, dann wären alle drei tot. Emilia versuchte, einen klaren Gedanken zu fassen. Was sollte sie nur tun? Chloe verlangsamte das Tempo. Sie blieb stehen, stützte sich mit ihren Händen auf die Knie und beugte sich nach vorn. Sie atmete schnell.

Emilia holte auf und bat sie verzweifelt zu laufen. „Bitte, halte nicht an! Wir müssen weg!"

Chloe bewegte sich langsam weiter. Ihre Kräfte schwanden. Auch Emilia kam nur mit Mühe voran. Der schlaffe Körper von Calvin wurde zunehmend schwerer. Der feuchte und matschige Waldboden erschwerte das

Rennen. Ihr wurde bewusst, dass sie nicht mehr lang durchhalten wird. Chloe lief neben Emilia. Man hörte ihren angestrengten Atem, sah aber in der Dunkelheit kaum etwas.

Die Taschenlampe, die sie bei sich trug, leuchtete schwach. Sie hielt sie nach vorn, damit sie den Weg erkennen konnten. „Wir müssen tiefer in den Wald hinein laufen. Dort verstecken wir uns hinter den Tannen."

Sie hatten Glück, dass der Wasserfall-Wald hauptsächlich aus Tannen bestand, die immer grünten. So war der Wald dicht und bot Schutz. Zwar war es gefährlich, bei Gewitter in den Wald zu laufen, aber Emilia wusste, dass der Blitz an der höchsten Stelle einschlagen würde. Etwas weiter oben gab es ein Stück, wo der Wald aufwärts verlief. Wenn, dann wird der Blitz sicherlich dort einschlagen, hoffte sie. Angestrengt dachte Emilia darüber nach, was sie als Nächstes tun sollte. Ihre Beine wackelten. Calvin lag schwer auf ihren Schultern und in ihren Oberarmen zuckten die Muskeln. Dann fiel ihr die kleine Höhle ein. Sie lag unter einem Hügel nahe des Wasserfalls. Tiere hatten sie als Versteck für ihre Jungen gebaut, wenn sie auf der Suche nach Essbarem waren. Emilia entdeckte sie vor ein paar Monaten und zog sich dorthin zurück, wenn sie allein sein wollte. Allerdings war es schwierig, sie im Dunkeln zu finden. Sie konzentrierte sich darauf, den Weg herauszufinden. Es blitzte heftig und Emilia befürchtete, dass ihre Eltern sie entdecken könnten. Als läse ihr Vater ihre Gedanken, hörte sie ihn rufen.

„Emilia, Emilia … Ich sehe dich. Gleich haben wir euch. Und dann schlage ich dich tot."

Emilia drehte sich erschrocken um, erkannte aber niemanden. Chloe weinte. In diesem Moment hörte Emilia, wie sie neben ihr zu Boden fiel und laut aufschrie. Ein Windstoß blies über die Bäume und ein großer Zweig brach von einer Tanne und fiel direkt neben Chloe. Das Mädchen zuckte zusammen und schrie lauter.

Schnell knipste Emilia das Licht der Taschenlampe aus. „Psssst. Chloe, du musst leise sein. Sie hören uns."

„Aber ich habe meinen Fuß verknackst."

„Es ist nur noch ein Stück bis zu der Höhle", flüsterte Emilia. „Dann können wir uns darin verstecken und ausruhen. Ich kann dich nicht auch noch tragen. Das schaffe ich nicht."

Chloe biss sich auf die Lippe und humpelte weinend weiter. Die Taschenlampe ließ Emilia aus. Zu groß war die Angst, dass sie ihren Eltern den Weg verraten könnte. Anhand der Rufe ihres Vaters hatte sie das Gefühl, dass sie einen Vorsprung hatten. Sie konnten sie nicht sehen in der Dichte des Waldes. Das war unmöglich. Durch den Donner und den lauten Regen konnten sie auch keine Geräusche wahrnehmen, wenn sie auf einen Ast traten. Ihr Herzschlag beruhigte sich bei der Vorstellung. Vorsichtig liefen sie über das Geäst. Alle drei waren vom Regen bis auf die Haut durchgeweicht. Calvins Atem war schwach und rasselnd. Viel Zeit hatten sie nicht mehr. Emilias Hoffnung schwand, lebend aus dem Wald zu kommen. Ihr kullerten die Tränen herunter. Verzweifelt dachte sie an ihre Geschwister. Auch da hatte sie Fehler begangen. Nun tat sie es schon wieder. Und wieder werden zwei unschuldige Kinder darunter leiden.

Ein Blitz erstrahlte den Wald und Emilia erkannte den maroden, umgefallenen Baumstamm. Erleichtert atmete sie auf. Dort befand sich die Höhle, in der sie Unterschlupf finden konnten.

„Chloe, irgendwo in der Nähe ist die Höhle. Such nach einem großen Stein. Der steht genau daneben."

Es dauerte nicht lang, bis Chloe schrie. „Kimberly, ich habe sie gefunden."

Emilias Herz blieb fast stehen. Sofort hielt sie ihre Hand vor Chloes Mund. Still standen sie da und lauschten in den Wald. Außer dem Regen hörte Emilia nichts. „Los, rein mit dir. Und ab sofort sagst du kein Wort mehr." Mittlerweile war Emilia wütend. Man konnte doch von einem achtjährigen Kind erwarten, dass es sich ruhig verhält. Im gleichen Atemzug bereute sie ihre heftige Reaktion.

Sie legte Calvin auf einen Haufen Blätter. Chloe kauerte sich verängstigt in eine Ecke.

Emilia setzte sich zu ihr und umarmte sie. „Es tut mir leid. Ich wollte dich nicht so anfahren. Ich bin nur angespannt. Verstehst du? Ich möchte nur, dass ihr heil nach Hause kommt. Wir müssen sehr sorgsam sein, damit die Monster uns nicht erwischen."

Chloe nickte, zitternd vor Kälte. „Haben dich die Monster auch geklaut?"

Emilia verstummte für einen Moment. „Die Monster sind meine Eltern. Mein Name ist nicht Kimberly, sondern

Emilia Dearing." Und dann empfand sie es an der Zeit, dem rothaarigen Mädchen ihre Geschichte zu erzählen.

Chloe wirkte entsetzt. Sie nahm Emilia in den Arm, um sie zu trösten. Beide erschraken, als die Rufe des Vaters näherkamen. Eng kauerte sich Chloe an Emilia.

Emilia geriet in Panik. Sie riss ihre Augen weit auf, lauschte angespannt. Sie waren nicht sicher. Es war nur noch eine Frage der Zeit, bis die Eltern sie finden werden. In Emilia stieg Wut empor. Durch ihren Körper strömte ein Gefühl der Stärke, das sie nie zuvor gespürt hatte. Ihr Mut wuchs. Sie wird nicht zulassen, dass noch weitere Kinder wegen den Monstern sterben. „Hör zu! Ich werde rausgehen und sie in eine andere Richtung locken. Ihr bleibt in der Höhle."

Kopfschüttelnd klammerte sich Chloe an Emilias Bein, um sie aufzuhalten. „Nein. Dann komme ich mit."

„Du bleibst bei Calvin. Wenn die Polizei kommt, kann er nicht rufen. Nur du kannst ihnen antworten. Hast du gehört? Du bist ein wundervolles Mädchen. Du hast wie eine Schwester auf ihn aufgepasst. Du bringst ihn nach Hause zu seiner Mutter, okay?"

Chloe weinte und nickte. „Kommst Du mich zu Hause besuchen?"

Emilias Augen glänzten. Sie nickte, aber sie wusste, dass sie Chloe nie wieder sehen wird. Sie gab ihr einen Kuss auf die Stirn und hockte sich neben Calvin. „Kämpf, kleiner Mann! Du bist bald in Sicherheit." Sie drehte sich noch einmal zu Chloe. „Du bist die beste Freundin, die ich jemals hatte, Chloe Baker." Dann lief sie nach draußen.

Sie lief ein Stück in die Richtung, aus der die Rufe ihres Vaters hallten. Sie nahm alle Kraft zusammen und rannte los. Zurück auf den Waldweg. Dort, wo ihre Eltern sie leicht erkennen konnten. Laut kreischte sie. „Komm, Chloe. Wir müssen weiter." Ihr Plan ging auf. Die Stimmen ihrer Eltern näherten sich und Emilia hastete geradewegs auf den Fluss zu. Irgendetwas zog sie genau zu dem Wasserfall, der bei den Menschen so beliebt war. Ein Schuss schallte durch den Wald. Sie zuckte zusammen und fiel auf den Boden. Mit schmerzverzerrtem Gesicht stand sie auf. Ihr Vater hatte seine Waffe dabei. Ein zweiter Knall ertönte. Sie waren ihrer Spur gefolgt. Sie wusste, dass das die letzten Minuten in ihrem Leben sein werden. Sie betete, dass sie die Kinder nicht finden. Müdigkeit übermannte sie. Sie wollte nicht mehr weglaufen. Jahrelang hatte sie ums Überleben gekämpft, hatte dabei ihre geliebten Geschwister verloren. Sie war erschöpft. Als sie am Wasserfall ankam, setzte sie sich auf eine der Platten und wartete auf ihre Eltern. In den Augenwinkeln blinkten blaue Lichter. Sie waren noch weit entfernt, aber sie hoffte, dass sie die Schüsse gehört hatten und Calvin und Chloe finden würden.

„Du dreckiges Biest. Du wagst es, uns noch einmal unsere Babys wegzunehmen?"

Der erste Schlag traf sie an ihrer rechten Schläfe. Ihr wurde schwindelig und sie hatte Mühe, sich aufrecht zu halten. Ein starker Schmerz schoss durch ihren Kopf.

Ihre Mutter packte sie an den Haaren und riss sie nach oben. „Wo sind die verfluchten kleinen Ratten?"

Der Teenager blieb stumm.

„Du willst also nicht reden?" Die Mutter schleifte Emilia an den Haaren in die Mitte des Flusses.

Ihr Vater trat gegen ihre Beine, sodass sie umfiel.

Dann bemerkte sie, wie die Hände ihrer Mutter um ihre Kehle griffen. „Sag schon, du Schlampe. Wo sind die Kinder?" Sie tauchte Emilias Gesicht unter Wasser, zerrte sie wieder hoch. Das wiederholte sie mehrmals.

Aus Emilias Augen sprühte blanker Hass. Sie spuckte ihre Worte aus, als wären es giftige Brothappen. „Ihr könnt mich umbringen, aber die beiden sind gerettet. Sie sind längst ins Dorf gelaufen." Das war das Letzte, was sie zu ihren Eltern sagen würde.

Wieder tauchte ihre Mutter sie unter Wasser. Emilia öffnete ihre Augen und sah in das verschwommene Gesicht ihrer verhassten Mutter. Sie erkannte den Zorn und verspürte Genugtuung. Sie hatte sie ausgetrickst. Sie wird dafür bezahlen, aber die Wut, die ihre Eltern beherrschte, tat ihrer Seele gut. Sie schloss ihre Augen und dachte an Benjamin und Elizabeth. Sie sah, wie sie auf einer grünen Wiese standen und ihr zuwinkten. Gleich wird sie bei ihnen sein. Ihre Mutter holte sie aus dem Wasser und warf sie vor Zorn brüllend auf eine der Platten. Emilia krachte mit ihrem Kopf darauf, das Wasser färbte sich rot.

Sie erkannte, dass ihr Vater die Waffe auf sie richtete. „Das hätte ich schon längst tun sollen, du dämliches Stück ..."

Rufe einer Frau erklangen. „FBI. Nehmen Sie sofort die Waffe runter!"

Ihr Vater drehte sich um und feuerte einen Schuss auf die Frau ab. Sie fiel nach hinten und blieb regungslos liegen. Emilia nahm alles nur noch wie durch eine Nebelwand wahr. Eine Schar Leute versammelte sich um sie. Sie hörte noch einen Schuss.

Dann sprach ein Mann mit ihr. „Emilia? Emilia? Wo sind die Kinder?"

Emilias Augen flackerten. Das Sprechen fiel ihr schwer. Mit ihrem letzten Atemzug presste sie nur ein Wort heraus: „Höhle." Dann schloss sie ihre Augen.

33

„Natalie? Natalie?" Alexander schüttelte an ihrer Schulter und stieß einen gequälten Laut aus. Seine Glieder waren starr vor Schreck. Natalie blieb regungslos liegen. Mit der rechten Hand versuchte Alex, die blutende Wunde an ihrem Bauch zu stoppen. „Bitte, Natalie, halte durch. Bitte!"

Mr. Dearing hatte keine Sekunde gezögert, sich umgedreht und die Waffe abgefeuert. Die Kugel hatte Natalie, die circa fünfzig Meter von Dearing entfernt gestanden hatte, in den Bauch getroffen. Sie lag bewusstlos auf dem kalten, feuchten Waldboden. Alexander orderte mehrere Rettungsfahrzeuge.

Harris kam auf ihn zu. Als er Natalie am Boden liegen sah, wischte er sich übers Gesicht und blinzelte heftig. Es war schwer, weiter zu funktionieren, wenn ein Kollege aus dem Team verwundet war. „Wird sie durchkommen?" Seine Stimme klang brüchig.

Alex zuckte mit den Schultern, konnte ihm nicht antworten.

„Die Dearings sind verwahrt. Das Mädchen ist tot."

„Haben wir einen Anhaltspunkt, wo sich Calvin und Chloe befinden?"

Harris schüttelte den Kopf. „Nichts Genaues. Emilia sagte kurz vor ihrem Tod etwas Unverständliches. Ich glaube, es hörte sich an, als wenn sie Höhle gesagt hätte."

„Okay, durchsuchen wir den Wald. Sucht nach Höhlen. Vielleicht hat sie die Kinder irgendwo versteckt."

Alexander blieb bei Natalie und drückte die Wunde ab. Ihr Oberteil war von Blut durchtränkt. Ihre Atmung wurde schwächer. Alexander verlor die Nerven. „Verdammt, Natalie. Glaubst du, du kannst dich einfach so davon machen? Ich habe noch einiges mit dir zu klären. Du bleibst bei mir, hast du verstanden?" Er weinte hemmungslos. Es war ihm egal, was die anderen dachten. Er hielt die Frau, die er liebte, in den Armen. Sie war mehr tot als lebendig. Ihr Blut klebte an seinen Händen und er versuchte alles, um sie bei sich zu behalten. Als der Notarzt eintraf, übernahm das Rettungsteam. Alexander stellte sich wie in Trance daneben und beobachtete das Schauspiel. Hektisch legten die Sanitäter Zugänge und behängten sie mit Kabeln.

„Wir müssen schleunigst in die Klinik", sagte der Notarzt. „Sie hat viel Blut verloren." Sie hoben sie auf eine Trage und brachten sie in den Rettungswagen.

Alexander hielt den Notarzt auf. „Wie steht es um sie?"

„Sie verliert zu viel Blut. Jede Sekunde zählt." Mit diesen Worten ließ der Notarzt Alexander stehen.

Nach ein paar Minuten hatte sich Alex gefangen und funkte die Kollegen an. Sie hatten die Kinder noch nicht gefunden. Er machte sich auf den Weg, um sich an der Suche zu beteiligen. Auch wenn es ihm schwerfiel, sich zu konzentrieren, er konnte jetzt nichts für seine Partnerin tun. Reflexartig schaute er auf seine Hände, die mit Natalies Blut beschmiert waren. *Wie konnte sie nur so unvorsichtig sein? Sie hatte gesehen, was die Menschen Emilia angetan hatten. Zu was sie fähig waren.*

Im Gehen rief er die Namen der Kinder. Sagte, dass die Polizei nach ihnen suche und dass sie in Sicherheit waren. Der Fall entwickelte sich zu einem Albtraum. Drei Tote und eine schwerverletzte Ermittlerin. Was, wenn die Kinder nicht mehr am Leben waren? Vielleicht hatten die Dearings sie zuerst getötet und dann Emilia. Was war nur passiert? Das Unwetter beruhigte sich, der Regen legte eine Pause ein. Im Wald leuchteten die Taschenlampen des Suchtrupps. Alle riefen nach Calvin und Chloe.

Alexander kam an einen umgekippten Baumstamm, setzte sich darauf, und versuchte einen klaren Gedanken zu fassen. Er kannte sich nicht aus in Downers Grove. Obwohl er nicht weit entfernt wohnte, war er nie dort gewesen. Im Dickicht hörte er ein Geräusch. Er hielt den Atem an, um es besser lokalisieren zu können. Er erkannte, dass es sich um ein Wimmern handelte. „Chloe? Calvin? Ich bin Alexander. Ich bin von der Polizei. Ihr seid in Sicherheit. Ich bringe euch zu euren Eltern.“

Chloe kroch aus der Öffnung der Höhle und schaute sich vorsichtig um.

Behutsam lief Alexander zu ihr. „Hallo, Chloe. Alles wird gut. Ihr kommt nach Hause. Ist Calvin auch da drin?“

Chloe nickte zaghaft. „Er ist tot“, schluchzte sie. „Er atmet nicht mehr.“

Eine eisige Kälte durchzog Alexanders Körper. Noch ein totes Kind? Johnson funkte die Kollegen an, beschrieb den Weg und bat, ein Rettungsteam mitzubringen. Dann kroch er in die Höhle. Calvin lag noch genauso in dem Haufen Blätter, wie Emilia ihn dort abgelegt hatte. Der Brustkorb hob sich nicht, das Gesicht war blau angelaufen. Alexander begann mit der Mund-zu-Mund-Beatmung. „Komm schon, Kleiner. Du bist in Sicherheit. Mama und Papa warten auf dich!" Verzweifelt blies er Luft in den Mund. Dann hustete Calvin. Alexander grinste wie ein Kleinkind, als er sah, wie sich die Brust hob. Er wischte sich den Angstschweiß von der Stirn und atmete erleichtert auf. Er strich Calvin über die Haare. „Gut so. Gleich bekommst du Hilfe." Er zog die Jacke aus, wickelte Calvin darin ein und schaffte ihn aus der Höhle.

Chloe hatte sich auf den Baumstamm gesetzt und wog ihren kalten Körper vor und zurück. Apathisch starrte sie in die Dunkelheit. Dann kam das Rettungsteam mit den restlichen Ermittlern.

Alexander stand an seinem SUV und schaute auf den Beifahrersitz. Im Fußraum lag Natalies Handtasche. In der Klinik hatte man ihm keine Auskunft über ihren Zustand geben können. Sie wurde gerade operiert. Die Müdigkeit übermannte ihn. Er war heilfroh, dass die beiden Kinder lebend gefunden wurden, aber der Fall war längst nicht aufgeklärt. Es war noch immer undurchsichtig. Wer war alles an dem Verbrechen beteiligt? Mittlerweile war es zweiundzwanzig Uhr. Alexander würde noch in das Cheslock-Kinderkrankenhaus fahren, um mit Chloe zu sprechen. Sie war die Einzige, die etwas Licht ins

Dunkel bringen konnte. Sein Ziel war es, den Fall endgültig abzuschließen.

In der Klinik wurde er von den Eltern Baker empfangen. „Agent Johnson, vielen Dank, dass Sie uns unsere Tochter zurückgebracht haben", sagte Mrs. Baker mit weinerlicher Stimme.

„Ich bin froh, dass wir die Kinder gefunden haben. Wie geht es Chloe?"

„Die Ärzte meinen, dass sie Schreckliches durchmachen musste. Ihr Körper weist Wunden auf, die von Schlägen und Tritten verursacht wurden. Der Körper ist übersät mit Brandflecken. Können Sie sich das vorstellen? Die Bestien haben die Kinder gefoltert, sie gehalten wie Vieh. Die körperlichen Wunden heilen, aber die Seele." Dann unterbrach Mrs. Baker ihren Satz. Sie konnte nicht weiter sprechen. Zu stark war der Schmerz, wenn sie darüber nachdachte, was ihr Mädchen hatte ertragen müssen. Ihr Mann nahm sie in die Arme.

„Mr. und Mrs. Baker. Ich weiß, dass es spät ist, aber ich muss kurz mit Chloe sprechen. Sie ist die Einzige, die uns helfen kann. Wir müssen herausfinden, was genau passiert ist."

Die Eltern nickten und ließen ihn allein. Alexander klopfte an die Tür. Chloe saß leichenblass auf dem Krankenbett. Mit glasigen Augen schaute sie ihn an. Die Augen verrieten, dass die Seele des Mädchens nie wieder heilen wird. „Haben Sie Emilia auch gefunden?"

Alexander wusste nicht, ob er ihr von dem Tod des Teenagers erzählen sollte. Noch war ihm nicht klar, welche Rolle sie bei dem Ganzen spielte. „Hast du Emilia gekannt?"

„Ich habe sie im Krankenhaus kennengelernt. Sie hat auf der Station gearbeitet, auf der ich gelegen habe. Sie hieß Kimberly. Aber mit dem Namen hat sie gelogen."

„Chloe, ich weiß, dass du müde bist und du viel durchmachen musstest. Aber kannst du mir ein paar Fragen beantworten? Es ist wichtig, damit ich die Menschen bestrafen kann, die euch das angetan haben."

Chloe nickte.

„Weißt du, wer dich aus der Klinik geholt hat?"

„Das waren der Mann und die Frau. Die Monster. Sie sind die Eltern von Emilia."

„Hat sonst noch jemand geholfen?"

Chloe schüttelte den Kopf. „Ich war bei Dr. Bennett zu einer Untersuchung und dann kamen sie rein. Es waren Rettungswagenfahrer und sie haben zu Dr. Bennett gesagt, dass sie mich jetzt nach Hause bringen."

Alexander wurde hellhörig. Die Dearings waren bei Dr. Bennett? Ein Kribbeln durchfuhr seinen Körper und die Haare am Arm stellten sich zu Berge. Jacob kannte die Eltern der Dearings-Kinder. Er musste sie doch erkannt haben. „Weißt du, warum Emilia im Krankenhaus unter falschem Namen gearbeitet hat?"

„Ja. Ihre Geschwister wurden hier umgebracht. Sie hat gesagt, dass die beiden genauso aussahen wie wir. Ihre Eltern haben mit ihnen das Gleiche wie mit uns gemacht. Sie wollte sich bei dem Arzt rächen, der ihre Geschwister umgebracht hat. Aber sie hat sich nicht getraut. Sie leidet ganz arg, weil sie ihre Geschwister nicht mehr bei sich hat."

Eine leichte Übelkeit stieg in ihm empor. Er dachte an die fünf Kinder, die unter fragwürdigen Umständen gestorben waren. Ihm wurde heiß. „Danke. Du hast mir sehr geholfen. Und nun ruhst du dich aus. Du bist ein tapferes Mädchen."

„Emilia hat uns gerettet. Sie hat uns in der Höhle versteckt und ist allein weggegangen, um die Monster abzulenken. Wenn ich nach Hause komme, muss ich mich bei ihr bedanken."

Alexander lächelte sie freundlich an, aber in seinem Blick erkannte Chloe Mitleid.

„Sie haben sie umgebracht, nicht wahr?"

Erschrocken über die Frage des kleinen Mädchens, fiel es ihm nicht leicht, ihr in die Augen zu schauen. „Es tut mir aufrichtig leid, Chloe." Mehr brachte er nicht übers Herz. Als er den Raum verlassen hatte, hörte er einen heftigen Weinkrampf aus Chloes Zimmer.

Er telefonierte mit dem Team, brachte sie auf den neuesten Stand und ließ sich berichten, ob die Dearings etwas ausgesagt hätten. Sie schwiegen. Er forderte Harris an, ihm in der Klinik bei den Ermittlungen zu helfen. Daraufhin ging er auf die Intensivstation, um sich nach Calvin zu erkundigen. Der Arzt sagte ihm, dass er mit einer schweren Lungenentzündung kämpfen würde und sein Körper völlig ausgetrocknet war. Der Zustand war kritisch gewesen, nun sei er stabil. Im Moment musste er von einer Maschine beatmet werden. Die Ärzte waren sicher, dass sich sein Zustand in ein paar Tagen verbessern wird. Auch sein Körper wies schwerste Verletzungen auf, die die Brutalität zeigten, mit der die Dearings vorgegangen waren. Die Milz musste aufgrund einer Ruptur entfernt werden. Calvin hätte keine Stunde länger überlebt. Es war Rettung in letzter Sekunde. Alexander erkundigte sich nach Jacob Bennett. Calvins Kinderarzt schickte ihn in sein Büro. Dort müsse er sich aufhalten. Er hatte Dienst in dieser Nacht.

Als Harris in der Klinik eintraf, eilten sie gemeinsam zu Bennetts Büro. Ohne anzuklopfen öffnete Alex die Tür. Das Zimmer war leer. Während sich Harris auf der Station nach dem Arzt umsehen sollte, stöberte Alexander in den Unterlagen. Auf dem Schreibtisch lagen nur ein paar aktuelle Krankenakten von Patienten. Auf den ersten Blick fand Alex nichts Ungewöhnliches, aber irgendetwas sagte ihm, dass mit Jacob etwas nicht stimmte. Er erinnerte sich an die Situation, als die Drohbriefe auf den Boden gefallen waren. Wie nervös er reagiert hatte und es herunter gespielt hatte. Alex suchte weiter, öffnete jede Schublade. Die unterste war verschlossen. Alexander ruckelte mehrfach daran, konnte sie aber nicht öffnen. Er holte ein kleines Taschenmesser aus seiner Hosentasche und knackte damit das Schloss. Schon das erste Blatt stach ihm ins Auge. Es sah genauso aus wie die Drohbriefe. Alexander nahm einen Stapel heraus. Alles Briefe, die mit ausgeschnittenen Buchstaben erstellt wurden. Die ersten Briefe waren die Drohungen, die er das letzte Mal gelesen hatte. Sie veränderten sich mit der Zeit. Aus den Drohungen wurden Erpressungen. Man bereitete ihn darauf vor, dass er in naher Zukunft Anweisungen bekommen wird. Zuerst erkannte Alexander nicht, was der Grund für die Erpressungen war. Die Briefe, die nur die Drohungen beinhalteten, klangen anders. Die Rechtschreibung war korrekt. Kurze, knappe Sätze, die dem Arzt Angst machen sollten, aber irgendwie nicht bedrohlich wirkten. Die Erpresser allerdings meinten es ernst. Sie kündigten an, mit Beweisen zu seiner Exfrau zu gehen. Es gab viele Rechtschreibfehler im Text, aber das machte die Drohungen nicht minder gefährlich. Alexander wurde mulmig zumute. Irgendjemand hatte Natalie mit hineingezogen. Dann fielen ihm die letzten Zeilen in die Hände. Sie waren mit dem Computer geschrieben. Als Alexander ihn las, wurde er blass und musste sich setzen.

DU MIESER MÖRDER, DU WIRST ZAHLEN, FÜR DAS, WAS DU GETAN HAST. WIR GEBEN DIR KEINE ZEIT MEHR, DEN ANWEISUNGEN FOLGEZULEISTEN. GIB UNS UNSERE KINDER ZURÜCK! EINEN BLONDEN JUNGEN MIT LOCKEN UND EIN MÄDCHEN MIT GLATTEN ROTEN HAAREN. SOLLTEN WIR SIE NICHT BALD HABEN, WIRD DIE WELT ERFAHREN, DASS DU KINDER TÖTEST. DEINE NETTE EXFRAU WIRD SICHER NICHT BEGEISTERT SEIN, WENN SIE ERFÄHRT, WAS DU GETAN HAST, WÄHREND SIE ZU HAUSE AUF DICH GEWARTET HAT.

ES IST AN DER ZEIT DR. BENNETT!

TICK, TACK, DIE ZEIT LÄUFT AB!

Alexander stand regungslos im Raum und las die Botschaft mehrmals durch. Das ungute Gefühl in seinem Bauch verursachte Magenkrämpfe. Das war kein Brief von Emilia, es waren ihre Eltern. Und Jacob Bennett wusste es.

Alexander rieb nervös die Finger gegeneinander und begann zu schwitzen. Er dachte an die Todesfälle der letzten fünf Jahre. Hatte Jacob Bennett diese Kinder getötet? Und wurde er damit erpresst? Aber woher wussten die Eltern von den Morden? Hatte Emilia wirklich zugesehen, als er die Geschwister umgebracht hatte? Es würde die mysteriösen Todesumstände erklären. Hatte Jacob Calvin und Chloe unbemerkt aus dem Krankenhaus gebracht?

Er nahm sein Handy und rief auf der Dienststelle an. Lopez nahm das Telefonat entgegen. Der junge Vater engagierte sich vorbildlich in dem Fall. Alex bekam ein schlechtes Gewissen, weil er ihn so sehr einspannte und er nicht zu Hause bei seiner Familie sein konnte. Er wies ihn an, zwei Kollegen zu Bennett nach Hause zu schicken und ihn festnehmen zu lassen. Die Sache stank zum Himmel. Er wollte informiert werden, sobald sie ihn hätten, um die Vernehmung selbst durchzuführen.

Er bestellte die Spurensicherung und verließ die Klinik erst, als sie vor Ort waren. So lang bewachte er das Büro von Bennett, damit niemand Beweismaterial vernichten konnte. Er dachte an Natalie. Wie wird sie reagieren, wenn sie erfahren wird, dass ihr Mann ein Mörder war?

Nach Mitternacht saß Alexander an seinem Schreibtisch und dachte über den Fall nach. Das Team schickte er in den Feierabend. Sie luden ihn zu einem Bier ein, doch Alex lehnte ab.

Bennett war spurlos verschwunden. In seinem Wohnzimmer hatte man Unterlagen zu den fünf verstorbenen Kindern gefunden. Jacob hatte von jedem eine Art Profil angelegt, in dem er das Grauen der Kinder beschrieben hatte. Die Qualen, die sie durchlebten, die seelische Folter, die sie jahrelang ertragen mussten. Er wollte die Seelen befreien. Es schien, als hatte er die Profile für jemand Bestimmtes erstellt. Die Ermittler machten die Ärzte ausfindig, die in dem Komitee gearbeitet hatten. Dr. Smith war bei einem Autounfall tödlich verunglückt. Den Gerichtsmediziner, der die Misshandlungen diagnostiziert hatte, traf man zu Hause an. Obwohl er zunächst nicht in Verdacht stand, klärte er den Sachverhalt endgültig auf. Er wirkte gebrochen, lud jahrelang eine Schuld auf sich. Man gewann das Gefühl, dass er froh war, alles loszuwerden.

Die drei Ärzte hatten sich zu Rettern misshandelter Kinder berufen und sich zur Aufgabe gemacht, gequälte Seelen zu erlösen. Sie hatten ihnen eine hohe Dosis Morphin gespritzt. Deshalb war der Tod so unerwartet. Der Gerichtsmediziner hatte die Obduktionen übernommen und die Berichte gefälscht. Dr. Smith wollte aussteigen, er hatte es nicht mehr ertragen können, die Kinder zu töten. Bennett war zornig darüber und hatte ihm erklärt, dass er damit zulassen würde, dass solche Eltern ihre Kinder zerstören. Das Problem erledigte sich von allein, als er sich mit dem Auto überschlagen hatte. Von den Entführungen wollte der Gerichtsmediziner nichts wissen. Er pflegte mit Bennett seit dem Tod des Kollegen kaum noch Kontakt. Von den Erpresserbriefen hatte er keine Ahnung. Es hatte ihn gewundert, dass Bennett nicht mehr so engagiert bei Misshandlungsfällen war. Bennett soll von der Idee, die Opfer zu befreien, besessen gewesen sein. Er wusste, wie sich die Kinder fühlten. Er war schließlich selbst jahrelang Opfer häuslicher Gewalt gewesen. Schwester Olivia war somit unschuldig. Sie war einfach nur psychisch krank aufgrund des unerfüllten Kinderwunsches.

Die Dearings gaben zu, dass sie Bennett erpresst hatten. Die ersten Botschaften kamen tatsächlich von Emilia, die dem Arzt nur Angst einjagen wollte. Sie hatte ihn dabei beobachtet, wie er Benjamin und Elizabeth die Todesspritze verabreicht hatte. Ihre Eltern hatten sie eines Tages erwischt und prügelten solange auf sie ein, bis sie erzählte, was in jener Nacht passiert war. Das hatten sie für sich ausgenutzt und übernahmen die Drohbriefe. Das also erklärte den unterschiedlichen Stil der Briefe. Emilia war an den Entführungen niemals beteiligt gewesen. Dass sie zu der Zeit dort ein Praktikum gemacht hatte, war reiner Zufall. Ihre Eltern hatten nichts davon gewusst. Jacob Bennett wurde zur Fahndung ausgeschrieben.

Alexander verbrachte die Nacht im Büro. Er hielt sich mit reichlich Kaffee wach und schrieb die Berichte. Er verfasste eine Email für Hernandez vom BARNEY, mit der

Aufforderung, das Geschmiere zu revidieren und richtigzustellen. Er forderte ihn auf, ihm den Maulwurf aus seinem Team zu verraten, sonst drohe ihm eine saftige Strafe wegen Verleumdung und Rufmord. Am Morgen wollte er direkt zu Natalie fahren.

34

Gegen neun Uhr wurde Alexander von frischem Kaffee-duft geweckt.

Anna stand mit einem Frühstück, das sie für ihn zube-reitet hatte, vor ihm. „Hast du die Nacht hier verbracht?"

Alexander hob träge den Kopf von seinen verschränk-ten Armen. Mit schmerzverzerrtem Gesicht bewegte er ihn hin und her, bis es im Hals knackte. Seine Knochen waren steif. „Ich muss eingeschlafen sein."

Er freute sich über das Frühstück. Ein hartgekochtes Ei und ein warmes Croissant mit Marmelade. Nachdem er gefrühstückt hatte, schlenderte er schlaftrunken in das kleine Bad. In der Dienststelle hatte man auf Wunsch der Ermittler ein Bad errichtet, da es häufig vorkam, dass sie die Nacht dort verbringen mussten. Er ging duschen und zog sich frische Kleider an. Ersatzkleidung deponierte er immer auf Vorrat, man wusste ja nie. Er checkte seinen Email-Eingang. Hernandez nahm die Drohung ernst und teilte ihm mit, dass Jayden Nelson der Informant war. Alex atmete auf. Zwar war es jemand aus seinem Team, aber keiner vom festen Bestand. Den Verlust von Nelson verkraftete er.

Er druckte die Mail aus, ging in das Großraumbüro und knallte Nelson das Papier gegen die Brust, als würde er es an eine Pinnwand heften. „Sie sind gefeuert, Jayden." Mehr sagte er nicht und ließ die verwirrten Kollegen zurück.

Er fuhr ins Krankenhaus. Natalie lag im Universitätskrankenhaus in der Maryland-Avenue. Während der Fahrt dachte er an die Ereignisse der letzten Nacht. Wie sie regungslos auf dem nassen Boden gelegen hatte und an das viele Blut an seinen Händen. Er hatte Angst in die Klinik zu kommen. Hatte Angst vor dem, was ihn erwartete. Sie darf nicht sterben, er wollte nicht, dass sie geht, ohne dass sie wieder vereint waren. Dieses Ende verdiente sie nicht. Sie war doch gerade erst zum FBI zurückgekommen. Sie fing gerade wieder an zu leben. Dann dachte er daran, wie sie reagieren wird, wenn sie erfahren wird, wer hinter den Entführungen steckte und für den Tod der Kinder verantwortlich war. Nicht nur die fünf Kinder von den Fotos waren Opfer der drei Ärzte. In den Akten, die man bei Bennett fand, gab es acht weitere Fälle, die an der Todesspritze starben. Er wusste, dass Natalie damit schwer zu kämpfen haben wird. Sie war eine hervorragende Ermittlerin. Ihr Feingefühl brachte oft den gewünschten Erfolg. Doch das war ihr nicht aufgefallen. Sie hatte einen Mörder geliebt. Alexander überfiel eine tiefe Traurigkeit. Er ertrug es nicht, sie leiden zu sehen. Es wird ein herber Schlag für sie sein.

Alexander hielt an einem Blumenladen und holte für Natalie einen Strauß weißer Rosen. Er kannte ihre Lieblingsfarbe. Aber für ihn hatte die weiße Rose noch eine andere Bedeutung. Die Rose stand für ihn als Symbol der Liebe. Da er seine Gefühle zu Natalie aber für sich behalten wollte, wählte er weiß. Es soll zeigen, dass er sie mochte, die wahren Gefühle aber blieben verborgen. Er schmunzelte. „Ziemlich kitschig, Alexander Johnson", sagte er zu sich selbst.

Sein Herz raste, als er an der Universität ankam. Am Informationsschalter erkundigte er sich, auf welcher Station er Natalie finden würde. Sie lag auf der Station für Notfallmedizin. Er schwitzte und bewegte sich nur langsam durch den Eingangsbereich zu den Fahrstühlen. Die Intensivstation lag im zweiten Stock. Als der Aufzug hielt, stand Alexander wie angewurzelt davor. Sorge hielt ihn davon ab, einzusteigen.

„Sir? Wollen Sie mitfahren?", fragte ihn eine Krankenschwester.

Alex schüttelte den Kopf und entschied, die Treppe zu nehmen. Er versuchte, Zeit zu schinden, als könne er es vermeiden, Natalie in einem schrecklichen Zustand vorzufinden. Als er auf der zweiten Etage ankam, atmete er tief durch. Verloren stand er vor der großen Glastür der Intensivstation. Er brauchte zehn Minuten, bis er sich dazu durchringen konnte zu klingeln.

Eine vollleibige Krankenschwester öffnete die Tür. Sie schaute ihn gestresst an und sprach in einem unfreundlichen Ton. „Was kann ich für Sie tun?"

„Guten Tag. Ich bin Agent Johnson vom FBI. Ich möchte bitte zu Natalie Bennett."

„Sind Sie ein Angehöriger?", fragte sie harsch.

„Ich bin ein enger Freund und einziger Angehöriger." Mittlerweile schlug die Angst um Natalie in Wut um.

Die Krankenschwester schwitzte stark und stand steif in der Tür. „Ich darf nur Verwandte zu ihr lassen."

Sie wollte gerade gehen, als Alexander seinen Fuß zwischen Tür und Türrahmen stellte. „Sie hören mir jetzt gut zu. Da drinnen liegt meine Freundin und beste Sonderermittlerin, die bei einem Einsatz, in dem sie zwei Kinder vor dem Tod rettete, schwer verletzt wurde. Ich gehe nicht weg, ehe ich sie gesehen habe. Und glauben Sie mir, die Geschichte wird sehr unangenehm für Sie." Alexander sprach in einem scharfen Ton.

Die Pflegerin schaute ihn überrascht an und schluckte. Dann schaute sie auf die Rosen. „Die Blumen dürfen Sie nicht mitnehmen. In den Krankenzimmern sind sie nicht erlaubt."

„Dann schenke ich die Blumen Ihnen, für Ihre außerordentliche Freundlichkeit", entgegnete er sarkastisch. Er drückte der verdutzten Krankenschwester den Strauß in die Hand und betrat die Station.

In einem Vorraum zog er einen Kittel über und desinfizierte sich die Hände. Dann brachte ihn die Krankenschwester zu Natalie. Sein Herz verkrampfte sich bei ihrem Anblick. Er sah in ein kalkweißes Gesicht. Die Lippen waren blutleer. Aus ihrem Mund ragte ein Schlauch, an dem die Beatmungsmaschine angeschlossen war. Ihr Brustkorb hob sich in gleichmäßigem Rhythmus. Die dünne Haut unter ihren Augen war dunkel verfärbt. Man hätte meinen können, dass es nur noch ihre Hülle war.

Jegliches Zeichen von Leben war aus ihrem Körper gewichen. Seine Augen füllten sich mit Tränen. „Ich möchte mit einem Arzt über den Zustand sprechen. Es ist eine Ermittlung."

Dieses Mal musste er nicht betteln. Die Krankenschwester verließ pikiert den Raum und ein paar Minuten später begrüßte ihn ein Arzt. „Mein Name ist Dr. Martinez. Ich bin der betreuende Arzt Ihrer Kollegin."

Alexander nahm den Blick nicht von Natalie. Er war geschockt. Damit hatte er nicht gerechnet. Vielmehr hatte er gehofft, dass es ihr besser ginge. „Können Sie mir sagen, wie es um Natalie steht?"

„Mrs. Bennetts Zustand ist kritisch. Wir konnten die inneren Blutungen stoppen. Sie hat viel Blut verloren. Wir können mit Transfusionen entgegenwirken. Doch einige ihrer Bauchorgane wurden verletzt. Die Kugel traf den Magen, dadurch ist Magensäure in den Bauchraum ausgetreten. Es hat sich eine schwere Infektion des Bauchfells entwickelt, die sich im Körper und Blut ausbreitet. Ihr Kreislauf ist instabil. Ohne Maschinen und Medikamente würde sie schon nicht mehr leben."

Alexander versuchte nicht mehr, seine Tränen aufzuhalten. „Wie lange wird sie noch so liegen?"

„Agent Johnson. Es tut mir leid. Aber ich kann Ihnen keine großen Hoffnungen machen. Ich weiß nicht, ob sie das überlebt. Wenn Sie Angehörige von Natalie Bennett kennen, dann informieren Sie sie. Wir wissen nicht, wie lange sie es noch schafft." Der Arzt schaute betroffen zu Boden.

Alex sagte nichts mehr.

„Kann ich sonst noch etwas für Sie tun?"

Alex schüttelte ungläubig den Kopf. „Sie wird sterben?", fragte Alexander, um sich noch einmal zu vergewissern, ob er es richtig verstanden hatte. Er konnte nicht glauben, dass das passierte.

„Es sieht nicht gut aus. Sie sollten nicht gehen, ohne sich gut von ihr zu verabschieden. Ihre Chancen stehen schlecht."

Dann saß Alexander allein neben Natalie. Es roch nach Desinfektionsmittel, das der Arzt beim Verlassen des Zimmers benutzt hatte. Alexander griff nach der blassen Hand und drückte sie sich an die Wange. Er unterdrückte den Schmerzensschrei, der ihn zu ersticken drohte. Mit tränennassen Augen starrte er seine Partnerin an und würgte seine Worte hervor. „Natalie Bennett, du machst dich nicht einfach so aus dem Staub. Du wirst weiterkämpfen. Ich liebe dich, Natalie. Bitte, wach auf!" Er legte seinen Kopf zu ihr ins Bett und hielt ihre Hand.

Er blieb den ganzen Tag. Als er am Abend die Klinik verließ, ging er mit gebrochenem Herzen. Er verabschiedete sich und versprach, morgen wieder zu kommen. Er ignorierte die Worte des Arztes, sie könnte schon morgen nicht mehr da sein. Der Sonderermittler gab ihr einen Kuss auf die kalte Stirn und fuhr mit dem schlimmsten Gefühl, das er je verspürt hatte, nach Hause. Im Auto weinte er hemmungslos. Er spürte unsägliche Angst. Angst, Natalie Bennett nie wieder zu sehen.

Danke

Lieber Leser, liebe Leserin,

Mein erster Dank gilt allen Menschen, die „Teufelseltern"
gelesen haben. Ich hoffe, dass es Euch gefallen hat. Mein
Ziel ist es, meine Leser mit Spannung zu packen, sie zu
begeistern, und ich hoffe, dass dies Dein Grund war, das
Buch bis zum Ende zu lesen. Ich danke für die Unterstützung, meinen Traum als Autorin zu verwirklichen.
Denn mit dem Kauf des Werkes wird der Traum wahr.
Ich habe bereits viele neue Ideen im Kopf, die zu Papier
gebracht werden wollen und hoffe, dass Ihr das Ermitt-
lerteam um Alexander und Natalie weiter begleitet.

Als Nächstes danke ich meiner Familie. Meinem Ehemann und Sohn, meiner Mutter und Schwester, die
mich von der verrückten Idee, ein Buch zu schreiben
bis hin zur Umsetzung, unterstützt und bestärkt haben.
Die sich regelmäßig meine Ängste und Zweifel angehört
haben, mich ermutigt haben, weiterzumachen. Hättet
ihr nicht die Nerven behalten, hätte ich sie auch nicht
gehabt. Danke Stephan und Jonas, für die Zeit, die ihr
mir eingeräumt habt, damit ich vor dem Laptop sitzen
konnte, um die Story zu schreiben. Unglaublich, wie viel
Arbeit, Zeit und Schweiß in so einem Buch stecken. Das
schafft man ohne die Unterstützung der Familie nicht.

Ein großer Dank geht auch an meinen Bruder Carsten Hildebrandt, der mir in der Vermarktung stets zur Seite steht. Vielen Dank für die viele Zeit, die Du in mein Projekt investierst und für die Umsetzung meiner Vorstellungen. Sie waren nicht immer einfach. Ich weiß!

Nicht zu vergessen sind Nicole Kirschner, Michael Retzlaff und Lena Hillen. Ihr seid super. Ohne Eure Hilfe, wäre das Buch nicht so entstanden. Danke für Eure offene Kritik, Eure mühsame Fehlersuche in meinem Text und Eure ehrlichen Worte.

Nicole, meine Bücherfee, die vor einigen Jahren den ersten Baustein gelegt hat. Aus dem ein langer Weg geworden ist und nun das Ziel erreicht ist. Durch Dich habe ich großartige Autoren kennengelernt, du hast mir das Genre schmackhaft gemacht und mich somit, wenn auch unbewusst, bei meinem Traum begleitet. Natürlich war mir deine Meinung als „Thriller-Expertin" besonders wichtig. Danke dafür.

Janette Schenk, ein wichtiger Bestandteil des Buches. Danke für Deine Unterstützung, den offenen Ohren, die mut-machenden Worte, Deine Verbesserungsvorschläge und kritische Auseinandersetzung. Ich bin begeistert von deiner Arbeit. Danke, dass du als Freundin an meiner Seite stehst und in dem Ganzen von Anfang an eine Chance gesehen hast.

Ebenso geht ein ganz großes Dankeschön an Frau Neubauer. Danke für die wertvolle Unterstützung! Ich habe mich sehr darüber gefreut, dass Sie sich die Zeit genommen haben. Mit Ihrer ehrlichen Einschätzung haben Sie großartige Arbeit geleistet.

Mein weiterer Dank geht an Anja Seelig für die großartige Gestaltung meines Buchcovers. Ich bin sehr glücklich. Danke.

Ebenso ein herzliches Dankeschön an meine Lektorin, Anja Lott. Insbesondere für das schnelle Eingreifen, als die Verzweiflung am lautesten schrie. Danke für die großartige Leistung, für Deine Ehrlichkeit, Menschlichkeit und das Beibringen neuer und wichtiger Lektionen.

Ebenso zu erwähnen ist René Grusche, ohne den ich nicht so ein schönes Cover erhalten hätte. Vielen Dank für die Zurverfügungstellung des Fotos. Deine Bilder inspirieren mich.

Damit komme ich zum Schluss. Ich danke allen, die mich für meine Idee nicht ausgelacht haben und mich mit ihrer Neugier ermutigt haben, weiterzumachen. In diesem Sinne möchte ich gern Albert Einstein zitieren:

„Wenn eine Idee am Anfang nicht absurd klingt,
dann gibt es keine Hoffnung für sie."
(Albert Einstein, 14. März 1879 – 18. April 1955)

Zeitfracht Medien GmbH
Ferdinand-Jühlke-Straße 7
99095 Erfurt, Deutschland
produktsicherheit@kolibri360.de